再会之余

迷雾

青斜 著

江苏凤凰文艺出版社
JIANGSU PHOENIX LITERATURE AND ART PUBLISHING

图书在版编目（C I P）数据

乌合之众·迷雾 / 青斜著. -- 南京 : 江苏凤凰文艺出版社, 2021.12
ISBN 978-7-5594-6348-7

Ⅰ. ①乌… Ⅱ. ①青… Ⅲ. ①中篇小说－小说集－中国－当代 Ⅳ. ①I247.5

中国版本图书馆 CIP 数据核字 (2021) 第 213601 号

乌合之众·迷雾

青斜 著

责任编辑	周颖若
责任印制	刘 巍
出版发行	江苏凤凰文艺出版社
	南京市中央路 165 号，邮编：210009
网　　址	http://www.jswenyi.com
印　　刷	杭州日报报业集团盛元印务有限公司
开　　本	880 毫米 ×1230 毫米　1/32
印　　张	9
字　　数	216 千字
版　　次	2021 年 12 月第 1 版
印　　次	2021 年 12 月第 1 次印刷
书　　号	ISBN 978-7-5594-6348-7
定　　价	42.80 元

爱情从来就不是生活的解药

有斛

目录

CONTENTS

自序：一场如履薄冰的写作

在写《乌合之众》之前，我并没预设自己会写一本悬疑小说。这个故事的灵感源自我当时所在的公司在员工福利里增设了心理咨询服务，有同事去体验过，说心理咨询师事无巨细地询问了她的原生家庭、婚恋情况、职业规划，她也一一作答。我忽然觉得这是一个很好的角度：复杂的职场关系、隐秘的办公室恋情、隐婚和出轨同时发生、痴男怨女苦苦纠缠。而在暗处，心理咨询师不动声色、运筹帷幄，将一切尽收眼底，直到她自己也被卷入这场纷争中。这本是一个关乎办公室恋情的故事，但在动笔之初，无论如何下笔，我都觉得故事稀松平常，充满了“一般性想象”，最终我在结构与人称上找到了突破口，通过人称的转换和遮蔽、时间线的重叠与交织，完成了这个“螳螂捕蝉黄雀在后”式的情感悬疑故事。这不是一本重分析推理、重犯罪调查的类型小说，而是一本更见情感的曲折、生活的无常以及人性的复杂的小说。

在《乌合之众》里，我采用了切换第一视角的方式进行叙事，而到了《恋爱天才之死》中，我则尝试使用了第三限定视角和第一视角交织的叙事方法，多视角叙事让故事变得立体，人称的遮蔽也使得故事更曲折、更扑朔迷离。庄温温是一个活在过去的人物，她在时间线上离读者更远，因此我选择了第一视角的写法，让她在人称上离读者更近，从而弥补她在现实时空中的缺席，同时，得以将她细腻敏感的内心直接呈现在读者面前——人称的变化更包括了真实的诉求。在故事的结尾，我将两条时空线合轨的扣子系在了周芹身上。作为一个与庄温温毫无接触、与陈年往事毫不相干的“局外人”，周芹是最理解庄温温的人，是真正游走在过去与现在的“当事人”。

这是一场复杂的写作，也给读者增加了阅读难度。在动笔之前，我一次次地推翻与自我怀疑，不知道这种写法是否成立，不知道自己能否完成这个故事。我请教了一位写作上的前辈，她告诉我“小说写作不是遵循规则，而是创作规则。别人说不能这么写，但如果写得好，就完全成立”。她的话给了我莫大的勇气，但小说写作，光有胆量是远远不够的，还得下苦功夫。写作中固然有欣喜的时刻，但也有焦灼、茫然、束手无策和薅秃脑袋的时刻。未曾走过的路、重蹈覆辙的路、平坦或崎岖的路，每一条我都得自己真正走过。唯一值得庆幸的，是我始终没有躺在写作的舒适圈里，时刻在做自我对抗与突破边界。

《乌合之众》是我几年前的作品，《恋爱天才之死》则是今年的新作，它们的气质十分相似，内里却并不相同，前者就像一个有棱有角的三角形，激烈、决绝、锋利；而后者是一个椭圆形，松弛、柔韧、富有张力。在主题立意上，我也进行了收拢，《乌合之众》是一个关于爱与救赎的故事，它的力量源自读者心中的道德感；而《恋爱天才之死》则旨在探讨“恋爱中的风险防御”，为了让风险和防御更有分量，我挑选了几位“恋爱天才”作为全书的主角，用她们的“将死”“之死”与“未死”共同搭建起对两性关系的探讨与深思。不是让人们竖起对爱情的铜墙铁壁，而是鼓励大家在清醒中沉沦地相爱。

最后，感谢身边所有支持、鼓励我的人，我对此受宠若惊、珍藏心底，亦时时自警自省、自励自律。你们的力量对我至关重要，而我也希望将这力量回馈于大家，这绵薄的、微不足道的力量，这蓬勃的、毫无保留的力量。

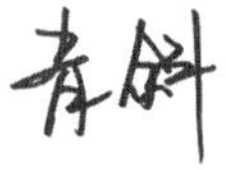

2021 年 10 月 9 日

乌合之众

名家推荐

这是一篇具有独特气质的小说。费尽心机的丑陋女孩、伪善的精英男子、充满复仇之心的少妇，每个人都是命运齿轮中的一部分，彼此咬合，互为掣肘。小说一共五个章节，采用了单一视角的叙事方式，不同人物的第一人称叙事，让故事更加扑朔迷离，同时也支撑了《乌合之众》的立意。作品以丰沛的细节刻画、有效的反转设计、精心的整体构思、细腻的心理描写，完成了对人性复杂的表达。

——作家 **紫金陈**

《乌合之众》是我在豆瓣阅读上读到的第一部中篇，也带给了我迄今为止最酣畅淋漓的阅读体验，从被书名吸引到打开到结束试读再到购买并读完全文，一气呵成。无限反转的剧情与真实而阴暗的人性一直是我最热衷的元素，而这本小说无疑做到了极致。

——作家 **柳翠虎**

《乌合之众》是最能代表青斜的作品，读完才后知后觉：一个女人步步为营只是落入另一个女人复仇的圈套，而所有的旁观者都是不明真相却冷血的看客。精妙的故事配上冷艳且近乎奇情的语言，令人在毛骨悚然之余，又不禁对社会隐藏的不公和复杂人性产生思考。读女性文本，《乌合之众》是不能错过的精彩故事。

——作家 **张祖乐**

女性何为？情爱何为？正义何为？当阁楼上的疯女人提笔写作，当简·爱与疯女人合二为一，或正是疯癫者本身，故事将如何反转，道德将如何置换？如果丽贝卡走出支离破碎的他者旁述，她又将借着上锁的日记说出何种悚然真相？当一次次女性自供如病理报告般摊开，逼视我们的心灵，那一刻，她们也即我们——甜美是扮演的，纯真是虚构的，温顺是伪装的。生存即攫取，精神之疾从未痊愈，只是被隐藏。记住一颗糖的善意，然后，噙住羞耻，乔装无恙。

——作家 **张玲玲**

第一章

可怜的人

后来，我是指所有事情都结束，包括我穿着婚纱走进公安局的那个后来，那时候我非常孤独，简直无法熬过。我慢慢想起很多事，唯一没想明白的是我究竟是什么时候爱上沈遥的，年会上？或更早，早到我们第一次见面——沈遥面试我的时候？

婚礼之前，我曾匆促地带沈遥去见我妈。我妈说他是没福气的人，他鼻翼没肉，侧面看，像一把倒置的匕首，嘴唇极薄，有一种禁欲感。他的气质靠的都是皮相的英俊。现在想起来，我妈其实是想说我是没福气的人，出于一个母亲的天性，她在警告我，但出于我们多年的疏离和她作为一个寡妇的自艾自怜，她又不愿干扰我。大概是我太决绝了，决绝地要嫁他，她不愿跟我吵架。她看似是干瘦柔弱的小镇妇女，骨子里却比谁都倔强。只要她永远有那么多的衣服要洗，永远有那么多的柜子和地需要擦，她就可以用弯腰干活的背影拒绝外界的一切，比如拒接我把她接到 S 市。她匆匆祝福了我的婚礼，并告诉我她不会出席，她的祝福也像一把匕首。后来果然出事了。

一年前九月末的下午，我第一次接到沈遥的电话。那时我还住在外环的出租屋里。我午睡刚起，窗外下了暴雨，雨珠密集得像是一面被震碎的钢化玻璃。他的声音垫在雨里，整个人显得敦厚老成，于是我叫他沈老师。

电话里，他恭喜我通过了新北公司第二轮的面试，并通知我最终面试的时间。当时，我早已从上家公司离职了，时间充裕，经济短缺，因此很珍惜这次机会，一口便答应下来。

在公司前台见到沈遥的时候，我有点吃惊，他比我想象中要年轻很多，也就三十岁的样子，已经是人事总监。他戴一副金边眼镜，冲我微笑。他英俊的脸就像阳光下金光闪闪的狮鬃，如此瞩目，很难不被注意。他把我领进会议室，会议室是一间有落地窗的小房间。

他问："你工作几年了？"

"六年。"

"为什么想换工作？"

"上一家公司工作了五年，想换个环境。"

"哦？五年？"沈遥推了推眼镜腿，笑道，"看来你很长情。"

长情，是他对我的第一个评价，事实证明，他看人很准，后来，我真的像一只急了眼的乌龟，牢牢咬住他不放。

入职之后，前三个月我都过得不太顺心。我的岗位是文案策划，我工作完成得不好不坏，但人际交往是我的弱项。

同事们热衷于下班后聚餐，而我工作一天之后只想独处，我勉强参加了三四次，尽力融入，假笑到大脑缺氧。聚餐之后还要唱歌。有些时刻，我的处境会变得非常危险。比如包间里忽然安静下来，麦霸已经唱过一轮，骰子也停止旋转，嗓门最大的那个人开始东张西望——部门里最活跃、八卦最多的人——想找一些新鲜的乐子，比如假装不存在的我。

“单容，”赵小多指着我说，“你来一首。”她看我摆手拒绝，又补充，“哪有人不会唱歌的？给大家露一手！”

擅长唱歌的人怎么也不明白为什么有人可以如此不通节奏、不懂旋律。我勉强接过话筒，唱了一首流行歌曲，破音破得像一只漏斗。

同事们哈哈大笑，也不知道是笑我还是笑其他事情。战战兢兢熬完一首歌后，我急忙躲回沙发角落，无所事事地刷手机，等待某一个人——一般是赵小多，说出那句“今天先到这儿吧”。

我开始拒绝他们的邀约，下班后静静地躺回床上，什么也不做，只是躺着，踏踏实实地休息，让时光自己过去。他们也不再邀请我，但会说一些我听不懂的笑话和哏，讨论我刷不到的朋友圈照片，我知道自己成了“选中的朋友不可见”中的一员——我被排挤了。

我还是熬过了试用期。公司紧接着通知，每个部门要在年会上准备一个节目。

“我们部门的习俗是由新人出节目，我已经替你报节目了，很简单，只是唱首歌。我不是欺负你哦，这真的是部门习俗。”在厕所相遇时，赵小多一边洗手一边对我说。

我没说话，反复冲水洗手。我知道她给我报的是首粤语歌，里面有着非常多的高音和颤音。水流哗啦啦地砸进水池里，像落进一张苍白虚空的嘴。水溅上玄色的大理石台面，蜿蜒而下，吃掉了我的鞋面。

我没去换歌或是拒绝表演，我猜行政不会同意——赵小多和各个部门的人关系都很好。他们都去吃中饭了。我踏着湿漉漉的鞋回到办公室，路过赵小多的工位。她桌上放了一小盆仙人球，三只小猫咪摆件和一个有着猫咪图案的马克杯，看起来很可爱。我默默地站了一会儿，去楼下超市买了一份便当吃。

下班前，赵小多说她的眼镜不见了，她找遍整张桌子，又钻进桌子下面找，还不小心撞到了头。

“大家都帮忙找找。”某个同事喊了一嘴。

赵小多有两百度的近视，她平时用不着眼镜，但每天开车回家时要戴。同事们本来背上包准备要走，听到提议，只好停下来找。

“你的眼镜是什么样的呀？”我问。

“黑色凯蒂猫的边框，方形的，一只眼镜腿有点掉色。”

是右边的那只掉色。我心里想。我当然知道她的眼镜是什么样的，因为它就横在我的裤子口袋里。我伸手进去碰了碰，镜片凉凉的。

找了一阵，同事们有些急躁。今天周五，大家都着急过周末。

“你打车回去吧。”最初提议大家帮忙找眼镜的那个人说，“别找了，车就留在公司。”

“那怎么行？”赵小多说，“我周末还要用车的。”

同事们渐渐不耐烦，又不好意思一走了之，于是坐着刷手机或是闲聊起来。就在这时，我开口了：“我开你的车送你回去吧，我家离你家不远。”

赵小多还没说话，那个声音又响了起来：“那刚好呀，太棒了，还是小单人好。”

我把手放进口袋，摸着那个冰凉的东西，低头笑笑：“应该的。”

同事们纷纷露出轻松的笑容，快速背包走了。有人拍了拍我的肩膀，我回过头，见到的是一道愉悦的眼神。

去车库的路上，赵小多还在絮叨：“真奇怪，中午眼镜还在桌上的，去哪儿了呢？我从来不丢东西的。”

“人生总有意外。”我说。

我打开导航，开赵小多的车送她回家。

“你知道沈总吗？人事总监。”等红绿灯的时候，坐在副驾驶上的赵小多与我闲聊起来，“听说他和前台的妙妙关系暧昧。”

“嗯，他面试过我。”我想起沈遥露出牙齿对我微笑的样子，问，“他还没结婚？”

“当然。”赵小多笃定地点点头，“帅哥都没那么快结婚的。而且呀，高总很赏识他，就是那个四十多岁，整天把嘴唇涂得像刚吃了一个孩子一样的女老板，她可能要提拔沈总做副总裁呢，现在沈总可是预备级的钻石王老五了。”

看来他的英俊和才能都是公认的。

“沈总唱歌也很好听。”赵小多又说，“我们以前一起去过几次KTV。”

我没接话。忽然有车变道加塞，我忙踩刹车，赵小多的身子往前猛冲了一下——她没系安全带。

“你没事吧？”我连忙问道。

“浑蛋，不长眼啊！”她探出头骂前车的司机。

我很平静，看了她一眼。我应该提醒她把安全带系好，但我没有，我接上了之前的话题：“你说沈遥唱歌好听？他会唱什么歌？粤语歌吗？”

“不，他喜欢唱李健的歌。”赵小多似乎想到了什么，问，“你会唱粤语歌吗？”

我摇了摇头：“我不会唱歌。”

“学学就会了，这年头，哪有人不会唱歌的？”赵小多说，“粤语歌唱起来特别有范儿，只要学会一首，以后在KTV就无敌了。这样吧，你想唱什么？我去跟人事说，让他们帮你换歌。”

听她的口气，她似乎在等我感谢，我心里泛起恶心，也不想想是谁想逼我在大庭广众之下出丑？还是当着沈遥的面出丑，唱歌很好听的沈遥。

一辆卡车正并排行驶在我们右侧，赵小多没系安全带，车里的提示音正一声一声地响着，像在催命。真的可以催命，我想。副驾驶是车上最危险的位置——我爸从小就这么告诉我，虽然他后来还是死于车祸——一旦发生危险，驾驶员会本能地做出决定，将副驾驶的位置先撞上去。赵小多没系安全带，如果出了事，我也许会断胳膊断腿，但她一定会死。有时候我的想法真是极端，为一点小事就可以恨一个人到咬牙切齿，宁肯一命换一命。

我握方向盘的手在抖。车子离卡车很近，几个路口之后，卡车右拐开远了。

我把赵小多送回家，将车停进她的小区里，她感谢我，说："今天真是倒霉，你可帮了我大忙。"

"车祸发生的概率太大了，不能开玩笑，"我淡淡地说，"我爸就是因为车祸死在了副驾驶上。"

她露出吃惊的表情，像美剧里的角色那样说了句抱歉，又握住我的手，说："年会唱歌的事情你放心，你换好歌就告诉我，包在我身上。"

"谢谢。"我挤出一个微笑，回家洗了好久的手，然后从裤子口袋里掏出赵小多的眼镜，放在地上踩得粉碎。

通过试用期之后，我开始有公司福利，除了年假、体检和餐补车补，还享有一年二十个小时的心理咨询。心理咨询室是公司合作的一个心理诊所所开设的，里面有十几位心理咨询师可供员工们选择，让员工们进行语音咨询。

我预约了一次，心理咨询师是个中年男性，叫陈启河，资料显示他是国家二级心理咨询师，临床工作经验超过两千个小时，有在中美培训精神分析联盟（CAPA）长期培训的经历，看起来很专业。我们约好时间，他如期打来电话，声音低沉，有种让人信服的力度，于是我对他说了我被迫要在年会上唱歌的事情。

“什么是你最大的恐惧？”他问我，“你是否在上学的时候当众出过丑，或者被迫上台表演过？”

“我不明白这有什么关系。”我语气生硬。

陈启河说：“童年对一个人性格的形成至关重要，可以说我们成年后的许多行为，都是在无意识地重复或模仿原生家庭。你和你父母的关系怎么样？”

我想到一些事情：四只被摔死的小鸭子、一块沾着鲜血的石头、我爸的怒骂以及我妈冷漠的拖地的背影。

“挺好的。”我快速地说，“我需要换一首歌，你有什么推荐的吗？”

年会上，我唱了田馥甄的《小幸运》。这是一首很简单的歌，但我就像一个溺水的人，张口结舌，没法呼吸，前奏已经响起来，我却不知道从哪里开始唱。台下，我远远地看到赵小多正和其他同事交头接耳，他们也看着我，仿佛疑惑我为什么不开始唱。还有更多的同事盯着我。

我紧紧地握着话筒，汗水一股股地冲开我脸上的粉底，我的样子一定又蠢又丑。同事们开始鼓掌，帮我壮胆，可这让我更尴尬，因为所有的注意力都集中过来了，从铁板牛仔骨、粉丝蒸扇贝、敬酒、同事八卦、子女教育、房价、抖音视频等四面八方席卷而来，全部，所有，一网打尽的，体无完肤的。我真恨透了赵小多，恨不得从台上冲下去，狠狠地扇她的耳光，扯掉她的头发，撕烂她的嘴。撕烂、撕烂、撕烂。

就在这时，一个声音徐徐地唱了起来。我回头一看，是年会的主持人沈遥。他穿着黑色西装，从后台走出来，一边对我微笑，一边唱道："为什么没有发现遇见了你，是生命最好的事情。"

台下疯狂地鼓掌叫好，他走到我身边，牵起我的手，深情地唱完了整首歌，而我也在他的歌声里放松下来，轻声与他合唱。

下了台，我涨红脸，一遍又一遍地说"谢谢沈老师"。

他笑起来，眼睛眯成一条缝，费力地举起那只还被紧紧攥着的手。我急忙松开，但已经在他手上留下了一个红紫色的印子。他揉了揉，说："不客气，小容。"

大概就是在那个时候吧，在那悲壮却又如痴如幻的时刻里，我决定要嫁给这个男人，不惜一切。这件事太难了，因为沈遥是毫无疑义的英俊、事业有成、多金善良，而我相貌丑陋、自卑又偏激，但我成功了。我做了一天的新娘，用一生作代价。

我打听他的一切，翻遍他的朋友圈。我知道他要坐班车上下班，于是每天多坐五站地铁，多花半个小时，就是为了在班车上遇见他。我们聊天气、车况，分享搞笑视频和段子。

一天早上，我照例笑嘻嘻地跟他打招呼，他却皱着眉。

"我昨天晚上好像吃坏肚子了，"他说，"胃不舒服。"

我掏出一袋纯牛奶给他，说："喝点牛奶吧。"

他拒绝，但我热忱地看着他，坚持递过去，像一往无前的勇士。我说："早上还要开例会呢，你空着肚子怎么行？"

他觉得有道理，顺从地喝了。

牛奶当然是难消化的东西，空腹喝更容易引起肠胃不适，班车从这里开到公司，要经过五个红绿灯和两次转弯，第四个红绿灯之后还有一段非常颠簸的石子路，即使人身体无恙，坐在车上都会难受。这一路上，我的机会太多了。

果然，他脸色发青，在第三个红绿灯的路口，捂住了自己的胃。在颠簸的小道上，如我所愿，他吐了。而我早站在离他最近的地方，第一时间打开我的包递过去，让他吐在里面，全吐在里面，吐在我攒了一年钱才买到的昂贵的包里，吐在我没有拿出任何东西的包里。

他的呕吐物淹没了包里的一切，手机、公交卡、口红、充电宝、卫生巾还有钥匙。

不，这才不是暴殄天物，这只“呕吐袋”会成全我的爱情，它装得可不仅仅是呕吐物，而是蜗牛爬过时留下的黏液，你顺着它，就能爬进沈遥的身体里，爬到他心底，爬到他全部的人生中。

果然，他愧疚极了，连连道歉。午休的时候，他又来部门找我，蹲在我的工位边，与我细声说话。来往的同事们见了，都很吃惊，尤其是赵小多。

“我太对不住你了，”沈遥说，“弄脏了你的包还有手机，太对不起了，我竟然全吐进去了，我都不知道该怎么赔你。”

“没关系的，一个包而已。”我说得很轻巧。

“这怎么好意思？”他越发过意不去。

我靠在椅背上，全身轻松，斜眼望他，说出了那句早就想说的话：“那就请我吃顿饭吧。”

“没问题，”他不知道是个陷阱，爽快地答应，“你喜欢吃什么？日料、西餐还是火锅？”

“我来订吧，”我俏皮地笑，“我可要挑个贵的好好宰你。”

吃饭那天我精心打扮了一番：连衣裙最能体现女性的柔美与曲线，

又不至夸张，颜色一定要是红的，要刺激人的欲望；首饰要少，是点睛之笔；再画一个伪素颜的妆，齐全。但有件事情比打扮更重要——我知道自己不好看，正常男人的第一选择都不会是我，所以我每一次靠近他们的机会都极为难得，我必须头脑清醒、步步为营，尤其是挑餐厅吃饭这种事。

“你订的餐厅还挺难找的，在愚园路上吗？”沈遥给我发了一条语音。

“对的，我已经到了，”我看着桌上精美的瓷器和菜肴，走到镜子前，慢条斯理地涂上西柚色的口红，又拿一张纸巾蒙在上面，吸掉一点颜色，伪装出一种极淡极自然的唇色，“你慢慢找。”

二十分钟之后，沈遥到了，他看着眼前的一切，惊讶道：“这……这是你家？”

“嗯，我特别喜欢梧桐树下的老房子，一直住在这儿。”我镇定地微笑。

他看到的是一户干净、舒适的老洋房，老洋房坐北朝南，有一厨一卫一房，还有一个小小的阁楼。我短租了老洋房三天，把它布置成长久生活着的温馨模样——清爽可爱的床品、挂上衣服的衣柜、整齐摆放的书籍，当然，还有一桌刚做好的饭菜：鱼香茄子、番茄炖牛腩、清炒土豆丝和糖醋排骨。这些菜都是他爱吃的菜，我早打听好了。

这是我的家境、品位和贤惠，不留痕迹，又处处都是痕迹。对沈遥这种人来说，什么美味的饭他没吃过，什么好看的女人他得不到？所以，我不需要爱情，那不是我的战场，我要走的是另一条路。男人会找各色各样的女人谈恋爱，温柔的、古灵精怪的、性感美艳的，但他们永远只会和“贤妻良母”结婚。嫁给全公司最帅的男人？这不是天方夜谭，反正我要的只是婚姻，又不是爱和性，不是沟通和理解。

婚姻，只需要男人一个瞬间的决心就够了。

谁不想嫁给钻石王老五？只是她们没有我的勇气和手段。我本来就是个一无所有的人，再输又能输到哪里去呢？

欢迎光临我的温柔冢，不过，这只是开头而已。

沈遥涨红了脸，手足无措得像个大男孩："是我要道歉，还麻烦你做饭招待我，这怎么能行？"

"别见外嘛，"我招呼他进屋，说，"我不喜欢在外面吃，浪费钱，而且自己做的饭，吃得也放心。"

沈遥光着脚站在我租来的纯手工羊毛地毯上，有点语无伦次："你家真好看，这里的房价很高吧？早知道我就给你买点礼物来了。"

"真的不用啦，我不喜欢在外面吃饭，"我说，"你不嫌弃我做的饭就好，不然我一个人根本吃不掉这么多菜，是我要谢谢你才是。"

他坚持要出门买礼物，二十分钟后，拿着一束玫瑰回来了，我表面矜持，内心兴奋至极。这当然不是第一次有男人送我花，在上家公司，我也经常收到最英俊的男同事送来的玫瑰，当时我差一点就成功了，差一点我就能把他绑进一段婚姻里，但他后来发现我并不像我表现出来的这么善良、居家。他把事情闹得很大，逼得我不得不辞职。但是没关系，我永远有新的战场，何况沈遥比他帅多了。退租之后，我唯一从老洋房里带走的，就是那束玫瑰。

我们用餐、喝酒、闲聊、纵情大笑。红酒卧在醒酒器里，散发着迷离的光泽，我清楚地看见他眸子里有光在闪烁。就像每个故事都有一个高潮一样，经过一晚的积攒与酝酿，高潮终于到了，我深情地望着他，哭了。

眼泪缓缓地淌下来，我像一只楚楚可怜的无壳蜗牛。我半仰着头，试图让泪水走得更长一些，像眼睛到下巴那么长、陌生到熟稔那么长、一段婚姻那么长。这一幕场景充满了悲剧感，实质上是一场欲拒还迎。

“怎么了，小容？”他走过来，惊慌失措。

我流着泪，却还努力微笑：“没什么，我就是太开心能和你一起吃饭了，也不知道以后还有没有这种机会。”

“这有什么好开心的？真是个傻孩子。”他找不到纸巾，开始轻轻抚摸我的头发。

“当然，这很重要，”我加重了语气，说，“你肯定不愿意跟我这样的女生相处。我知道的，得像前台潘妙妙那么漂亮才有男人爱。”

“妙妙？”他皱了眉，说，“你是不是听到公司里的传言了？真不知道怎么会有这样的传言，她工作能力那么差，脾气又傲，我怎么可能喜欢那种人？”

“是吗？”我停止哭泣，抬起眼睛看他，“可她很好看啊，身材又好。”

“那有什么用？”沈遥认真地说，“长相又不能当饭吃，够用就行了，关键还是要体贴善良呀。”

“什么是够用？”我穷追不舍。

“你这样就挺好的啊。”他看了一眼桌上精美的饭菜，补充道，“不，你简直太棒了。”

我有点羞涩，没再问了，顺势倚靠在他的怀里。这个开局很好，我对自己说。就像一旦讨厌一个人，就会有越来越多的理由讨厌对方一样，只要他开始觉得我好——前提是，我得让他认为这个想法是他自发产生的，一旦被这个想法点亮，他就会变成一只孔明灯，越飘越远，在他的整个灵魂里燃烧，直到豁然大亮，眼里除了我再看不见别人。

比我想象中的还要快，沈遥辞退了前台的潘妙妙，成了我的男朋友。说到底，是我在上家公司的恋爱经验奏效了，谈恋爱其实跟任何事情一样，无他，唯手熟尔。

公司反对员工谈恋爱，我们没告诉任何人。偷偷摸摸的，急急忙忙的，间不容息的，我们在电梯里偷偷牵手，在无人的茶水间拥抱，在打印室里接着漫长的、令人头晕目眩的吻。我们用力吮吸彼此的嘴唇直至肿胀，像两条饥渴的鱼。

每当听到同事们聊到沈遥，或是聊到他个人生活的时候，我心里总十分得意，恨不得大声炫耀：你们的男神正在和我，和这个被你们排挤的、毫无姿色的我热恋。

我还是说出来了，对着我的心理咨询师陈启河。

陈启河很谨慎："你爱他什么呢？"

"他的一切。"我斩钉截铁地说，"他英俊、体贴、有耐心。你简直不敢相信，他每周四去幼儿园帮忙接小侄女，那女孩刚吃完棉花糖又要吃棒棒糖，又馋又闹，可他耐心极了，也非常细心。他对侄女都这样，何况以后对自己的孩子。他简直完美，我愿意为他去死。"

电话那头的人微微迟疑，半晌，听筒里才传出陈启河的声音："这听起来不像爱，更像是占有欲。"

"你根本不懂爱，"我生气道，"你有女朋友吗？"

"没有，但我是心理咨询师，知道什么是正常的恋爱关系。"陈启河说，"你的情感太极致了，这样很容易受伤。"

"很多心理咨询师到最后都会心理变态。"我根本不在乎得罪他，说，"再好看的人都会看腻，同样，再丑的长相看久了也能习惯，沈遥已经接受了我的样子，最大的难题已经解了。男人是愚蠢的，他只会相信我让他看见的这个我。好了，今天就到这里吧。"

我要挂电话，陈启河的声音依旧传了出来，气喘吁吁的，仿佛得了绝症——也许得绝症的人是我。他语速很快："办公室恋情很危险，沈遥是公司高层，你不过是普通员工，一旦被发现追究，被辞退的肯定是你。何况沈遥在公司还有上升空间，但在外面再难遇上这么好的职业机会，如果事发，他有可能会选择牺牲你。单容，这场恋情对你很不利。"

我反倒冷静了，重新把手机放到耳边，一字一句地说："如果被领导发现了，就是你说出去的。我一定不会放过你。"

我没把陈启河的话放在心上，办公室恋情从来不是我的目的。在和沈遥的相处中，我闭口不讨论结婚，这只会把男人吓跑。有人说结婚是深思熟虑后的结果，这话错了，深思熟虑之后有谁还愿意结婚？婚姻都会失败的，就像人生一样。每个人最终都会失去一切。瞬间的决心只需要瞬间的力量，一鼓作气，石破天惊。

行动的日子定在周四，沈遥接小侄女回他哥家，我则在小区附近的居酒屋等他——他和他哥住同一个小区。愚园路的房子我早退租了，吃饭也都约在他家附近，为的是不让他送我回去。我是最体贴的女朋友，怎么能让男朋友来回奔波呢？

居酒屋的红灯笼上蒙了一层油渍，仍留有旧时的旖旎。墙上贴满了手写的日语菜单。烤串刺啦刺啦地在厨子手中转动，油滴在炭上，火光猛地蹿起，轰然地将肉和竹签一起笼罩了，像一种爱屋及乌。恋爱中的人都如此，他们一天到晚在外面吃饭，其实真正贪恋的是爱人的身体和气息。

喝着清酒，我对他说："我打算买只猫。"

"怎么忽然想养猫？"

"给我妈养，省得她总催我结婚。"

“想买什么猫？”

“小多推荐我买加菲，但有点贵，纯种的快上万了。”

“是挺贵的。”

我喝了一口酒，故作轻松地说：“还不如结婚呢。沈遥，你愿意娶我吗？”

在我成为他的新娘之后——虽然只有短暂的一天，总之，在那一天，在他激动万分地说出“我愿意”的那个瞬间，我依然会想起此刻：他低头吃肉，沉静得像没有听到这句话，但他的眼睛出卖了他，他的眼睛像是一处没有堵好的炮眼。他如此错愕，几乎惊恐，那神色一闪而过，快得像一只从你脚边飞快爬过的蟑螂或是八条腿的蜘蛛。他的神情足以粉碎我们之间一切的情话与舌吻。

我的心凉了。我在心里快速地回忆到底是哪里出了问题，却一无所获。

沈遥的腮帮有规律地运动着，他慢条斯理地将肉串咀嚼、吞咽，然后取出一张纸巾擦了擦嘴，抬起头，微笑道：“我当然愿意。但现在不是时候。”

我立刻要举出一百种闪婚的例子，他却露出小巧而整齐的牙齿，说了一个让我意想不到的理由：“你知道公司不允许员工之间结婚。八月份公司要去国外团建，如果我们现在领证，集体办护照的时候肯定会被发现。我们都没找好下家，难道要一起失业吗？”他把擦过油渍的纸巾朝内对折，叠得四四方方的，仿佛完全没用过，“这样吧，我先带你见见我妈。”

我心中的顾虑并未完全消散，但“见父母”已经是一个男人能给女方的最大的诚意之一，我只好点头，把疑虑和盛了清酒的玻璃杯一并放下。也好，他的母亲会是我下一个突破口——讨长辈欢心可是我的强项。

出乎意料的是，他的妈妈非常和善。在老字号的本帮菜餐厅里，她以一种“母亲式”的骄傲，滔滔不绝地聊起沈遥的童年趣事，听得我拍手大笑。之后，她又说：“沈遥经常提到你，说你是宜家宜室的好女孩，今天见了，果然是呢，我们沈遥真有福气。”

“是我高攀了才是。”我急忙说，“阿姨太客气了。”

她摸摸我的手背，慈祥的样子像我奶奶。

沈遥去买单的时候，她从皮包里掏出一个红包，我受宠若惊，急忙推托，她硬塞过来，笑道：“多买点好吃的，我以后还指望你给我们老沈家生个白白胖胖的孙子呢。”

我接过红包，偷偷一捏，估计里面有五千块，但更重要的是她对我作为她儿媳的认可。幸福来得如此轻易，在这盖棺定论的幻象前，我几乎昏眩。

我和沈遥越发亲密。他得了感冒，常常咳嗽，我便每天煮雪梨汤带给他喝。为了掩人耳目，我们约在储物间碰头——午休时那里空无一人，是我们的秘密基地。

我说：“你咳了这么久都不见好，去医院看看吧？”

“最近太忙了，下午还要接待客户，过段时间再说。”

我继续说：“后面我们还要去团建呢，万一在路上你再生病怎么办？”

他笑道：“别担心，小傻瓜，我身体一向很好。”

他凑过来轻轻吻我，往常，那只是一个亲昵的表达，但那天的吻不同，它湿润、黏稠且令人动情，它像一波波的海浪，没有任何铺垫，席卷了我的整个唇齿。我嘴唇发麻，他仍没有松开。我渐渐意识到这个吻背后的含义，随即，他散发着蓬勃的男性欲望的身体贴了上来，双手像钳子，将我牢牢地按住。我有些错愕，微微抵抗，在堆放着纸巾、扫帚和杂物的储物间里，但他的手已经滑进我的裙底。

“不要，”我在他的耳边说，“不要在这里。”

“小容，”他叫我的名字，声音就像我第一次在电话里听到的那样低沉而深情，他无比坚定地说：“小容，我要你。”

我想到这唾手可得的一切，想到我终于要嫁给他，于是我松开手，也松开我的身体，任由他进入，任由他像一把锋利的匕首般进入我。

回办公室之前，我去楼下转了一圈，在园区里的便利店买了一瓶冰可乐。我的脸仍在发烫，我把易拉罐贴在脸上，慢吞吞地走回公司，去卫生间又照了一回镜子，确保毫无破绽，才回办公室。

同事们围在赵小多的工位前大声聊天。平时我不会凑过去的，他们也不在意我，但此刻我满心窃喜，身体像是被打破后又重塑了般，产生了微妙的变化，一切都不同了。于是我问：“发生什么了？”

“超级大新闻！”赵小多兴奋得满脸通红，说，“‘我司最帅’名草有主了！”

“我司最帅？”我心里微微一颤，问，“谁呀？”

“还能有谁？沈遥呀。”

我一惊，仿佛被一根绳索勒到了脖颈。我喘不上气来，接着是暗喜，那种粉身碎骨的暗喜。我在心里想，就公开吧，就当众牵手和接吻吧，就被辞退吧，就告诉所有人我们在储物间干了什么，每一个动作，每一次呼吸，每一度接触，统统说出来。我几乎要以一种羞赧而决绝的口吻脱口而出，就在这一刻，我看到了赵小多递过来的照片——在她手机里，沈遥正搂着一个女人亲吻。照片非常模糊，但我依然看得出沈遥坚定地搂着她，不，几乎是绑架了她，坚定得就像他刚刚按住我一样。

我身体里还有他的气息，皮肤上还留有他的触感，我愤怒至极，浑身的血液都被点燃了。

“谁拍的？”我盯着赵小多，几乎在咆哮，“什么时候拍的？”

“我拍的，怎么了？”赵小多被吓到，后退了一步，说，“跟你有什么关系，你这么激动干吗？”

我顾不上跟赵小多解释，也不在乎同事的窃窃私语，立刻出办公室给沈遥打电话，三声嘟嘟之后，电话被挂断，十五秒之后，他回了一条短信，一共五个字：有事，晚上说。

我去卫生间洗了一把脸，在镜子里看见了自己发黑的脸色。

整个下午我坐立难安，工作上的事完全没法处理。终于挪到下班时间，我拎起包冲出办公室。

外面天色大黑，雨水落入湿滑的地面，在水泥地上映出另一个灯影斑驳的世界——一切都被复刻，但一切都变了形。我坐在出租车里，头发浸了雨水或是汗，像霉斑一样贴在我的脸上。司机咒骂堵车，焦躁地按喇叭，红绿灯停停跳跳，像快咽气的老人；所有东西都停滞不前，我觉得我身上简直要长出苔藓。

沈遥的电话一直没人接，我径直去了他的小区。我不知道他住哪一栋楼，本来下定决心，哪怕一户一户地敲门，今晚也要找到他，却看到了小草莓——沈遥四岁的小侄女，正一个人在小区里的游乐设施区玩滑滑梯。

小草莓穿着荧光黄的塑料雨衣，把帽子扣在头上，像一只小鸭子。她手脚并用地爬上楼梯，钻过一个小圆门，顺着滑梯滑下去，一次又一次，乐此不疲。

“小草莓，你记得我吗？我是你叔叔的女朋友，单容姐姐，我给你买过棒棒糖呢。”我跟着她爬上滑滑梯，局促地半蹲在湿滑的平台上，拿出最大的耐心对她微笑，“你叔叔下班回家了吗？你知道他住哪栋楼吗？”

小草莓从我身边挤过去，一屁股坐在滑梯上，溅了我一脚水。

她说：“在吵架。”

“吵架？叔叔在和谁吵架？”

小草莓举平双手，模仿一架滑翔机，屁股向前挪动着，跐一下从滑梯上滑了下去，声音也飘得很远：“妈妈。”

“妈妈？叔叔怎么会和妈妈吵架？”

她踩着粉色的雨靴，吧唧吧唧地跳进水坑里，带起一裤脚的泥。她终于跳到楼梯前，却不上来了，双手搭在上一层的楼梯上，专心致志地拨弄着什么。

她说：“小蜗牛。”

我真是烦透了，勉强好声好气地说：“下雨天就会有蜗牛。小草莓，你知道叔叔住在哪儿吗？”

她又不说话了，小心翼翼地把蜗牛放进手心。蜗牛伸着两只脆弱的触角，壳的颜色很淡很淡，要融化一般。小草莓一只手举着蜗牛，像窝着一汪水，另一只手扶栏杆爬上来。她坐到滑梯前，就在要滑下去的前一秒，忽然转过头，睁大眼睛看着我，说：“是爸爸。”

我的心脏猛地跳了一下，几乎要跳出胸腔：“什么？”

小草莓摸了摸手心里的蜗牛，奶声奶气地说：“沈从文的沈，路遥知马力的遥，是爸爸。”

雨忽然变大了，劈头盖脸地砸下来，打得我骨头发痛。我什么都听不到了，只觉得天旋地转，像是上升到了高空中。我记得我紧闭双眼，可我又分明看到一只乌鸦在漆黑的暴雨中飞翔，黑云凝滞在半空，如布满嶙峋怪石的深渊，乌鸦飞到了尽头，在密不透风的黑云前停顿了几秒，接着，它飞了进去。

“我要去杀了她。”我几乎把牙齿咬碎，“我才是他的妻子，我才是。他说过要娶我的。”

暴雨如注，黑云变成一群四散的乌鸦轰然炸开，尖叫声像子弹一般击穿我的耳膜。

第二章

英俊是一切的入场券

有人死了。

我穿着黑西装，木然地站在葬礼上。我可能正在流泪，也可能面无表情。我把自己想象成一条泡在肮脏的沼泽里伪装枯木的鳄鱼，僵硬而麻木地接受他人的悼念。

他们都说："太惨了，太可怜了，节哀顺变。"

有些同事也来了，毕竟纸包不住火。还有单容，她穿了一身黑衣服，显得越发枯瘦干扁。她站在角落，盯着遗像，眼里黑漆漆的，仿佛住进了一只黑猫。这个愚蠢而丑陋的女人，我根本不在乎她。

今天出门的时候，我对着镜子刮胡子，我的眼睛又肿又浑，脸色也不太好，尽管这样，我仍是英俊的，就在刚刚，还有女生偷偷讨论我的长相。

"那是沈遥，"她们会说，"他可真帅，真是我的梦中情人。"

她们应该庆幸是在葬礼上认识了我——她们现在有机会了。

我看了一眼手机，宋歆雅给我发的最后一条消息是：离婚吧。我一直没回。但事情到这一步，离不离婚都不重要了。

忽然，有人冲过来打了我一耳光，我头晕目眩，站定一看，是宋歆雅他爸。他哭得如同一只被蒸烂捣碎的茄子，软塌塌地靠在墙边，连声骂道：“沈遥，你这个畜生，你给我滚，你没脸站在这儿。”他又猛地扇了自己一耳光，说，“怪我，我不该让小雅嫁给你，不该让小雅嫁你。”

岳母过来拉他，含着泪：“你别打了，警方都说了，这是意外，不是谁的错。”

他们抱头痛哭，像两株在狂风暴雨里被摧残蹂躏的植物。

这场死亡，我要负一半的责任。警方曾怀疑过这是场谋杀，但他们没证据，还是定了意外死亡。宋家父母不信，在公安局闹过几回，但现在，他们所能做的极限，也就是打我这一个耳光了。

我避开视线，一转头，单容不见了。也好，省得我再费口舌。

从中学开始我就明白，女生是一种多么肤浅的生物，好看的脸和挺拔的身材足以骗过她们大半。我感谢父母给我这些，虽然这也是他们唯一给我的东西。

我的第一任女友是“班花”，她倒追的我。每天中午，吃完食堂后，我们会溜出校门，去麦当劳买一个汉堡包或是去富春来买一客蟹黄小笼包，都是她付钱。过生日她会送我游戏机，过圣诞节送我最新版的球鞋。后来我知道她不富裕，她只是太想讨我欢心了。

事情一发不可收拾，我谈的女朋友越来越有钱，我蹭到更多的便利，也越发出落得像真正的精英男。说谎有两种主要形式：隐瞒和欺骗。我从不骗人，因为骗人的风险太高，但我会适时隐瞒。我会不动声色地说起梵蒂冈的见闻，谈论某支红酒，或是说外滩悦榕庄最近换了厨子，有点掉水准——这其实都是我公款吃喝时在饭局上听来的。我隐去了一些无关痛痒的细节，夸大另一些——有真正的白富美上钩了。

再穷，我也省钱报私教练身材。我也练歌，都是深情的歌，比如陈小春和林宥嘉的歌，段位更高之后，我开始唱李健的歌，因为他人设好，唱他的歌时，容易让女生想象出我痴情、理性、睿智的形象。哪怕唱的是《风吹麦浪》，也比唱《死了都要爱》更煽情暧昧——这才是高级。就这样，在 KTV 里，我得到了第一个真正的富家女，她帮我——准确地说，是她爸提拔我，让我成了人力资源部主管，转正之后，我立刻与她分手，跳槽去另一家公司做了副总监。踩着这两块踏板，我在新北做上了人事总监，并有可能晋升副总裁。在职场上，工作能力永远只占一半，情商、背景、经验、人脉、相貌、气质，这些综合因素才真正决定了一个人能走多远。专业能力重要吗？重要，但更重要的是，让别人认为你具备专业能力。

半年前，在工作聚会上，我又见到了那个富家女，她发胖了，像个白面馒头。我用一杯酒把她打发了，也把重温旧情的念头抛之脑后。

哦，对，我现在结婚五年了。

见到宋歆雅的第一面，我就知道，她是我要找的人。论家境，和那些富家女比，她不算出众。她家在本市有五套房，都是拆迁得来的，其中三套在内环。但我看重的是她的教养，她的父亲是大学教授，母亲是医生，她自己也是双一流大学的心理学硕士。我喜欢知识分子家庭，他们普遍讲道理，又都怯懦迂腐，出现矛盾时，他们更倾向和解与谈判，不会找人揍你、往你家门口泼粪，也不会对你白刀子进红刀子出。我从没考虑娶商人家的女儿，她们都太精明难缠。更重要的是，宋歆雅性格太好了，她脸上永远有笑容，说话轻声细语，心里柔软得像是从未见过世间的丑陋。她喜欢动物，也喜欢孩子，她的眼睛是母鹿的眼睛，透着善良温顺的光，在宛如荒芜丛林的世界里闪烁光芒。

如果一个男人符合女人全部的爱情幻想，他八成是骗子。女人如果上当，不能怪女人蠢，只怪这个国家的男人都太不争气了。我拿出所有的本事疯狂地追求她，一垒、二垒、三垒，手到擒来。

我一度觉得自己爱上了她，甚至婚后三年都没有招惹其他女性。这不是什么值得炫耀的事，只是搞定女人对我来说实在太轻易了，就像弯腰捡钱一样。女人们又着实可爱，各有各的可爱，她们爱上我，我就不愿让她们的爱落空。很多所谓忠贞的男性，他们只是没能力或怕麻烦罢了，如果他们拥有我这样的便利条件，我敢说，他们中的很多人甚至不如我。

婚后，宋歆雅选择做在线心理咨询，居家办公，这样也可以有更多时间陪伴、教育小草莓，她相信良好的原生家庭是孩子最大的财富。她的父母为我们提供了富足的生活条件——这没什么好羞愧的，我从不认为自己是靠女人或吃软饭的人。有钱人不过是命好，他们已经享用了家庭资源带来的诸多便利，该知足了。相反，我是靠着自律、眼光和手段爬上去的，这何尝不是一种于无声处听惊雷的征服力？况且我也努力工作。运气好的人就可以光明正大，努力的人却要躲躲藏藏？总之，他们代表一种生存方式，正像我一样，尽管听上去蝇营狗苟，但也代表着一种生存方式，这并不可耻。

把潘妙妙招进来做前台的时候，我没想和她发生什么——虽然我在知道公司有女高层的时候就隐瞒了我已婚的事情——直到她主动坐上我的大腿。当时我正在办公室骂她——高总招待重要客户，我让她泡一壶茶送到会议室，她却将滚烫的茶水洒到了客户手上。

这么简单的事情都干不好，回去写辞职报告吧。

潘妙妙哭得梨花带雨，说：“沈总，你再给我一次机会吧。真的是茶壶太重了，你看，我也被烫伤了。”

她弯下腰，拉开袖子给我看，她手臂上红了一整片，胳膊肘在我眼前转来转去，另一样东西也在我眼前若隐若现。哭着哭着，她丰腴的臀部就到了我的大腿上，她把一只手搭在我的肩上，又顺着我挺括的衬衫慢慢滑下去。一种久别重逢的欲望在爆炸。我意识到，我已经在一个女人身上耽搁太久了。

但潘妙妙不是个优秀的外遇人选，兔子不吃窝边草，何况她还是我的下级。如果我出轨的事被宋歆雅发现，局限在家庭内部，我总有办法平息，但如果这事在职场里张扬开来，我不仅要被指指点点，可能还会被降职——我的打算可是三年之内升为副总裁，为此我一直在拍高总的马屁。

令我没想到的是，潘妙妙主动会跟我提出，要我们的关系保密。

“我不想被人说我是靠男人上位的，”潘妙妙说，“女人也要有自己的事业。长得漂亮是优势，活得漂亮才是本事，女人最大的底牌是自己。我不想靠男人。”

简直正中我下怀。

我们在储物间里约了很多回，每天上班变成愉快无比的事情。但渐渐地，潘妙妙越陷越深，越要越多，甚至不分场合地对我放电，在例会上叫我的昵称，聚餐时死乞白赖地要吃我碗里的菜。同事们开始传闲言碎语。我身心疲惫，下定决心要踹了她。

跟女人分手是一件麻烦事，让女人哭哭啼啼的事我从来不做，但我会做另一些事，让她们主动提分手。

我有意冷落潘妙妙，节日忘买礼物，生理期不给关心，生气不劝，冷战不哄。她对我意见很大。撒手锏在年会上，那天，单容站在台上，唱歌找不准调，于是我绅士地上了台。我完全可以只是帮唱，但我做得更过分，我牵起她的手，像真正的情侣那样，含情脉脉地看着她，同事们疯狂起哄。果然，潘妙妙气疯了。

“你都没有在同事面前牵过我的手，我喊你一声遥叔叔你都生气，你竟然当众牵那个丑女人！你是不是早跟她有一腿了？”年会结束之后，她对我大吼。

“牵手算什么？我对你还做过别的事呢。”我大概是喝多了，眯起眼睛，咂着嘴，开始说下流话。

她气得拿包砸向我，说：“以后你就去找那个丑女人吧！”

女人都爱比较，眼线长一点短一点，口红深一些浅一些，两件一模一样的外套，能分出一百种差异，越敏感的人就越脆弱。她们只允许比自己好看的人抢走自己的男朋友，论到单容那种长相，连竞争都不屑了，只顾得上七窍生烟，说“丑女配狗，天长地久”。她也不想想，当初是谁打滚撒泼非要拴住这条狗的呢？

三天后，我桌上多出一份辞职报告。真好，干净利落，一个月之后她就可以彻底离开这家公司。我最喜欢这些被公众号调教出来的女孩，她们有的只是独立的口号、敢爱敢恨的表象、女强人的同款口红和喂不饱的虚荣心，像一群盲目的蝗虫，枯朽无物。

我也知道单容的心思。虽然她拿名牌包给我作呕吐袋，但我知道她不是真的阔绰。她的牙出卖了她，一个真正富养出来的女孩，是不会有一口烂牙的。我接触过太多富家女了。

我只当她是跳梁小丑，不拆穿、不拒绝，隔岸观火，可进可退。直到愚园路的那次约会，事情变质了。我猜到那套房子不是她的——我是人事总监，知道她的家庭情况，她一个月工资奖金有多少，我能精准到税后两位小数点。我谎称要出去买礼物，其实是到楼下看她的煤气表，再看一眼邻居的，很容易就知道这屋子没人常住，那一定是她短租来的。回来的时候，有个颤巍巍的老太太在路边卖花，我顺手买了一束。

单容却很喜欢，眼睛亮晶晶的，里面仿佛种了一颗被唤醒的太阳。她小心翼翼地侍弄花，找花瓶、剪根、倒水，有几片叶子枯了，她很可惜地看着，摸了又摸，像一个虔诚的老妇在祈求永生。

我仔细一看，原来我买的是玫瑰，然后我想到，大约从没有男人送过她玫瑰。我有点怜悯她，从某个角度来看，她像是世上的另一个我，她努力地包装自己，竭尽全力地往上爬，除了她自己，她没有任何底牌，没有任何可以一搏的抓手。她是一个赤脚站在深渊里的人。

我甚至真的有点喜欢她了，不是为了那一桌菜或是她假惺惺的眼泪，而是我如此清醒，反倒在残酷中看见了最终极的天真。潘妙妙离开公司之后，我就和她“谈恋爱”了。

这些事宋歆雅都不知情，婚后，她把大部分精力用在了小草莓身上，很难说她是真的喜欢孩子，还是对我彻底绝望。新婚伊始，我们还有共同爱好，每周一起去上即兴戏剧表演班——我们班是第三期，班里共十名同学，大家关系很融洽，结业了还常聚餐。表演课不是为了训练演员，而是为了让人通过戏剧解放天性、提高情商，增加随机应变能力。报课的多是工作压力大的白领，谁不想找个地方彻底地做别人呢？我们自由地演一群猩猩、拾荒者或是绝症病人，说着天马行空的台词，做出夸张的肢体动作。结业那天，我们在小剧场里办了一场面对亲友的小型演出，她父母手捧鲜花来看。而现在，我和她越来越像一对真正的夫妻——没有沟通、没有共同好友、没有约会。

但小草莓很争气，她比同龄的孩子都活泼机灵、懂事乖巧，她跟我不亲近，大概是我带她的时间太少了，但我也没打算在她身上多花时间和精力。就像有人不喜欢小猫小狗一样，这大概是种天性，我也许是生性凉薄，也许是缺乏爱的能力，总之，我的确不喜欢小孩。入春的时候，我妈突发脑出血，导致下半身不遂，出院后，我请了保姆照顾她。宋歆雅每周四陪她去医院做康复，要花一整天的时间，于是那天我去幼儿园接小草莓——我们给她报了晚托班，方便我下班后再接她。幼儿园离我的公司很近，两地之间有一个公交站，很多同事在那里等班车，包括单容，我必须防患于未然。

“小草莓知道即兴戏剧吗？”我牵着她的手，说，“那是爸爸妈妈以前经常一起玩的游戏，小草莓也想玩吗？”

“想玩。”她举着一个比自己脸还大的粉色棉花糖，舔得满脸都是糖渣。

“即兴戏剧的意思是，我们假设一个情境，扮演其中的角色，要一直演到回家，谁中途露馅了，就没有棉花糖吃。”

“我要吃棉花糖呢！”小草莓嗲声嗲气地说。

“好，现在呢，你扮演的是一个小公主，我是你的护卫，要送你回城堡，所以你不能叫我爸爸，要叫叔叔。”

小草莓最喜欢《冰雪奇缘》里的艾莎公主，我以为她一定会开心，谁知她却仰着头，可怜巴巴地问：“那我回家之后还能叫你爸爸吗？”

我几乎心软，就在这一刻，有同事叫了我的名字，我抬头一看，一群同事正在马路对面等车。还有单容，她看见了我，朝我挥了挥手。

我蹲下去，擦了擦小草莓的嘴巴，说：“当然啦，我们只在每周四玩这个游戏，这是我们俩的小秘密。”

于是我正大光明地牵着她，过街跟同事打招呼。单容给她一只棒棒糖，小草莓转头看我，我点头，她才接过来，甜甜地说“谢谢”，然后一个人跑去垃圾桶旁，仔细地把包装纸丢进去。

“教育得真好。”赵小多说，“小姑娘真好看。”

“小草莓，我哥的女儿。”我笑道。

回家的路上，小草莓笑嘻嘻地说：“我喜欢单容姐姐。”

“别告诉妈妈，”我说，“你今天吃了太多糖，妈妈知道会生气的。”

“嗯，”她郑重其事地说，“小草莓不让妈妈生气，也不让爸爸生气。”

就像失去宋歆雅一样，现在，我也永久地失去小草莓了。

即兴戏剧课的同学们鱼贯而入，他们统一在胸口别了一朵白花，进灵堂吊唁，走到我身边，说“节哀顺变”。

他们中的大部分人在课程结束之后，继续了之前的工作。本来，即兴戏剧就是一种体验课，和厨艺班、插花班性质类似，但也有极少数同学转行做了影视相关的工作，比如做话剧编剧、场记。其中最有勇气的一个学员是第十二期的贾红梅，她年过半百，还去演戏，拿到的最大角色是一部不入流的网络大电影里的男二号的母亲。我都记不得那电影的名字，但还是找到了她，雇她来扮演我母亲。她简直是个戏疯子，兴奋得不行，自行设计了很多细节，连钱都没收。

是的，我压根没想到单容会跟我提结婚。她比我想象中还要蠢，什么样的男人会想要她？她平时不照镜子吗？每个女人都天真地以为自己是与众不同的。她们一旦以为自己能掌控一切，就离失去一切不远了。

我只好拿“见父母”稳住她。我相信贾红梅的演技。

“你妈妈真和善，看着好年轻。”单容果然信了，从餐厅出来之后，她对我说。

我妈半身不遂，正在床上躺着呢。我心想。

“她给了我一个红包，”单容有些羞赧，说，“我实在推托不掉，只好拿着。你妈妈太客气了。”

“老人的心意，你就拿着吧。”破财消灾，分手费我还是要给的。

我很快就想出了脱身的办法。

单容于我，恰如我于宋歆雅。本质上，我们都是投资者，如果客体失效，投资行为自然也不成立了。我的计划是装病。她穷过，就一定知道被疾病拖垮的可怕。她会避之不及，我只需恳求她别告诉任何人，留给我最后的尊严。我咳嗽了好几周，雪梨汤喝得几乎想吐。

还有一件事是分手前要做完的，她虽然不好看，但出于我的“集邮”心理，不妨一睡，别看脸就成。我知道在哪儿连开房的钱都能省。

可惜，宋歆雅发现了我的不忠，本来我是很有自信处理的——我们也确实在和平沟通，但这场死亡来得太突然，中断了一切。

高总来了，还带来了一个花圈，是司机小方捧进来的。

“节哀顺变，公司有心理咨询师，你撑不过去的时候就去咨询。”她的红唇一张一合，说道，“你好好休息一段时间。”

“高总，我不是有意隐瞒结婚的事。”我解释道，“我妻子之前在家照顾小孩，本来打算重新出来工作，我们公司不是一直缺人吗？我就想能不能也将她招进来，她是心理学硕士，能力不差的，但我担心有人说闲话，考虑到这一层，才一直说未婚。”

高总挥了挥手，说：“人之常情，我能理解。”

“我要耽误工作了，”我试探道，“人事张主管能力不错，我请假的这段时间，要不要把工作交接给他？”

我一直称未婚，高总也喜欢跟我开玩笑，一夕之间，得知我已婚已育，凭空冒出一个四岁的女儿，还直接办上了葬礼，她一定心存芥蒂。我只好以退为进，探探口风。

好在高总一向赏识我，大概我的外貌也为我加分不少，她拍了拍我的手背，说："别说这种话，放心，没人取代得了你。好好休息，公司等你回来。"

我这才安心。趁着公司团建，我刚好可以避一避风头和闲话。人都是健忘的，等团建回来，他们就会忘记这件事。新北上下那么多员工，一个隐婚事件，只是一枚投入水中的石子，很快就会平息。

我去山里住了一段时间。晨雾或薄暮之中，我在清冷的山路上散步或去林间慢跑时，感到周围无比寂静，我仿佛能看到她死去的清白的灵魂。有几天夜里，我梦见她枕在我的胳膊上入眠，依稀还闻到了香甜的气息，醒来时，我坐在黑漆漆的厢房里，嗓子干得发痛。竹屋被虫蛀了，天花板上不断掉落竹灰，灰蒙蒙的，像下不完的雪。我大哭了一场。

逝者如斯，生活还要继续。

然而，我根本不知道，这段时间，单容早把公司搅得天翻地覆，等我回去的时候，什么都变了。

起初，我发觉同事们打量我的眼神很奇怪，对我指指点点。午休的时候我遇上赵小多，平时她早过来跟我说话了，这天却格外冷淡，我主动招呼，她却白我一眼，骂了句"人渣"，转身走了。下午在会议室，遇上其他部门的下级时，他们也指着我窃窃私语。张主管好心，提醒我去看公司内部网站，我这才发现，上面已经有了一个叫"单容后援团"的版块。置顶文章详实地描述了我作为已婚男子，是如何骗取单容的情感和身体的，字字泣血，里面还附了一张公司的集体照，我和单容的头像被红圈圈了出来，昭告天下。文章浏览量过十万，有上千条回复，其中两个人的回帖最多，一个是潘妙妙，她痛诉我以辞退为威胁，在会议室里强奸了她，跟帖的都劝她去报警，另一个是赵小多，她直接骂我去死。

我五雷轰顶，冷汗直冒，立刻打电话给单容，但电话不通。我不敢贸然去他们部门找她，就托张主管去问，张主管说她请假没来上班。

我给她发消息：你在哪儿？出来见一面。每隔三十秒我就会看一下手机，她始终没回。

我根本没法工作，成了人人喊打的过街老鼠。在茶水间撞见同事，她们假装没看见我，却在我看不见的拐角处发出呕吐的声音，等我回到办公室，却赫然发现电脑桌面被人换了，惨白的背景上写了三个鲜血淋漓的大字：强奸犯。

“谁干的！”我大声怒骂，猛地把咖啡杯砸在桌上，“谁再敢乱动我文件，我就去调监控！”

办公室里寂静无声，所有人只顾埋头工作。

晚上我睡不着，起来反复读那篇文章。文章用的是第一人称，写得清晰全面、绘声绘色：我如何吐在她包里，如何送她玫瑰，如何承诺、约会、带她见家长，如何在储物间骗走她的第一次。文章把所有的细节都写到了，因为写得太生动，反而不像出自一个具体的人之手，而像是由任何一个人或者所有人撰写的。这是一场声讨，不只来自单容，还来自所有被男人辜负过的女性、所有被男人撬过墙角的男性，而我就是那个代表，那个令人作呕的坏人，他们声讨我败坏的道德和肮脏的人性。我被钉上了耻辱柱。

这不是单容或潘妙妙可以做到的，她们远没这么聪明。

单容消失了，只有帖子还在每天更新发酵，越来越多的细节、越来越多的佐证。开始有不认识的女同事跳出来说我曾利用职务之便骚扰、暗示过她们，我还收到了许多匿名邮件，里面尽是谩骂、诅咒、黄色图片和奇怪的链接。

这是一个单容策划的庞大阴谋，她似乎笼络了每一个人，在这家公司里，没有一个人不同情她，没有一个人不曾发毒誓要惩罚我，这个组织密不透风，教徒生生不息，教义不可亵渎。我在一列东方快车上，每个人都是杀人犯。

我茶饭不进，暴瘦十斤，眼袋几乎掉到了下巴处。每当我想要专心工作的时候，就会有新的手段将我击垮。我想辞职，又实在舍不得这里的职位和待遇。就在我绝望至极的时候，单容出现了，她不是一个人来的，还带着贾红梅——那个扮演过我母亲的戏疯子。

她直接杀到了我的办公室，堂堂正正地站在所有同事面前，字正腔圆地喊我："沈遥，你出来一下。"

她穿着一件白衬衣，脸上干干净净的，没有泪痕也没有笑意，她的膝盖上包了纱布，似乎受了伤。贾红梅站在她身旁，不声不响的，像一件道具。她怎么也来了？我有点摸不着头脑。

单容开口了："沈遥，当着这么多同事和你妈妈的面，你向我道个歉吧。只要一句道歉，我就把网上的文章删掉，我们从此两不相欠。"

同事们放下手中的工作盯着我，几百只耳朵，高高低低，像翅膀一样静止在空中。

来不及思考，我不得不开口道歉，这时，贾红梅忽然一个箭步上来，猛地给了我一巴掌，哀号起来："哎哟，我怎么生出你这么个儿子啊，我这是做了什么孽？单容这么好的姑娘，我竟然帮你去骗人家！"说着，她也给了自己一个耳光，作势要下跪，"小容啊，我对不起你，我代沈遥先给你磕头。”

单容立刻哭了，弯腰去拉贾红梅，连声道：“阿姨，你快起来，快起来，怎么能怪你呢？不管怎么样，我都是你的干女儿。”

我几乎呆了。同事们越围越多，交头接耳，我气疯了，对着贾红梅吼道：“你个疯婆子，演戏演上瘾了是不是？你根本不是我妈！”

贾红梅愣了一秒。她跪在地上，迷茫地看着我，轻轻地问：“我……我怎么不是你妈了？”

“你别在这儿装神弄鬼了，”我脱口而出，“我妈半身不遂，正在家里躺着呢！”

话音刚落，我立刻意识到说错话了，这不就是她们的目的吗？她们根本不是来接受我的道歉的，她们要把事情闹大。从线上到线下，从口头到肢体，从一到无穷大。完了。我浑身冒汗，整个人几乎要炸开。我彻底完了。

果然，单容的神情看起来难以置信：“沈遥，我只是想要句道歉，这过分吗？你怎么能连自己的妈妈都不认了？”

“好啊，你咒我……我养你这么大，你竟然咒我……”贾红梅的声音也颤抖起来，她往冰冷的大理石上躺去，嚷道，“好，好，我半身不遂，我半身不遂！”

我感到天旋地转，耳鸣不断，耳朵里像住进了一只夏蝉，同事说什么我都听不到了，只感觉四周群情激愤，他们随时要过来揍我，也许我已经挨了一两拳。我依稀听到有人骂“不要脸”“不是人”“连妈都咒”，好像是赵小多起的头。这时，一个人非常执着地在不断地拍打我的背，我艰难地回过头，是高总。

“来我办公室。”她沉着脸，说，“小单，你先带沈阿姨回家，其他人都散了。”

沈阿姨，见鬼的沈阿姨。

刚进办公室，我急切地解释："高总，那人真的不是我妈，她是我雇来骗单容的，那女的就是个疯子，她是演戏的……"

高总打断了我："这是什么光彩的事吗？还解释！我刚出差回来，公司就乱成这样。你还说你隐婚是为了老婆的工作，我看你就是想乱搞男女关系吧？亏我以前一直看重你，想不到你竟然这么恶心！你出轨都不挑对象的吗？这样，你立刻把工作交接给张主管，等你把这些事情处理干净了，再回来见我。"

高总挥手让我滚，我还想辩解，她不听。最后是保安和司机小方抱着我的腰，把我架出去的。

"人渣！败类！"小方朝我脸上吐了一口痰。

众目睽睽之下，我顶着一口浓痰走出公司。这时，我收到了单容的短信，这是出事之后，她第一次回我信息。她说：六点，日料店见。

我浑身颤抖，恨不得生吞了她。

还是那家日料店。曾经，我把小草莓送回家之后，谎称要回公司加班，悄悄赶过来跟她约会；如今，我一个人坐着等她，咬牙切齿的、双眼通红的——这还是第一次我等她。

她来了，穿着那件跟她的表情一样无辜的白衬衣，坐在我对面。

"你到底想干什么？你明知道贾红梅不是我妈，还带她来公司！谁教你的？那篇文章是谁让你写的？是，我骗了你，但你把这些捅出来有什么用？你能得到什么？"我怒火中烧，连声质问。

客人们都在看我，只有单容没有，她挥挥手，说："服务员，点单。"

服务员走过来，我只好压下不问。单容心平气和地点菜，看上去没有一丝异样。我着急又气愤，几乎要将茶杯捏碎。

“就先点这些吧，谢谢。”单容说。

“好的，需要什么饮料吗？”

“快滚。”我说。

服务员终于走了。我一把拉住单容的手腕，紧紧捏着，几欲将它折断。我眼里要喷出火来，厉声问：“单容，你到底想要什么？要赔偿？要钱？你要毁了我吗？”

“不，”她盯着我，轻轻地笑了，她的眼睛是一双黑猫的眼睛，一双女巫的眼睛，她笑着说，“沈遥，我要嫁给你啊。”

我被她盯得毛骨悚然，这个可怕的女人。

第三章

单容的计划

“任何命运，不管如何漫长复杂，实际上只反映于一个瞬间：人们大彻大悟自己究竟是谁的瞬间。”[1]

原来我是个蠢货。

那个雨夜，在听到小草莓说出那声“爸爸”之后，我立刻逃回家，一进卧室，就锁上了门，扣紧了所有的窗户。我抖开被子，为自己挖好坑，换上睡衣，钻进去，恨不得从此长眠不醒。

我发了高烧，梦里，小草莓一直在对着我唱歌，她的歌声像一条丝袜，若有若无，又如天罗地网，它蒙在我的脸上，让我五官错位、无法呼吸。

我连外卖都不敢叫，门铃声会吓得我浑身战栗。我每天只吃泡面，茫然地对着电视新闻。蓝光不断闪烁，播音员的声音僵硬而刻板，我一句都听不进去。

---

① 引用自博尔赫斯小说《塔德奥·伊西多罗·克鲁斯小传》。

我想到了童年的一些事。

小学的时候，总有农村妇女挑着竹筐到学校门口卖小鸭子，一块钱一只。小鸭子黄澄澄、毛茸茸的，它们挤在筐里，小脑袋转来转去，像一群明媚的小太阳。我很喜欢，每天放学去看。省下一星期的早饭钱，终于买了四只。我把它们装进书包带回家，藏在床底的纸盒子里，喂它们米饭和清水，写作业的时候就让它们在桌上散步。我看着小鸭子踩着橘色的脚蹼，屁股一扭一扭， 在课本上穿梭不停。三天后，老师拖堂，放学晚了，我还没上楼，就看到垃圾桶旁堆着家里的沙发，我猛地想起今天换家具。我抬起头，看见我爸站在窗口，正举着那个纸盒。他皱着眉，轻易地把纸盒翻倒过来，四只小鸭子争先恐后地掉出来，像四只橙子，笔直地摔死在我面前。

有一只还没断气，它的身子全摔烂了，鸭毛上都是血，它拼命梗着脖子，眼睛在眨。我蹲在它身边，举起石头，猛地一下，把它砸死了。

我站起身，回头一看，一个同班男孩正站在我背后，目瞪口呆地盯着血泊里的死鸭子，他忽然大叫着“单容杀死鸭子！单容杀死鸭子”跑走了。第二天，全校都知道了这件事，他们给我起了个外号：杀人魔。这个外号一直被叫到我上大学。

我把事情原原本本地记在本子里，此后，我每天写日记，一直写到大二的暑假。

我请了病假，整整两周没出门，手机里有几十条消息，大多是同事发来的，我一概没回。一天下午，忽然有人敲门，我吓了一跳，定在沙发上一动不能动，像一只被揪住后颈脖的猫。过了几分钟，敲门声停了，还没等我缓口气，一个声音响了起来：“单容，开门，我知道你在家。”

"谁？"我战战兢兢地问。

"陈启河。"门外的声音说，"你的心理咨询师。"

我思考了整整几分钟，才想起这个人，没好气地道："你怎么来了？"

"你一直没来上班，也不回我消息，"他在门外说，"你遇到什么麻烦了吗？我可以帮你。"

"我用不着！"我对他吼，"快走，不然我打电话报警了。"

门外安静了几分钟，我以为他已经走了，正想去看猫眼，他却又开口了："是这样的，我们诊所对每个医生有考核，你是我的咨询对象之一，如果在我负责期间，你出现抑郁症、狂躁抑郁症，或其他心理疾病，会影响我的业绩。你们部门有一个叫赵小多的同事，她说你在请病假前因为一张照片辱骂她，她怀疑你精神状态不佳，所以我才过来的。"

赵小多，又是这个女人，哪儿都有她。

"谢谢你，"我语气生硬，"我现在没换衣服，不方便见你，下次再说。"

门口传出窸窸窣窣的声音，陈启河说："我留了一张名片在门口，上面是我的私人电话。你放心，我是专业心理咨询师，有职业道德，不会把你的情况透露给任何人。无论咨询有没有用，把话说出来，总比自己苦想要好。"

半晌，我谨慎地开门，走廊上空荡荡的。

他的名片非常干净，素白的磨砂纸面上有一排褐色的正楷小字：心理咨询师陈启河。名字下面是他的电话。名片上有股檀香味，像是夏日暴雨后的森林的味道，闻起来让人安心。

我把名片捏在手里，想扔又有点舍不得，想不到第一个来关心我的竟然是这个倒霉蛋。

第二天，我尝试打了名片上的电话。

“我建议我们见个面。”陈启河没问发生了什么，不急不忙地说，“我们之前的聊天不太愉快，面对面有助于我们消除误会、建立信任。”

我拒绝去心理诊所，于是我们约在咖啡厅见面。见面前我十分忐忑，甚至开始拉肚子，我恐惧心理咨询，或者说是恐惧直面自己的内心。我迟到了十分钟，走进去的时候，都不用问，我第一眼就认出了他。他的模样跟我想象中的一模一样：穿一件中规中矩的衬衫，脸形端正，下颌骨明显，戴一块机械表，正经得有些迂腐。我走到他面前，他也看见了我，神色有点吃惊。

“单小姐？”他说。

“怎么了？”

“你不难看啊。”他几乎脱口而出，愣了几秒，补充道，“抱歉，我的意思是，我一直听你说自己丑，但你一点也不丑啊，真的，从男性的眼光来看。”

我猜这大概是心理咨询师的话术，让我放下戒备，但我还是笑了，说：“你跟我想象中长得一样。”

“哦？”他微笑道，“原来你想象过我的样子。看来我们今天的聊天会很愉快。”

我意外地发现他笑起来有点帅，声音也比电话里更有磁性。

“如你所愿，”我坐在他对面，隐瞒掉一些细节，把事情说了个大概，“我被沈遥骗了，那个畜生，他早就结婚了，还有一个四岁的女儿。”

“这不是你的错，”陈启河喝了一口咖啡，说，“正常人很难想到这一层。什么人才敢把女儿带到同事面前装神弄鬼？单容，你才是受害者。”

我的眼眶有点湿润了。

“小草莓喊他爸爸的时候，我的世界几乎崩塌了。”我说，“都是假的，他说的每一句都是谎言。这世界上还有什么是真实的？”

“我是真实的。”他温润地看着我，眼睛像一颗琥珀色的话梅糖，“每个人都会上当，这没什么可耻的。”

我虚情假意地哭了一会儿，也许是真的伤心，也许是想博得同情，我自己都难以分辨。我习惯以示弱对抗世界，把那些像蝎子一样的毒针藏好，藏进文胸的胸垫里，藏进烧掉的日记里，藏进发黑的骨头和血液里，从不示人。

“我耽误你时间了。”我说。

“没关系，我把私人电话告诉你就是希望你来占用我的时间。”他做了一个摊开手的动作，说，“沟通才能敞开心扉。”

有句话悬在嘴边，几乎冲口而出，我强忍住，低头喝了一口抹茶拿铁。

“我们一起来面对，我会帮你走出来的。”他补充道。

我摇头：“不，我要嫁给沈遥。”

陈启河错愕地道：“哪怕这样？”

“就是因为这样，我才更要嫁给他。你帮我吧，帮我拔掉沈遥的刺，让他变成听话的小猫咪，把他的世界变成一座孤岛，只剩下我和他。”我一鼓作气地讲下去，“我知道我内心扭曲，沈遥也是。与其让他祸害更多的人，不如把他给我，只要我们结婚，一切都结束了。”

陈启河的脸上变幻过一万种色彩。

“好。如果这就是你的心愿。”他最后说。

我重新去上班。每天晚上陈启河都会给我打一个电话，告诉我第二天应该如何做。

“拉拢同事。”他说，“沈遥之所以隐婚，是害怕事情在职场上曝光，前途受影响。你要掐住他的命脉，就得借助同事的力量，让他在职场上无路可走，不得不正视你。”

“同事那么多，我怎么去一一拉拢？”

“你知道陪审团制度吗？”陈启河在电话里说，“辩护人不需要让陪审团的每个人都接受他的观点，只需要争取到那些左右大众观点的关键人物即可。这是群体心理学。同事里总有一个影响力大的人，聚餐由她订餐厅，集体活动由她出方案，点菜的时候菜单总在她手上。”

“赵小多。”我想了想。

“你得取得她的信任。”

“我该怎么做？”

“取悦。”陈启河说，“一旦她被你取悦了，她就会处在一个即将被说服的时刻，这时，无论你向她提供什么证据，她都认为是值得信任的。”

“陈启河，”挂断电话前，我叫了他的名字，“很抱歉以前说你会心理变态。谢谢你帮我。”

“心理咨询师总会被人误解。”他微笑着，露出整齐的八颗牙齿，说，“我更愿意你叫我陈医生。”

下班后，我走到赵小多的工位前。

“我想请你帮个忙。”我看了一眼她桌上的猫咪摆件，说，“我新买了一只加菲猫，两个月大，我周末回老家，能不能请你照看两天？我记得你喜欢猫。”

她的眼睛立刻亮起来，像拧开了两只灯泡，说：“我最喜欢加菲猫了，包在我身上，别说两天，更久也没关系。”

她开车到我家楼下，我把不久前从猫舍花了八千块买回来的加菲猫抱了下来。小猫软软的，丝毫不挣扎，大脸又圆又平，像是被一屁股坐扁的。

“你帮我起个名字吧。”

赵小多简直爱不释手，说：“就叫摩卡吧。”

当晚赵小多发了摩卡的朋友圈，整整九张照片，同事们都点赞，还有人留言：终于“吸猫”成功。

周末晚上，我去接猫，赵小多依依不舍地对它挥手，一遍遍地说：“再见摩卡，再见摩卡。”

赵小多很快对我友善起来，再次邀请我下班后去KTV。我去了，坐进沙发里，等待一个时刻，她们聊天的时刻。

“你们听说了吗？‘我司最帅’沈遥早就结婚了！”酒过三巡之后，有人起头了。

“真的假的？”

“连婚戒都不戴，他是故意隐瞒的？”

我立刻给陈启河发了条消息：开始了。

“第二个阶段叫造势。”前一天晚上，陈启河准时给我打来电话，“我们要拆掉沈遥的人设，一层一层地揭开来，把他隐婚的事情闹大，闹得人尽皆知。但这个时候，你一定不要暴露自己和沈遥的关系。”

“为什么？”

“因为你们之间的信任还没有建立，现在说出去只会变成笑柄。”

“我懂了。”我说，“谢谢你用了‘我们’这个词，这让我觉得我们是朋友。”

电话那头的人沉默了一会儿，我甚至疑心他已经挂断，半晌，他说：“我们当然是朋友，但你更是我的病人。作为医生，我会竭尽全力让你得到心灵的安定。”

我去洗澡，热气笼罩着浴室，像有另一个自我要挣脱逃离。心灵的安定？从来没人给过我这样的承诺。热水冲在我的脸上，像一声漫长的叹息，它几乎要灼伤我——如果我能早一点遇到他多好，在爱上沈遥之前，在大二暑假之前，在那四只当着我的面被摔死的小鸭子出现之前。那时，我或许还有机会得到安定，如今，我已经走得太远，看不到回头的路了。

“陈启河，陈启河。”我把花洒开到最大，学着他的语气，字正腔圆地念道，“请叫我陈医生。”

KTV 里，同事们聊得热火朝天，我适时加入：“沈遥隐婚的事是怎么曝出来的？”

“有人死了。”赵小多神神道道地说，“好像是他被捉奸在床，他老婆气不过，跳楼死了。”

“不是不是，说是被他和情妇推下去的。”另一个同事说，“警方怀疑是谋杀，来公司调查，才传出来的。”

“我听说是意外，他老婆想吓唬他一下，结果失足了。对了，她还是抱着他们的女儿一起掉下去的。”

“女儿吗？我见过！”赵小多说，“哎呀，真可怕，他当着我们的面说那是他哥的孩子。”

同事们纷纷咋舌，赵小多把头摇得像拨浪鼓：“可惜了这么帅的脸，他竟干出这种事来。”

“听说他下周要办葬礼，我还真想去看看他老婆长什么样。”

“我可不敢去，晦气。”

“高总会去的吧？高总特别赏识他，也不知道之后会怎么样。”

“她会觉得自己瞎了眼吧！”

大家议论纷纷，高潮迭起。

“我接下来该干什么？”晚上，我问陈启河，“我可以对同事说沈遥欺骗我的事了吗？”

“不行。”他的声音很干脆，我想他一定皱着眉，坐在办公室里，把衬衫的扣子扣到最上面，戴着手表，一丝不苟——不知道为什么，我越来越多地会想象他的日常。

他说：“把猫送出去，同时开始找证据。”

“什么证据？”

“更多受害者。”

于是，我要来潘妙妙的微信。约出来见面的时候，她对我充满敌意，一张精致的脸上满是玻尿酸和趾高气扬，我做小伏低，首先流泪了。

“他也骗了我，他已经结婚五年了。”我看起来悲痛欲绝。

潘妙妙破口大骂，轻易地说出了他们之间的所有事，当她说他们常去储物间幽会的时候，我眼前一片漆黑，差点晕厥。

“他会付出代价的。”我把计划说了个大概。

她忙不迭地答应，同意把自己的事曝出来。离别前，她拉着我的手说：“单容，我以前一直瞧不上你，觉得外表丑陋的人心也丑，现在才知道你这么有智慧，以后我都听你的。”

我保持微笑，低下头，心里骂遍了她十八代祖宗。

陈启河给了我贾红梅的电话，说是托一个律师朋友弄到的。我给她打了电话，谎称沈遥说要买房，骗走了我五十万。贾红梅听后立刻慌了，说自己分文没收，只是过过戏瘾。我顺水推舟，要她也陪我演一场戏。

“演什么？”她说，“只要不赔钱，我什么都能演。”

出国团建的前一周，我把摩卡送给了赵小多。她抱着小猫，兴奋得眼睛发亮，连声问道：“真的吗？你真的把猫送我？”

我说：“我笨手笨脚的，照顾不来。这么可爱的小猫咪，应该送给真正爱猫的人。”

赵小多紧紧搂着摩卡，亲了一下它的额头，说：“不瞒你说，从上次你把它接走，我一直在想它，好几次都梦到了呢。”

赵小多欢天喜地地走了。我转头给陈启河打电话。

“搞定了。接下来呢？”

“等。”

“等什么？”

“等一个时机，制造一场幻象。”

很快，公司团建开始了，因为人多，子公司的人会分批前往。其中一天，我们要在海岛玩类似于“撕名牌”的集体游戏，游戏时会随机分组，每组十人，一共十二组，这是公司为了增强团队凝聚力和合作能力策划出的方案。我刚好和高总一组。

“你要拿冠军，”前一天晚上，陈启河叮嘱我，“给人留下深刻的印象。”

游戏开始没多久，我就知道我赢不了，一方面是沙滩气候炎热，我体力不支，另一方面是我们队实在落后得太多，我个人再努力也没用了。高总无心游戏，直接在街边的小咖啡馆坐下，娇气地道：“再跑下去我就要中暑了，重在参与嘛。”

组员们都嘻嘻哈哈地进来吹风，我心急如焚，又看了一眼陈启河的短信：给人留下深刻的印象。

“我去前面看看，”我说，“有一个新发放的任务，我看能不能自己完成。”

“好啊，”高总望着我，半张着红色的嘴唇，眼神有点空洞，大概在想我的名字，最后说，“你去吧。”

咖啡馆门口是一段坡路，路上全是沙砾和碎石子，一只孔雀拖着蓝绿色的尾巴旁若无人地走着。我闭起眼，径直跪了下去，顺着破路滚了一小段。我把膝盖想象成一块无痛无痒的抹布，膝盖在沙砾上狠狠地摩擦，磨得乌紫、出血、溃烂。

我尖叫，同事们冲了出来。

“这么不小心，谁，那个谁，快扶起来。”高总说，“你没事吧？”

“没事没事，”我疼得含着眼泪，“对不起，我本来想给团队加分的，反而拖后腿了。”

“说了重在参与，快进来拿酒精消毒。”高总说。

两个同事扶着我进了咖啡馆。

我给陈启河发消息：晚上连线。

他回了一个“OK”的手势。一分钟之后，他又补发了一条消息：别太拼，保护好自己。

他猜到我弄伤自己了，却没制止，他知道我有多决绝。

晚上，公司安排全体员工在金沙酒店聚餐，酒过三巡，高总上台给游戏前三名的团队颁奖，大家依次领奖，说了一通谢谢公司的感言。末了，高总说：“还有一名同事，虽然没有取得名次，但她充分发扬了集体精神，敢想、敢拼、敢做、勇于挑战，还意外受了伤，我们决定颁给她一个特别奖。请游戏策划部门的单容上台领奖。”

众目睽睽之下，我拖着一条绑了纱布的腿，花了好几分钟的时间，才走上台，接过奖杯。

“说两句吧，单容，”高总把话筒给我，“大家都坐在咖啡馆休息的时候，你为什么还要一个人跑进烈日里做任务？”

台下满是同事，整个子公司几百号员工，他们围坐在圆桌前，或低头玩手机，或专心吃饭。我拿着话筒，战战兢兢，像极了年会唱歌时的模样。不同的是，今晚，沈遥将成为我的殉道者。台下每一个同事，他们看起来离我那么遥远，但今晚过后，他们都将变成我忠贞的教徒。

“因为我不愿意停下来。”我开口了，“我感谢公司、感谢高总。不仅是这次团建，更因为，在公司里，我找到了人生真爱。我想在这里跟大家分享这个好消息，我要结婚了。”

台下一片哗然，同事们纷纷抬头看我。

我问过陈启河，什么叫“制造幻象”。

“这是社会学家勒庞的观点。自从文明诞生以来，群体就一直受幻象的影响，古代巴比伦、中世纪的宗教建筑和国内的金身大佛，无不都是幻象。人类就是为了幻象而活。”陈启河慢条斯理地说，“群体从来不渴望真理，谁为他们制造幻象，他们就把谁当作主人。”

“我要怎么做？”

“我会帮你写一篇讲稿，并教你用什么样的情绪把它说出来。”陈启河很快将讲稿发送给我。文章不长，我却无论如何都背不下来，训练几次都失败了。

“没关系，”陈启河说，“上台的时候，你带一只隐藏式蓝牙耳机，我们保持通话，你跟着我复述就好。”

“从小我就知道自己长得不好看，大学时没人追，工作后也是，我一直觉得是不会有男人爱我的。”陈启河的声音从耳机里传出来，我亦步亦趋地重复，“直到我遇上了沈遥，对，我们的人事总监沈遥。”

同事们瞪大了眼睛，高总也是，整个大厅静得落针可闻，有人拿出手机在录像。

在这个虚幻的花园城市，处处都是立体的植被与花穹，这里精致得像一个谎言，正适合制造一场幻象。

“是我先表白的，我告诉他我喜欢他。对很多女生来说，这种行为有点丢人吧，但喜欢一个人有什么错呢？沈遥那么优秀，喜欢他也是人之常情吧。我说出来的时候，其实是想让自己放下执念。”

我看到有些女同事在点头。

“可他答应了，他说公司不允许员工恋爱，于是我们偷偷约会。他说要娶我，还带我见过他妈妈，我兴奋极了，觉得自己中了大奖。”我说，“后来的事情大家都知道了，他早就结婚了，还有一个四岁的女儿。”

同事们窃窃私语起来：传言里的那个情妇竟然是她——他们一定会这么说。

高总想上台制止我，我正要抢在她之前开口，这时，大厅忽然黑了，仿佛一场突如其来的集体失明。人声嘈杂，工作人员喊了一嘴：“跳闸了，我们立刻检修。”

台下乱哄哄的，一片黑暗，只有手机屏幕的光在摇晃，仿佛是被点亮的泪腺。我孤零零地站在台上，话筒没电了，我精心布局了这么久的计划全被毁了。耳机里，陈启河不知道这边发生了什么，还在自顾自地说着。我垂下头，听着他的声音，像是在听长夜里自己内心的泣血。

“事发之后，我无数次地问自己，他为什么要这么对我？为什么是我？大概是我不配，我不配和他在一起，是我痴心妄想了。可是，难道因为我不好看，他就能欺骗我吗？难道因为我不好看，我就不配得到爱吗？”

我的声音渐渐跟上了陈启河，甚至跟他同时开口——我并不是背不下这篇讲稿，只是它写得太真诚太血淋淋，像是撕开了我的内心才写出来的一般，触目惊心，以至我一个字都说不出口。

但此刻，在这场天赐的黑暗中，世界里只剩下我和陈启河。他窝在我的耳朵里，声音像一条银河，带领我说出自己不愿说出的话。

“我努力工作，也努力想靠近自己爱的人，这难道有错吗？是，我不是一个善良的人，我内心有很多阴暗的角落，想法扭曲，性格也不好，孤僻又古怪，大家都不喜欢我。可谁敢说自己是一个完全纯良的人，一生都没有犯过错、没有算计过他人？别人都说越努力，越幸运，可我越努力，就越能看到黑暗无望的未来，它从未远离过我。谁不想出身富贵衣食无忧，谁不想拥有花容月貌天生有人疼爱？可我已经拿到这样的底牌了，如果不拼命向前跑，就只能被黑暗吞没。那就跑吧，无所谓跑向哪里，无所谓跑的方向对不对，无所谓前方是天堂还是深渊，只要跑起来，耳边有风，脚下是路，至少我还能安慰自己，我还能骗自己，总有一天，也许总有一天，我会跑出这场黑暗，拥有平凡而幸福的生活。我竭尽全力，要的也不过是最普通的人生。”

灯一盏接一盏地亮起来，同事们全聚到了台下，密密麻麻地站着，肃穆得像在做礼拜，没有发出一点声音。

“谢谢大家听我讲这些。”我擦掉眼泪，深深地朝他们鞠了一躬。

我走下台，赵小多已经哭着冲过来拥抱我，我推开她，进了厕所。

我把自己锁在隔间里，放声痛哭，直到哭到半边脸抽搐发麻，嗓子嘶哑。我经常哭，但没有哪一次如此用力，如此真诚，如此撕心裂肺。

耳朵边轻轻传来一个声音：“单容，你做到了。我们做到了。”

是陈启河，我迷茫了几秒，意识到电话还没挂断，他一直在某个地方陪着我。我不是一个人，我的身后还有一个“们”，我们。

“同学们都叫我杀人魔，”我忽然说，“可我只是不想看小鸭子垂死挣扎。他们不信，用书包带捆着我，把我压上讲台，要我重复砸死鸭子的动作，然后假装给我行刑。老师让我写一封给鸭妈妈的道歉书，公开在班上朗诵，如果读得不好，没有哭，就是不用心，要重写，然后让我再读一回。我的小鸭子死了，难道最难过的人不是我吗？为什么我没有得到安慰，却被惩罚了？为什么没有人来关心我呢？”

“我不是杀人魔，我不是。”我哭得昏天黑地，一遍又一遍地说，“我不是杀人魔。”

“你不是，我相信你。”陈启河的声音那么干净，像一把梳子，慢慢梳过我的头皮，把每一根打结的发丝都梳通、梳顺，让我舒服得浑身战栗。

是的，他相信我，他是世上最懂我的人。

那天晚上，我梦到四只小鸭子，它们有毛茸茸的身子和橘色的小爪子，它们排着队穿过课本上的汉语拼音、加减乘除、ABCD，我抚摸着它们，抚摸着这些脆弱而永存的小生灵。

梦里，还有陈启河，他温柔地微笑着。

团建回来之后，赵小多自告奋勇建了“单容后援团”，她对我说的每一个字都深信不疑，为我可悲的情感经历哭了几回，积极地帮我扩散。消息很快传遍了全公司，在赵小多真挚夸张的叙述和不厌其烦的重复中，我的支持者越来越多。三个月前，我还是公司的小透明，被部门员工排挤，如今，公司里没人不认识我，没人不支持我。我想，八千块的加菲猫买得值了。一切都在按我们的计划发展，舆论在酝酿，直到沈遥回来上班时爆发，势如破竹。

我约他去日料店，光明正大地提出结婚，他束手无策地用一种满含惊恐的眼神盯着我。

“你回去考虑一下，”我优雅地吃掉一块寿司，说，“我给你一天时间。”

晚上，陈启河照例给我打来电话，大势已定，我其实没什么要问的，但依然掐着手表等他的电话。我似乎越来越依赖他了，也似乎快要失去他了。

“恭喜你，你的心愿要实现了。”他语气愉悦。

我不想挂断电话，没话找话：“心理咨询师不是应该疏导情绪，教我如何放下吗？你为什么反而帮我实现心愿？”

“因为我理解你。”陈启河认真地回答，“有人说心理咨询师就应该让病人放下执念，回到正轨，我不这么认为。‘正轨’本身就是一个伪命题，谁来决定什么是正常什么是不正常？谁来判断谁是鸡蛋谁是石头？每个人都有自己的存在方式，我们无法改变，只能在固有的道路上做一定的引导和规避。”

他黯然地说：“曾经我也以为我能改变一个人，我努力地去共情、规劝、干预，但依然失败了，然后我明白，人性真的太复杂了，神与兽只隔一线。我决定从此不做别人眼中的好医生。”

“陈启河，你爱上过自己的病人吗？”我轻轻地问。

他犹豫半晌，说：“算是吧。”

我叹了口气：“她真幸运。”

我们沉默了一会儿，听着彼此的呼吸声，像两棵在原野上比邻站立的大树。陈启河忽然低低地开口：“我一直想问你个问题，你为什么一定要嫁给沈遥？你明明知道他不是个好伴侣。”

这是他第一次问我私人问题，他仅仅是好奇，还是有点介意？介意我心里装的是沈遥？介意我要嫁给沈遥？他对我，是否也有那么一点点的留恋和情愫?

我闭上眼，内心复杂极了。我该说出来吗？告诉陈启河，我爱的人早就不是沈遥了。

数月前，我也去了葬礼。

沈遥穿一套黑色的西装，依然那么英俊，但我的眼里几乎没有他。遗像上，对着这个诡诈的世界，小草莓笑得格外天真。我记得她，记得她的眼泪、她的恳求，记得她穿着的荧光黄的雨衣，还记得我把她推下去的那一刻，她的脊背在我手掌里微微颤抖了一下。我低头看了看自己的手，看起来平平无奇的手，在那个雨夜，却爆发了邪恶到几乎令人震惊的力量。

原来，在漫长的岁月中，我都在无意识地策划一场谋杀，他们把名字赐予我，于是我时时刻刻准备成为这个杀人魔。在小草莓对我说出“爸爸”的那一秒，她如同按动了一个开关，我全部的往昔、全部的厌恶和依恋，都像一根撬棍一样陷了进去。我的手指永久地留在她的背后，我把她变成了我童年里的那只鸭子。

“是我当时失手把小草莓从滑梯上推了下去，是我害死了她。”我终于说出口了，对着这个我想留住的、世上最懂我的陈启河，“我欠沈遥一个女儿，我要还给他。还给他，我就自由了。”

“自由。”陈启河轻声重复我的话，声音很低。

挂断电话后，我摸黑去厨房倒了一杯水，慢慢喝下，凉水顺着喉咙进入胃里，我喝下的仿佛是那晚寂寥的雨。

沈遥没给我消息，但我一点也不担心，陈启河的计划是天衣无缝的。

我躺在床上，刷了一会儿朋友圈，赵小多又发了摩卡的照片。贾红梅也发了一张照片，配的文字是：祝新剧开机顺利。我点开她的照片看了一眼，那是一张剧组的大合照，她站在角落里，裹着红围巾。在这张照片上，我忽然看到一张熟悉的脸，我难以置信，用食指和拇指将照片拉大。我猛地从床上坐了起来。

一种巨大的恐慌攥住了我的心脏，我浑身汗毛都竖了起来。我立刻给贾红梅打电话，她没接，我又打了一个，她也没接。我换成微信语音通话，给她打了一个又一个，终于接通。

没等她说一句，我连珠炮一般地问："你身边的那个人是谁？合照里的，你右边的男人是谁？"

贾红梅的声音从嘈杂的背景里传了出来，显得无比遥远："右边？小袁啊，我们即兴戏剧班的同学。怎么了？"

"小袁？袁什么？"我几乎在嘶吼，"他的全名是什么？"

"袁兴什么的，哦，袁兴荣。怎么了，你认得？"

"袁兴荣？"我一字一句、咬牙切齿地道，"他不叫陈启河？"

"陈启河？我不认识。"贾红梅说，"你认错人了吧？小袁是即兴戏剧班第三期的学员，还算是我的学长呢……"

不等她说完，我挂断电话，又看了一遍照片，我的心脏仿佛要跳出胸腔。我不可能认错，他就是陈启河。三个月之前，在咖啡厅，就是他坐在我的对面，对我说："你一点也不丑啊，真的，从男性的眼光来看。"

如果他是小袁，那陈启河是谁？整整三个月，每天晚上跟我通话，懂我、帮我、听我痛哭的那个男人又是谁？

更何况，就在刚刚，我已经把自己最大的秘密告诉他了。

要冷静。我把哆嗦的手压在腘窝里，一遍一遍地告诉自己，要冷静。

我找赵小多要来人事的微信，又通过人事找到了心理诊所的电话。

"你好，这里是阳光心理健康辅导中心，请问有什么可以帮您的？"前台人员接通了。

"你好，"我尽量让舌头不打战，保持口齿清晰，"我想找心理咨询师陈启河。"

"抱歉，陈医生在三个月前离职了。"

"不可能！"我着急道，"他去哪儿了？这三个月他天天给我打电话，不是你们诊所的电话，是他私人电话。"

电话那头传出轻笑声，前台人员语气轻快："心理咨询师是不会把私人电话告诉客户的，我们也不会。另外，陈医生是去美国进修了，我们也很久没有跟他联系了。"

在这个初秋的夜晚，我坐在床上，双脚冷得如坠冰窟。我以为我可以躲避严寒，却忘了我一直身陷在冬天。这一刻，不知为何，我忽然想到了沈遥送我的那束玫瑰，我把它们从愚园路的小洋房里带了出来，每天换水剪根，看衰败慢慢缠绕住它们。盛开的花瓣逐一凋谢，有如一场沉默的喝彩。

通话记录密密麻麻，我稳住颤抖的手，回拨过去，八声嘟嘟后，电话接通了。我的绝望像一口长满青苔的深井，声音也在颤抖："你不是陈启河，你是谁？"

我听见他的呼吸声一起一伏，像从海边隐秘的洞穴里吹出的腥咸的风。

第四章

黄雀在后

我赤着脚在机场狂奔。

七月初的港岛非常闷热，汗水肆无忌惮地流淌，浸透了我的真丝衬衫。我在航站楼里飞奔，只带了护照、手机，以及手上抓着的一双草绿色的高跟鞋。

五个半小时之前，我等到 Daisy 的消息，她终于松口，透露给我：他会坐今天十点五十分的国泰航空 KA805 次航班飞往国外。

她还不肯把电话告诉我，但这已经足够了。

我立刻打车到机场，KA805 没票了，我猜他已经过了安检。为了出国内海关，我赶紧买了一张与之时间最为相近的机票，但还是晚了一步，等我跑到登机口的时候，舱门已经关闭了。

我眼睁睁地看着飞机滑行，阳光刺得我几乎要落泪，这时，我猛然想到，国泰一般会在港岛转机，我查了一下，飞机果然要在那儿逗留四个小时。

这意味着，如果我立刻飞去港岛机场，那就有可能在他转机之前，截住他，截住那封邮件。

在飞机上，关掉手机之前，我给沈遥发了一条消息：离婚吧。

在飞机上的三个小时，我完全没合眼。我看着机翼腾空而起，城市像一张抽象地图，慢慢消失在身后；云层仿佛是固态的，阳光被困在里面，散发着深浅不一、密度不同的金色，澎湃得几乎像一首诗。

我忽而想起博尔赫斯的话：据说人们生下来不是亚里士多德式，便是柏拉图式。这等于说，任何抽象性质的争辩都是亚里士多德和柏拉图争论的一个片段。

三十岁之前，我一直是柏拉图式的人。我生命中最爱的时刻之一是五年前的那场盛大的婚礼，我布置了所有的细节：请柬提前浸在佛手柑的熏香木盒里，闻起来像是清晨刚刚剥开的柑橘；最传统的白纱，配蜜桃色系的手捧花。没有其他配饰，我只戴着一条昂贵且圆润的珍珠项链，这是高贵而矜持的亦舒女郎的行头。宾客都说，我们郎才女貌、天作之合。他们盯着我看，也盯着我的珍珠项链看。后来我明白，我选错了配饰，这是一条价值连城的泪珠，每一滴最终都将流进我的婚姻。

我记得每个细节：我们一起切开翻糖蛋糕，在山谷里放飞蓝色和粉色的气球，他搂着我，温柔地亲吻我的唇。他向我承诺：小雅，我会好好爱你。

他确实做到了，不过他不仅爱我，也爱别人。

婚后第一年，我们一起去上即兴话剧课，他和一个女孩扮演猩猩夫妻，我和另一个男学员袁兴荣饰演饲养员情侣。结业演出之前，我去 HZ 给闺密庆生，回来后，袁兴荣暗示我要多留意沈遥。“毕竟他太帅了。”袁兴荣笑着说。

我没在意，直到有一天，我撞见沈遥和他的“猩猩妻子”单独待在排练室，两人靠得很近，女孩如同一只躺在地上撒娇的波斯猫。沈遥喂她吃薯片，女孩娇嫩的嘴唇凑过去，衔住一点点，于是沈遥自然地探过头，用嘴咬掉另外一半，咀嚼的声音像踩过一条落满梧桐叶的秋日街道时发出的声音。

沈遥解释他入戏太深。

“这怎么能是出轨呢？”他又说，“我和她只是好朋友。”

结业演出的时候我心事重重，下意识捂住小腹。我看着他在台上手舞足蹈，弯着膝，在道具树上荡来荡去，又狼吞虎咽地吃掉一根香蕉，惟妙惟肖。有一瞬间，我看到了他的某种天赋，他仿佛有许多张面孔，他挑选了其中一张纯粹而深情的面孔来进入这场婚姻。

我方寸大乱，把台词忘得一干二净。

“看来这只公猩猩迷住了她，”袁兴荣及时救场，做出一个夸张的动作，“想不到，玉树临风的我竟输给了一只猩猩。”

观众们哄堂大笑。

我尴尬地回过神，袁兴荣对我眨眨眼，示意“我不必在意”。

谢幕之后，父母兴高采烈地过来送花，祝我演出成功，他们紧接着说：“我在卫生间看到验孕棒了，恭喜你们啦。”

我没想到父母发现得这么快。沈遥兴奋得难以置信，抱起我在空中转了两圈，我丝毫没觉得他是真的开心。

我试着和母亲聊了一次：“沈遥和婚前完全不一样，像换了个人，也许这才是真实的他。孩子现在才两个月，如果我们离婚，我还可以做无痛人流。”

“你怎么说出这种话来！才结婚多久就要离婚？还要堕胎？你让我和你爸怎么抬得起头来？”她斥责我，“我看你是读书读傻了。谁婚前婚后一个样？人怎么可能有十全十美的呢？他现在不收心也正常，等孩子生下来就好了。”

我控诉沈遥的情史，她耐心听完，最后说：“你多学学做菜吧，做人妻子就要体体面面的。”

体面。这个词害了我半生。

我是个懦弱的人，怕被人指指点点，又过于通情达理，所以我总是在分析、理解他，尝试与他共情，企图改变他。我没什么事业心，小时候就喜欢猫狗，现在更是把大部分精力用在了女儿身上，我每天只做半天在线心理咨询——这更像是一种爱好。日复一日，我渐渐丧失了走出舒适圈的能力，只能自欺欺人：我是为了给孩子一个完整的家。

纸婚、棉婚、皮婚、丝婚、木婚，每过一年，我的天真就仿佛又脱落了一层。

小草莓像我，性格软弱，她常被幼儿园里一个叫朵朵的小女孩欺负，我和老师反映，也跟对方家长沟通过。

一天，我接小草莓放学，刚好看到她被朵朵推倒在地，她的膝盖破了，手心也是。朵朵的家长也赶到了，抢在我之前开口：“朵朵，你为什么推小草莓？我跟你说过多少回了，你不能欺负其他小朋友！”说完她又立刻跟我道歉。

朵朵家长这么说了，我也不好跟一个孩子过不去。牵着小草莓回家，走出一段路，我越想越气，蹲下来问：“朵朵为什么推你？”

“老师夸我乖，送了我一朵小红花。”她小脸脏兮兮的，“朵朵也想要，她抢我的小花，我不给，她就推我。”

我摸摸她的耳垂，说：“如果下次朵朵再欺负你，她用多大的劲打你，你就用多大的劲打回她。这不是教你用暴力，而是你要用行动告诉她，你不是一个软弱的孩子，不是一个任人欺负的软柿子，以后她就再也不会推你了。你打她，妈妈绝不会怪你。”

“像花木兰那样。”她说。迪士尼的花木兰公主是她最喜欢的卡通人物，但沈遥总是不记得，自以为是地给她买很多《冰雪奇缘》的艾莎公主玩具。

“妈妈，你真好，”她又说，“我都要听哭了呢。”

今年的六月二十三号，我和沈遥爆发了一次激烈的争吵。

那天是我生日，我们去吃了西餐，我和他很久没有一起去餐厅吃饭了，本来气氛挺愉快。他买单的时候我进了洗手间，出来时，他正和一个偶遇的同事打招呼，我听到了他们的对话。

“沈总，你今天怎么没去接小侄女？”

“周四才去。”

沈遥没有侄女，他每周四去接的，是我们的女儿。

同事走了，我立即上前质问，我们边走边吵，声音越来越大。也许是害怕被他的同事听见，沈遥一把将我摁在怀里，在我耳边说道：“赵小多是公司里有名的长舌妇，她的话不能信。”

我们的动作那么亲昵，像是在热吻，心却从未靠近。

那晚，我第一次对他爆粗口。

我可以不在乎他有外遇，但不能接受他教唆孩子说谎。我把小草莓养得聪明伶俐，不是为了让她方便自己的爸爸出轨的。

“这都是你的错，”他对我说，“你一天到晚讲什么原生家庭，什么柏拉图和亚里士多德，我实在不想听了才会喜欢上同事的。你为什么不能像普通女孩一样单纯可爱？聊点家长里短？”

“追我的时候，你不是这么说的。”我说。

“我以为你婚后会变的。就像人家说的，生了孩子，文艺女青年的毛病就都好了。”

“我们先不说女人。”我强压怒火，说，“你不能因为孩子小就愚弄她。她先是个人，其次才是你的孩子。但凡她还认你是爸爸，你就没资格辜负一个孩子的信任！”

“说到底还是因为女人。”他过来拉我的手，说，“我跟她已经结束了。你放心，小雅，没人会取代你的位置。我们一起努力，一起变好。相信我，我是爱你的。”

“我不在乎，也不相信你心里是有爱的，但凡你对孩子有一点怜悯，都不会让她做你出轨的帮凶。”我甩开他的手，冷眼看他，“沈遥，你只是不能接受一个女人不爱你，你知道自己是个百无一用的废物，除了徒有其表和有一些上不了台面的花招，你根本一文不值。你甚至不爱自己，怎么可能去爱别人？你要的，只是待在爱的假象里，正大光明地去索取。”

他的表情非常难看，像一只皱巴巴的香菇，然后，他用力扇了我一个耳光。

我头晕目眩，摔倒在地，豁然抬起头，一字一句地道：“我不需要你的爱，我会自己爱自己，不需要任何人帮我证明自我。连出轨都要怪在我头上，你才是最可怜、最可悲的人！”

他气急了，掀翻餐桌，举起一把椅子狠狠地向我砸来。

这时，小草莓忽然跑出来，猛地扑在我身上，哭道：“不要打妈妈，不要打妈妈，我再也不馋嘴吃棉花糖了，我会听话的。”

“不要过来！”我瞪大眼睛，惊恐万分，眼睁睁地看着椅背砸向小草莓的后背，我大声尖叫，心跳几乎停了。随即我听到咣当一声巨响，椅子砸偏了，在地板上断掉一条腿。

小草莓哇哇大哭，我赶紧抱她回房间。

外面，沈遥还在怒吼，像一只被踩到痛脚的疯狗。他的声音是一串钢珠，在光滑的地板上滚落、反弹、回荡，覆水难收。家具吸饱了声音，变得光洁无比，我仿佛产生错觉，好像这些家具平时都是一些柔软的水母，而此刻，在他的愤怒里，它们也变得固执、冷漠，将他的怒骂声衬得越加尖厉。

“小草莓，别害怕，有妈妈在。”我也怕极了，但依然紧紧地抱着女儿，保护她。

半个小时之后，随着一声关门声，房间里终于安静了。

“爸爸不要我们了吗？”小草莓流着眼泪，巴巴地望着我。

她的眸子里映着我的脸，像要把我封印在她那玻璃珠子一般黑漆漆的瞳孔里，她的小手紧抱着我，那是种孤注一掷的信任。我知道我可以向大多父母那样，用借口安抚她，但我选择用成人一样的方式，理性、客观地跟她对话，无论她能理解多少，我都一样的坦诚，绝不敷衍。

“小草莓，妈妈和爸爸不能一起玩了，这不是你的错，甚至也不是爸爸或者妈妈的错，这个世界就是这样，有的人因为一些事情聚在一起，但最终都要回到自己应在的位置上，”我慢慢地说，“不过，你还可以跟我们一起玩，我向你保证，爸爸妈妈只会更爱你，用更好的方式让你成长。”

小草莓低着头，不说话。

我摸了摸她的耳垂，问：“妈妈经常跟你说，最重要的事情是什么？”

“保护好自己。”

“所以，如果下次爸爸再发脾气，你千万不能冲出来。爸爸不会想伤害你，但万一椅子砸到你怎么办？无论如何，自己的安全最重要。”

她郑重其事地点头，忽然问：“可是，妈妈怎么不打回去呢？”

“什么？”

“爸爸打你的时候，妈妈为什么不打回去？他用多大的劲，你也用多大的劲，让他知道，妈妈不是一个软弱的孩子。”

我听得几乎落泪，紧紧抱住她。我一直以为，是我为了小草莓在忍受婚姻，其实，是她给了我生活里的光。为了她，我也必须结束这段错误的婚姻，立刻、马上。真诚和睦的残缺远比名不副实的完整更重要。

我擦掉眼泪，轻声道：“妈妈错了，妈妈会勇敢起来，像花木兰那样。”

“妈妈，”小草莓把头埋在被子里，声音也闷闷的，像一只感冒的小猫，她说，“我想摸摸你的耳垂。”

于是我凑过去，把我的脸、耳朵、心脏，以及全部的爱都凑过去：这世上，没什么比她更重要。

晚上，我给沈遥发了条消息：你明天请半天假，回来聊离婚。我不想让小草莓听见。

飞机开始下降，我陷入耳鸣，仿佛有只知了振翅欲飞，要刺穿我的耳膜。机舱门开启，我冲进机场以及扑面而来的潮湿和燥热里，奔向国际中转通道。

六月二十四号。我永远忘不了这一天。

早上八点整，我把小草莓送到幼儿园，之后我联系律师，准备离婚协议。下午两点，沈遥还没回来，我发了条消息问他，没回。下午四点半的时候，门铃声响了，沈遥出现了，还带着小草莓。

“不是说我们单独聊聊吗？”我问，“你这是什么意思？”

沈遥似笑非笑地望着我，说：“你不是要把她当成人一样跟她对话吗？我觉得我们有必要当着孩子的面谈清楚。”他紧紧地攥着小草莓的手，单刀直入，“离婚可以，我要孩子的抚养权。”

我皱起眉：“你根本不会照顾孩子，你连她喜欢什么卡通人物都不知道。”

“好，我不要了，”他挑了挑眉毛，不急不慢地说，“用你家的房子来换，三套，市区房。”

我瞠目结舌地道：“你疯了吗？那是我父母的房子，怎么可能给你？”

他优哉游哉地坐进沙发，跷起二郎腿，说：“这不还给二老留了两套吗？够他们住了。这些房子要么是拆迁得来的，要么是他们的父母留下来的，谁知道里面有没有靠离婚分到的呢？现在分出去几套也很正常啊，凭什么运气都归你们一家人？”

我没想到他竟如此下作，冷笑着摇头：“我不跟你争辩，我们法庭上见，房子是婚前财产，你一套都拿不到。孩子的教育和生活都是我在管，抚养权也一定是我的。”

他没回答，转头望向小草莓，说：“你听到了吗？你妈妈不肯，在她心里，你还不如三套房子……”

“你闭嘴。”

“你才闭嘴，”沈遥凶光毕露，“你要打官司？好，我算给你听。准备起诉七天到一个月，法院立案通知七到十五天，诉前调解几个月，开庭审判三个月到六个月，就算败诉，我也可以重新上诉，加在一起，至少一年多，这一年里面，我会天天来找你们，来找孩子，死缠烂打。你不是只在乎小草莓吗？为孩子可以放弃一切？用三套房来换啊，换孩子一年的清净和你所谓的优质家庭教育，难道不值吗？”

我气得失语，浑身颤抖。

“你那话怎么说来着？哦，对，”他挠着眉毛，说，“童年期情感忽视容易造成孩子的心理黑洞，‘人格大厦’就会遭到摧毁。小雅，你肯定比我更懂道理吧？”

我的大脑昏昏沉沉，心脏像一只跳蚤一样拼命跳。他伸了个懒腰，把眼镜摘下来，揉了揉眼睛，说：“懂道理有什么用呢？你就是被道理耽误了一生。这个世界，从来都是坏人当道，有心机、胆子肥的人才能爬到食物链的顶端。小草莓，你千万别学妈妈做一个百无一用的善良人，爸爸才是你的榜样。”

小草莓夹在我们中间，脸色苍白。

“你为什么要为难孩子？这是我们之间的事。”我从他手中抢过小草莓，想请邻居帮忙照看一下。邻居方奶奶方爷爷都是小区居委会的，家里还养了一条柴犬，我们关系很好。

“小草莓，爸爸妈妈有重要的事情要谈，你先在方奶奶家待一会儿好不好？”我看了一眼走廊上的窗户，天色很暗，云层很低，我顺手把玄关上新买的黄色透明小雨衣递过去，说，“一会儿你可以陪方爷爷一起遛狗，衣服弄脏脏也没关系，玩得开心就好，妈妈回来给你洗。”

方奶奶笑眯眯地把小草莓牵进家门，又探出身来，朝我努努嘴，低声道：“怎么了？我昨天就听到你们吵架了，有什么话好好说，沈遥这孩子一表人才，挺不错的，你也是好孩子，有什么事有商有量，犯不着生气。我跟方老头也吵架，婚姻都这样，吵吵闹闹一辈子，忍忍就过来了。”

我只能苦笑。

我正要反身回家，小草莓忽然从屋里冲出来，给我了一个满满当当的拥抱。她把冰凉的小鼻子蹭在我的脸上，小手摸着我的耳垂，瓮声瓮气地说："妈妈早点来接我回家。"

"好，妈妈很快就来。"

我怎么也想不到，这竟是她最后一次抱我，我再接到的，已经是她冰凉的尸体了。

机场，我喘着粗气，停住脚步，远远地望着陈启河。我站了好一会儿，然后弯腰，重新穿上高跟鞋。

虽然只匆匆瞥过一眼照片，但他的模样已经刻在我的脑海中，像刀刻进木头里，像斧头刻在石板上，像在绝望里刻出的最后一片绿洲。

我走到他面前。他穿着休闲的牛仔外套和一条米色长裤，他高度近视，厚厚的镜片让他的眼睛看起来聚光又专注。他手上拿着一本精装版的书，上面做了密密麻麻的批注。

"女人最微小的弱点也足以喂养起男性的虚荣。任何男人都不愿做女人，但所有的男人都需要女人。"我说，"西蒙娜·波伏娃。"

他合上手里的《第二性》，微笑道："请问你是？"

"你好，陈启河。说起来有点复杂，我是你的咨询对象单容的未婚夫的妻子，我叫宋歆雅。我一直在找你，但你们诊所的前台 Daisy 只肯告诉我你的航班号，我刚从 S 市赶过来。请给我十分钟的时间让我说明来意。"

六月二十四号。下午六点。

我和沈遥陷入毫无意义的扯皮。他不是为了钱，新北的工作收入不菲，他也确实擅长这份工作——识别人性和笼络人心。他是要出口气，他从未在女人身上落败，这是他自鸣得意的战场，如果不能收复失地，他就要用一把火让这块地彻底失去价值。

六点半，我去邻居家接小草莓，准备带她去吃她最爱的西班牙海鲜饭。

邻居方奶奶一脸错愕，说：“她半个小时前就回去了呀。”

“没有啊。”

“她是不是去楼下玩了？今天暴雨，小区里的光缆线路坏了，方老头一直在居委会忙。她说非要找妈妈，我就让她自己回去了，反正就在对门。当时我正好灶台上烧着汤。”

我急急地往楼下冲，暴雨像冰冷的玻璃碴儿一样往我衣领里灌，我冻得打了个寒战。我刚跑出两步，就和一个人撞了个满怀。

“对不起，对不起。”我连声道。

她举着一把伞，身上却湿透了，头发紧贴着头皮，看不见眼睛，整个人瑟瑟发抖，像一只刚从巫婆的袍子里逃出来的黑猫。

我本应匆忙离去，不再看她一眼，但冥冥之中，我抬起头，在嘈杂的暴雨中叫住了她：“请等一下，也许你见过我女儿，她这么高，穿一件黄色的透明雨衣……”

没等我说完，她慌张失措，忽然转身就跑，一脚踩进水坑，溅出无数水花。

我心里很乱，胃紧缩成一团，百爪挠心，一边喊着“小草莓”，一边在小区里疯跑。五年了，我从没感到小区这么大、这么空旷，仿佛是恐怖片里的回旋楼梯，永远没有尽头。雨水错落地打在地上，我好像置身深海，伶仃漂泊，不堪一击。

我还是看到了她。在滑滑梯下面，她小小的身体躺在那儿，脸贴着冰冷的地面，黄色的透明雨衣在风里抖动着，发出清脆的声响。她看起来好冷，像一座孤岛，我几乎不敢靠近。

我小心翼翼地凑过去，把她抱在怀里。她凉透了，在雨里泡得发白，怎么也焐不暖。这时，我忽然感到有什么东西在动，是她的手，我忙低头去看。她的一只手虚握成拳，我掰开来，里面有只小小的蜗牛，蜗牛的颜色很淡很淡，它还活着，触角抖动了一下，背着壳缓缓地爬走了。

我失声痛哭。

救护车到的时候，我嗓子全哑了，一句话都说不出。

救护车上，隔着车窗玻璃，我再次看见了那个女人——像黑猫一样的女人，她站在灌木丛旁边，直挺挺的，像僵尸。她甚至没有看到与她擦肩而过的救护车，也没注意到自己被溅了一身水，只朝着滑滑梯的方向站着。

“她知情，她一定跟这件事有关。”当晚，医院宣布小草莓死亡之后，我第一时间奔进了公安局，“求你们立案调查，她一定知道真相。”

值夜班的民警摘下眼镜，揉揉眼，打了个呵欠。

警察只走访了一次。

“是意外，”他们很笃定，“每年因为意外事故而死亡的儿童有几十万，其中有四五万的儿童摔死。谁让你们不好好看着孩子，下雨天还让小孩去玩滑梯？不出事才怪了。”

另一个警察说：“我们也调查了，那天暴雨，小区里的电缆坏了，监控全不能用，现场的脚印也被暴雨毁了。至于你说的那个女人，你亲眼看到她推你女儿了吗？没有吧？警察办案讲证据，你不能光凭一个眼神就说人家是凶手吧？”

“你们是警察，难道不是你们找证据吗？”我苦苦哀求，“求你们相信我，是事故，这是事故。”

警察透过厚厚的镜片看我，像躲在防弹玻璃后面般刀枪不入：“每个妈妈都说是事故，我们总不能按照女人的第六感来办案吧？”

“去查查那个女人，去查查她，她一定有问题，”我的声音软了，膝盖也软下去，朝他们深深地跪倒，泣不成声，“小草莓答应过我，她答应我会保护好自己，她是世上最最听话的女儿。我教过她，她不会随随便便从滑滑梯上摔下去，她的手里还握着一只蜗牛，她都知道怎么保护一只小蜗牛……”

我瘫在地上，像一堆烂泥。一个女警察过来安抚我。

“她一定是听到我和沈遥吵架，不敢回来。我给了她雨衣，又说弄脏没关系，她才会想到去玩滑滑梯。出现在小区里的那个女人，是单容，她应该是来找沈遥的。”

“这和我有什么关系？”陈启河冷静地问，“你希望我做什么？”

“什么都别做。”

他皱着眉看我。

“我会找到证据的。”我说，“我只缺一个身份接近单容，你的身份能让她打开心扉、说出实话。”

“她不相信我。”陈启河谨慎地说，“我是公司安排给她的心理咨询师，她担心我把隐私透露给新北。有些人就是如此，像紧紧闭合的贝壳，他们错过了敞开自我的时机，再难真诚了。”

“我知道这很难，但还是要一试。我也是心理咨询师。”

“那你更应该明白，这违反了职业道德。”

“但我更是一个母亲！”我激动起来，“你有孩子吗？你知道丧子之痛是什么滋味？那些人不作为，丈夫像一摊死肉，没人肯相信我，没人！他们都说我疯了！连父母都劝我放手。可我了解我的女儿，我不能让她死得不明不白。我一定要做点什么！”

“我没孩子，”他不为所动，“我没结婚，也不喜欢孩子。”

对话陷入僵局。机场的广播响起来，提醒乘客 KA805 的航班登机了，他扶了扶眼镜，把书装进随身包里，站了起来。

我瘫坐在机场冰冷的铝合金椅子上，心里没一丝希望。这时，陈启河开口了：“我没有孩子，但我是心理咨询师。我相信你的悲痛，更相信你可以战胜悲痛。”他转过身，说道，“我不知道你叫什么，也不知道你要干吗。今天我会漏发一封邮件，不让单容知道我已经离职、跟她解除了咨询关系。记住，我从没见过你。”

走出港岛机场的时候，落日烧得通红，有如焚尸炉里的火焰，空气轻盈得什么都压不住，半轮浅薄的月牙从惨白的云里浮出来，看上去了无牵挂。

我的眼里满是泪光。

小草莓，你被人欺负了，现在，妈妈要帮你打回去。从今天开始，妈妈就是你的花木兰，就是你的匕首和牙齿。所有亏欠的、欺瞒的、压迫的、邪恶的，所有不堪一击的真相和岌岌可危的谎言，所有以爱之名的伤害与作恶，我都会一一还回去，我会吞炭漆身，以牙还牙、以眼还眼。

回到 S 市后，我立刻联系了袁兴荣，请他帮我演两场戏。

袁兴荣有极强的随机应变能力，我跟他大致讲了来龙去脉，他很快同意。“我早看出来沈遥不是什么好东西了。”他说。

首先是外表，他不必像真正的陈启河，一个人的外在与内里往往有很大差别，真实不重要，看起来真实才重要。我认真地研究他们的咨询记录，袁兴荣的打扮越符合单容对陈启河的想象——古板、拘谨、儒雅，我成功的概率就越大。

第一次去单容家送名片，我料到她不会开门，于是我安排了第二次。见面是建立信任最好的办法，她会相信那是一个与她生活毫不相干的陌生人，一个真实存在的人。每个细节我和袁兴荣都提前排练过，每种反应、各个对答，再戴上隐形式蓝牙耳机确保万无一失。我没想到她会提出嫁给沈遥，任何看似违背常理的行为背后都有一连串合理的动机，她的嫌疑更大了。

此后，我利用变声器，每晚跟她保持通话。认知一旦建立就不会被轻易推翻，即便声音有差别也没关系。我强大的共情能力曾让我在婚姻里输得一无所有，但现在，它们是我最好的武器。我设法理解她，把自己放进她的处境去揣摩，我更了解沈遥，于是我箭无虚发，射出的每一支箭都是响箭。我屋里二十四小时开着录音和监控，前者是提交给警方的证据，后者是提交给警方的自首材料。

我做好一切准备，冷静、清醒、果断，像亚里士多德一般的理性。“一切馈赠都是陷阱，一切疏忽都经过深思熟虑，一切取悦都是被取悦，一切邂逅都是事先约定，一切屈辱都是惩罚，一切失败都是神秘的胜利。”①

最令人敬畏的神，是支配着我们内心自我的隐形统治者。她以为自己在布局惩罚沈遥，殊不知，螳螂捕蝉黄雀在后。

她逐渐对“陈启河”敞开心扉，甚至有了别的情愫。这出乎我的意料，但我能很快理解：她太孤单、太缺爱了，但凡有人给她一点点的真心真情，她就会顷刻沦陷。我恨她，也可怜她。团建之后，她已经不堪一击。我知道时机到了，像是养肥的鱼，可以收网了。

---

① 本句引自叔本华的作品，作者有改动。

终于，历经近三个月，九月十七号晚，在沙沙作响的录音设备前，她说出了那句话：“是我当时失手把小草莓从滑梯上推了下去，是我害死了她。”

我开了一瓶香槟，喝掉三分之一，心里异常平静。我关掉仪器，导出材料，正准备打车去公安局，这时，我接到了单容质疑的电话。

我犹豫了片刻，最终关掉变声器，报出了真实姓名，她一言不发，挂断了电话。

我上了出租车，车子还没开到公安局门口，我收到她的短信，隔着屏幕，我能感觉到她的语气非常坚决：出来见一面。你难道不想知道细节吗？小草莓有没有哭？有没有叫疼？有没有反抗？你不想知道你女儿死前说的最后一句话是什么吗？你现在去公安局，就永远别想知道。

忽然之间，一种巨大的疼痛从我的心口溢出来，是生理性的、撕裂式的，我像被一个啤酒瓶砸中了太阳穴，酒瓶立刻碎了，但痛感来得很迟钝，几乎让我疑心自己有没有被砸中，而下一刻，疼痛如章鱼触角一般席卷而来，深深地缠住我的每根神经。我大脑一片空白，浑身都是汗。

我打开车窗，让风灌进来，做了一个久久的深呼吸。

“师傅，掉头。”

她约我在一家韩式汗蒸所见面。工作日的夜晚，店里人不多，我走在光滑洁净的地板上，像踩着一片月光。

我去更衣室换上浴袍，给袁兴荣发了一条短信：如果一个小时之内我没有给你打电话，请你立刻报警。我有一份备用资料在网络云盘，也请你一并提交给警方。

我草草淋浴，踩着湿漉漉的拖鞋，进了温泉房。

室内热气蒸腾，我有点喘不上气。单容正一个人泡在温泉池里，我走过去，犹豫了一下，脱掉浴袍，缓缓走进池里，坐在她的对面。

隔着温热而清澈的池水，我们赤身裸体，第一次清晰地看见彼此。这个偷走我丈夫、害死我女儿、内心比外表还丑陋的女人。

单容的脸很红，不知是因为水温还是愤懑。她仔细地打量我的脸，眼神像猫的舌头一样舔过来。她望着每一处我泡在池水里的身体，说："你比我想象的要好看。"

"小草莓说了什么？"我直接问，"你约在这里，是让我没法带录音设备，我被你看光了，很安全，你可以统统说出来。"

"我真的不丑吗？"单容没回答我的问题，反而问道，"那是袁兴荣的临场发挥，还是你们排练好的？"

"排练好的，"我如实回答，"我知道你在意容貌，想让你心情愉悦，放下戒备。"

她点点头，仿佛在说"果真如此"，又问："那你呢？你觉得我丑吗？"

"我们曾见过，小草莓死的那天晚上，在小区里。比起外貌，我更在乎你内心的样子。"

"是哦，那天晚上，"她漫不经心地搔了搔耳朵，轻松地说，"宋歆雅，如果我告诉你，我不是失手把她推下去的呢……"

不等她说完，我猛地冲过去，想要掐死她，可我的力气被水阻力分散了，水面溅出巨大的水花，我只堪堪碰到她的肩膀。她用力把我推开，我跌进池里，呛了两口水，又要扑过去。

"够了。"她从水里站起来，轻松地走上台阶。

她站在池边，大胆地望着我。她的脸上没有羞愧，身体也赤裸着，每一处都是挑衅，是世间最恶毒的报复，她说："你当然可以拿着那条录音去公安局，但你证明不了我到底是过失杀人还是意外杀人，这两者之间量刑的区别有多大，你应该知道吧？你女儿永远地死了，但我不一定会被判死刑，甚至有可能过个十几年我就能出来。你花这么大的代价，牺牲这么多，就为了看我坐十几年牢？你甘心吗？小草莓满意吗？她在梦里都要骂你无能吧？无论何如，都是我赢了。所以，你不会用那条录音的，因为你想要得更多。"

她轻飘飘地走了。

我一屁股栽倒在池里，嗓子里有股血腥味，我几欲咳血。千算万算，我怎么也没想到她会说这些。我输了吗？小草莓不会原谅我吗？我把身子朝后仰，池水慢慢覆盖了我的脸，像套了一只收紧的塑料袋。我躺在池底，一动不动，如此绝望：小草莓，妈妈还要怎么做？妈妈该怎么救你？

第五章

幸存者

每天清晨，还没睁眼，我会先伸手在温暖的被子里一点点地往前蹭，直到摸到他的胳膊，我把身子贴过去，将脸靠在他的胸膛上——再睡十分钟，每天最幸福的十分钟。

八点整，我起床。阳光在窗帘顶上落下深浅不一的光芒，街上喧嚣，车辆飞驰，空气很薄，其中还散发着落叶的气息。我开始做早饭，先煎培根，煎到微微发焦，再用培根煎出的油来煎裹上蛋液的吐司，吐司慢慢膨胀，把培根和鸡蛋的香味全包裹了进去。我在吐司上撒上大颗的黑胡椒，挤一点番茄酱，夹一片生菜、一片芝士，再把培根垫进去。一口咬下去，都是满足的爱的味道。

三明治做完的时候，豆浆也刚榨好，热腾腾的，香气扑鼻。我从上锁的抽屉里取一板口服避孕药，五六粒，用勺子压成细粉，仔细地倒进豆浆里，再加一勺蜂蜜，拌匀，贴心地端到我爱人的床前。

我和沈遥同居两周了。

自日料店谈判之后，我们各退一步，我删除了网上的帖子，保证再不生事，他同意跟我同居，让我搬进了他和宋歆雅的婚房。

以前发生的事我都忘了，我的眼里只有当下。我们一同上下班，连午餐都一起吃，我无微不至地照顾他，像真正的妻子，除了每天往他的饮食里加大量的雌性激素。

如果他还这么英俊，总有女孩会奋不顾身地往上扑，我难免会疏漏，但如果他没有了外貌，就相当于被打断双腿，再也走不远了。就让他跟我一起在泥潭里打滚吧，反正拥有彼此不就够了吗？那些把丈夫变优秀的女人都太傻了，难怪会被抛弃。最傻的还是宋歆雅，活该她没了丈夫，也没了孩子。

曾经，我只想还沈遥一个孩子，但知道宋歆雅的骗局之后，我反而想一辈子拴住他。我也说不明白这种心理，仿佛她给了我信任，又转瞬把我弃之如敝屣，我经历双重的背叛，决心用一辈子恶心她。我拿出所有的本事，无所不用其极。我占有她生活过的空间，占有她拥有过的男人，我甚至穿她的衣服，用她的香水，我恨她，又忍不住要模仿她，想待在残留着她气息的地方。

整整两周，我没有她的任何消息。只要我足够小心，我相信她没法证明我是故意杀人，但她已经有一条录音了，她有可能会利用舆论击垮我——像我击垮沈遥那样。我必须先下手为强。宋歆雅教给我的，我会悉数奉还。

第一步是取悦。

午餐的时候，我请赵小多和部门同事吃饭，又给大家买了奶茶，同事们都笑嘻嘻的。

吃到一半，我站起来感谢大家的支持，并说我和沈遥同居了，很快就会结婚。

大家都很吃惊，赵小多更是一副恨铁不成钢的神色：“你怎么还跟那个人渣不干不净啊？他人品那么差，现在又胖成这样，你还喜欢他什么？”

“对呀，沈遥怎么忽然胖了这么多？”

“他最近压力太大了，又离了婚，又被降成主管。”我说，“不过他之前身体就不好，你们记得他总咳嗽吗？我天天带雪梨汤给他喝。”

“对对对，我记得，你每天带一个小盅来上班。”

“他就是帅也不能要啊，这种人，一点道德底线没有，躲还来不及呢。”

“道理我都明白，但是……”我低着头，轻轻地说，“我怀孕了。”

同事们一片哗然。

我当然没怀孕，但我知道人们对孕妇有多宽容，好像一旦有了孩子，就有了免死金牌。大部分人都不配为人父母，比如我爸、沈遥，比如我自己，可是大部分人都有生育能力，这真是世上最不合理的事情。

第二个阶段是造势。

我垂着头，眼神无辜，说：“沈遥的前妻宋歆雅来找过我，她说了他们女儿的事，太惨了，真的太惨了……”我的声音在颤抖，“她和沈遥在家里吵架，孩子一个人在小区玩滑滑梯，不小心摔死了。后来我才知道，他们吵架就是因为我。”

恰如其分地，我流下鳄鱼的眼泪：“我是凶手，是我害死了这个孩子，如果我当时没跟沈遥在一起，就不会发生这一切，小草莓也不会死了……”

同事们或安慰我，或骂沈遥恶心，或怪宋歆雅大意，这时，我豁然抬起头，目光炯炯：“我想过一了百了，就当是还她一条命了，但后来，我发现自己怀孕了。我立刻知道，这个孩子是来拯救我的，她给我了重新活下去的动力，我甚至觉得她就是小草莓的转世，那个孩子原谅我了，她给了我一次弥补的机会。所以，我要把这个孩子生下来，给她一个完整的家，为了沈遥，为了我自己，更为了小草莓。”

赵小多也流泪了，她说：“太不容易了，单容，你一定要坚强。”

我擦掉眼泪。会的，我会像杂草一样坚强，我会活到最后。

至此，我还缺一个幻象，但我一点都不着急，这个幻象会自己来找我。

下班后，沈遥第一时间问我：“你怀孕了？不可能，我最近都没碰过你。”

“储物间那次怀上的。”我说。

“我要看体检报告。”他咄咄逼人，“不，我亲自陪你去看医生，我挑医院。”

“回家再说。”

到家后，我径直往厨房走：“我给你做饭，你想吃什么？”

沈遥一把拉住我，拽着我的手腕，把我拖到他面前，说：“我不信你怀孕了，你说的话我一句都不信。我们这样貌合神离的有意思吗？这样你就觉得幸福了？一个男人跟你同床了两周都不碰你，不跟你说一句话，你也不在乎？这房子不是我的，是宋歆雅的，她没赶我走就不错了，你凭什么赖着住在这里？”

激素效果真明显，他讲起话来，下巴上的肥肉颤动着，像一块炖在锅里的红烧肉。他的声音也变细了，发火的时候就像一只打鸣的公鸡，听得我心里直想笑。

如果宋歆雅看到他现在的样子会觉得解恨吗，抑或是心疼？如果她看到我真的和沈遥结婚了呢？

没有丝毫犹豫，我膝盖一软，朝他跪了下去。

“那天，我亲眼看到小草莓从滑梯上摔下去。”我跪在他面前，慢慢开口了，“那天下午，赵小多给我看了你和宋歆雅的照片，我准备来找你。我不知道你住在哪一栋楼，你不接电话，我甚至想要一户户敲门，找到你，找到我的未婚夫。我看到小草莓自己玩滑梯，于是问她，她叔叔住哪儿，她说‘沈从文的沈，路遥知马力的遥，是爸爸’。”

沈遥情难自禁，开始流泪。

“我难以置信，我的真命天子，竟然结婚这么多年了……”我捂住胸口，字字泣血，“她当时坐在滑梯上，我想再问一次，问清楚一点，可能是她说错了，也可能是我听错了。我伸手想拉她的衣领，不知道是不是因为我伸了手，她竟然从滑梯上摔了下去。雨那么大，地面那么滑，她一头栽在地上，我吓坏了，竟然跑走了……”

我痛哭起来：“沈遥，我欠你一个孩子，让我还给你吧，给我一次机会，让我把小草莓还给你，宋歆雅能生出来的，我也可以。这都是我的错，我才是凶手……”

他跪倒在我面前，猛地扇了自己一个耳光，说：“怪我，是我造的孽，是我先教她叫我叔叔的，我害死了她，是我害死了她……”

我手忙脚乱地扑上去，抱住他的手，不让他伤害自己。我凑在他的耳边，动情地说：“我们重新开始，重新在一起吧。沈遥，你相信我，我爱你，没有人像我一样爱你……”我开始亲吻他的耳朵，将他的手牢牢地按在我的胸上。我贴住他冷冰的脸，吻他的侧脸、泪痕、嘴唇，他渐渐被我的温度软化了，开始回应我。我们像两只绝望的、一无所有的动物，在地板上翻滚起来。

一秒、两秒、三秒，他很快停止了，伏在我的身上。他看了我一眼，又看了自己一眼，眼神空洞得像一片荒漠。他哭了，哭得那么用力、那么伤心，他的乳头都分泌出液体了，隔着衣服让我感到了凉意。

他是在哭自己，还是在哭孩子？我不知道，或许他真正该哭的，是雌性激素的药效吧。

“怎么会这样？怎么会这样？”他连声问道。

“你病了。”我躺在冰冷的地板上，胳膊环抱着他，抚摸他的头发，说，“没关系，我帮你治病，只要你好好地和我在一起，我就会治好你。”

“我病了？”他抬起头，鼻子上冒出巨大的鼻涕泡，眼神茫然，“我得了什么病？”

“你以前不就总咳嗽吗？后面又发生了这些事，你的病情肯定加重了。”

他的头埋进我的胸里，说了实话：“那是骗你的，我想装病甩了你。”

“傻孩子，我是个长情的人，这可是你说的。”

他呜呜地哭，像个女人：“把孩子生下来吧。”他说，“她是小草莓的转世，没错，她就是小草莓，把她还给我，我就不欠她，我就会好了……”

“好，我都听你的。”

我抚摸着他的脊背，像在抚摸一只温顺的小猫。这一切都是我的错，但最终是你的错。真正的幻象不需要修缮大佛，只要摧毁他的依靠，放大他的恐惧，他就会自然而然地臣服于你。

我盯着吊顶的水晶灯，想象着宋歆雅在这盏灯下生活的模样。怎么样，我的心理咨询师，我学得还不错吧？

第二天，我和沈遥在楼下的照相馆拍了一张照，打车到民政局，领了证。

婚礼定在十月中旬的一个周末。结婚前，我带他回了一趟老家。

我妈穿着一身藏青色的衣服，沉默地扭开铁门，递过来两双发黄的棉布拖鞋。她抿着寡妇应有的刻薄嘴唇，脸上没有一点笑容，和背后白墙上挂着的我爸严肃的遗像彼此呼应。

她说："恭喜你们。"

吃完饭，我陪她洗碗。

她把所有的碗堆在一个水池里，往池子里放满水，滴两滴洗洁精，把碗一只一只搓完，放进旁边的清水池过干净。我曾劝她用流动的水洗碗，她从不理会，比我还固执。

"我帮你吧。"

"不用，"她巧妙地把我手里的抹布变到了她自己手里，说，"你洗不干净。"

我只好在旁边站着。

"他最近胖了，"我说，"他之前可帅了，是公认的'我司最帅'，还是人事总监呢，虽然他现在降级了，但以后还有机会。"

"挺好的。"我妈仔细地用指甲抠去碗边干掉的饭粒子。她的半条胳膊泡在水里，像被折断了一样。

"你来参加婚礼吧？我们同事领导都会来的。"

"我不来。"她不看我一眼，说，"你知道的，你爸走后我就不坐车，没法去。"

"我爸都走多少年了……"

"那也是我丈夫、你父亲。"她严厉地扫了我一眼，说，"你不要心安理得，我都记着呢。"

我脾气也倔起来，说："我们先回去了，沈遥买给你的牛奶你记得喝，水果我放在碗橱里了。”

我还没走出厨房，她忽然从一大堆白花花的盘子里抬起头，说：“上周，有个姓宋的女人来找我，说是你的心理医生。”

我心里一惊，回头问：“她说什么了？”

“也没什么，”我妈重新把头埋下去，说，“聊聊你的童年，问到什么鸭子的事。”

婚礼前一周，我开始发请柬。

我挑了和宋歆雅一模一样的请柬款式，也用了她的熏香。她品位真好，选的每种熏香都很好闻，样子也精致，我依次闻过去，鼻子几乎失灵，还打了两个喷嚏——我真不是小资的人。

最后我挑了黑石榴熏香，倒不是味道多特别，只是被消耗得最多，想来这是宋歆雅的最爱，一定不会差。

我开始把更多的东西搬来他们的婚房，不，我们的婚房。整理东西的时候，我看到一沓日记，幼稚而草率的字体，整整三本，从小学三年级写到大二暑假。我一页一页地读了，又笑又哭，然后一把火把它们都烧了，除了一张，我大二暑假写的最后一篇，我把它从日记本里撕下来，仔细叠好。

这时，我收到了宋歆雅的短信：“出来见一面吧，录音我删了，求你告诉我我女儿死前说了什么。”

这些善良而无用的人。

我们约在咖啡厅见面，这是第一次陈启河或者说袁兴荣跟我见面的地方。她准时到了，穿上衣服的她显得更有品位，她真好看，沈遥真是瞎了眼。我故意穿了她衣柜里的衣服，但她只是不动声色地看了一眼，一个字没问。

“小草莓什么都没说，那是我骗你见面的把戏，”我开门见山，“她只摸了摸我的耳垂，可能是想让我救她吧。但我有另一件事要告诉你，”我得意扬扬地说，“我和沈遥领证了，下周就办婚礼。”

她脸上的表情复杂极了，正符合我的想象，半天，她才摇摇头，说：“不值。”

我脱口而出：“他觉得我值得啊，他现在爱惨了我。”

“我的意思是……你不值。”宋歆雅说，“沈遥是个烂到骨头里的人，你明明有别的选择，没必要把自己的人生绑在他身上。这不是惩罚我，这是在惩罚你自己。”

“你放屁！”我激动起来，大声道，“你就是看不得你前夫娶了我，不愿承认自己输给了我。”

她冷冷地看了我一眼，说：“我早就输给你了，从小草莓死的那一天起，我就输得什么都不剩了，我怎么可能赢你呢？”

我忽然梗住。我一直以为她是一头斗志昂扬的母羊，要豁出一切，跟我争个高下，所以我枕戈待旦、草木皆兵。如今，她却缴枪投降，我该怎么办？我该和谁斗下去呢？

“那你为什么还要骗我，假装陈启河，骗取我的信任？我跟你说了那么多事！”我几乎有点抱怨了，“那段讲稿是你写给我的，你应该是最理解我的人啊。是你说的，我已经拿到这样的底牌了，如果不拼命向前跑，就只能被黑暗吞没。你懂我的呀！你不是最善良的吗？为什么要骗我？我从来没有这么相信过一个人！”

“善良唯有长出爪牙才能走得更远，善良不等于软弱。但是单容你知道吗？”她把身体凑近了，眼里闪着泪光，说，“有的人，就算生活在黑暗里，也绝不会牺牲他人的利益来做自己的踏板，你可以往前跑，拼命跑，但不等于你要把别人踹进深渊！”

“可我无路可走了，”我喊道，“我还能怎么办？难道就认命吗？”

“这个世上，谁不是无路可走？谁不是竭尽全力，想要过普通幸福的人生？”她也激动起来，“就像我说的，谁来判断谁是鸡蛋，谁是石头？你既然看不到事情的全貌，又凭什么认为只有自己是弱者，只有自己过得很难？是谁给你了权力，让你去审判别人的命运？”

“是你把一手好牌打烂的！你明明拥有这么好的人生。”我说。

她叹出一口气，望着我，问：“所以现在你满意了？你毁掉了一个比你的人生好出那么多的人生。”

“当然。”我得意极了。

“那你为什么还要嫁给沈遥？”她清清淡淡地开口，“我和沈遥都被你毁了，你嫁给他，就是跟这样的烂人彻底绑在一起。你这么有手段、有心计，为什么不去找一个真正的精英男，还要在我们身上浪费时间？”

我一时答不出，她自己回答了：“因为你不相信。你在骨子里就不相信自己能获得幸福。就算你真的得到了，你也会亲手把它毁掉，就像毁掉沈遥的外貌那样。于是你有了多一次的借口，多一次的愤懑，可以抱怨上天的不公，抱怨自己的不容易。你根本不相信如果你不用心机，还会有人爱你，爱那个本来的你。你不信自己能得到爱。”

我像被钉在座位上，一动不动，我挑衅地抬起头，问：“你别讲这些没用的，这世上谁会爱我？不会有人爱我的。”

她没回答，但说了些别的，我惊讶极了，甚至还哭泣了一会儿，紧接着又大笑起来。

半晌，我去卫生间洗脸。对着镜子，我的五官没有任何变化，但有一度，我似乎觉得自己变好看了一点，变柔和了、温润了、秀气了，像是宋歆雅把她的一部分美貌赠予了我。

我从包里取出用黑石榴熏香浸过的请柬，打开信封，往里面多放了一页纸，一页发黄发旧、早该阅后即焚的纸。

临走之前，我把请柬留给她：“宋歆雅，如果你为我流过泪，如果你愿意真诚地祝福我，就来参加我的婚礼吧。”

婚礼当天，部门所有的同事都来了，我们请了高总做证婚人。因为婚期仓促，我们不仅没有婚纱照，甚至没有除结婚照之外的其他合影，于是我们匆匆放了彼此童年的照片。这也挺好，小孩子有可爱加持，照片又年代久远、像素不清，显不出多少美丑。仪式很简单，婚纱和西装都是租来的，但双方父母是尴尬事，他父亲早死，母亲半身不遂地躺在家，我妈也不肯出席，这场真正的仪式显得毫无仪式感。最后，我只好请贾红梅再来客串一次，她熟门熟路，是全场最兴奋的人。

高总的证婚词冗长而无趣，甚至还念到几句企业精神。赵小多在下面打呵欠，同事们也都不耐烦，这场好戏终于要落幕了，他们反倒麻木了，开始寻找新的消遣。终于到了誓言环节，沈遥哽咽着，激动地说出那句我愿意，我却有些心不在焉，一直在张望。宋歆雅没来，我有点失望。

仪式结束，正准备开席，有个工作人员上台跟司仪耳语了两句，司仪忽然笑容满面，高声道：“刚刚我们收到一个好消息，新娘的母亲虽然因病不能出席，但为婚礼录制了一段视频，我们一起来接受她的祝福吧。”

我有点错愕，但大屏幕上已经投出了我母亲的人像。她依然穿着那件藏青色的褂子，脸朝向镜头，视线却稍向左偏，像在看另一个人。她说话了：“单容从小就是内向的孩子，虽然人们都认为内向不如外向，但我觉得这不是个贬义词，内向也是一种合理的存在，但她太内向了，我一度觉得，她可能嫁不出去……”

台下响起一些善意的笑声。

“她要出嫁了，做妈妈的，心里总归有各种滋味，如果她爸还在世就好了，他一定会为女儿自豪的。他其实不是坏人，只是脾气不好。他们父女的关系一直很糟糕，单容恨她爸，大概是为了你说的那些鸭子吧，这事我一点都不知道。还有她在学校里被欺负的事，也是你说了我才知道的。她什么都不跟我们讲，她会自己想办法解决，我相信她是蓄谋已久……”

大屏幕上，我妈还在絮絮叨叨，我却像一只被踩到尾巴的猫，尖叫起来：“关掉！立刻关掉！”

来不及了，什么都来不及了，宋歆雅已经攻破了她的心房。在我的婚礼上，我的母亲决定背叛我，背叛我们在大二暑假达成的秘密协议，背叛她的晚年。

“……她买了一只插销，插进副驾驶安全带的扣锁里，这样就算不系安全带，也不会有警报声，所以会让人很容易忘记这事。那时她刚拿到驾照，偶尔她爸会陪她上路练手，后来她爸就死在她的车上了。”她忽然看向镜头，语气里没有一丝波澜，“她是故意的，我知道她是故意的，副驾驶是全车最危险的位置，她爸从小就教她，她是故意撞上那辆卡车的。她爸死了，但她只断了一条腿。我知道她会写日记，所以我找到了证据。他们在路上吵了一架，大概就是为了你说的鸭子，她说她的一生都被她爸毁了，好像没有她爸，她就不会有这一生一样。无论如何，是她提前把插销买好，插进副驾驶的。她求我，也不算求，她问我要不要先失去丈夫，再失去女儿，没人养老送终。我还能说什么呢？后来她就不写日记了，以前写的也不知道去哪儿了，我没兴趣找……”

后面的话我已经听不清了，因为我被冲进来的警察按倒在地，连同我白色的婚纱和红色的捧花一起，被按倒在地。就在这时，我看到一双草绿色的高跟鞋，在推开宴厅门时带进来的金灿灿的阳光里，朝我走来。这是宋歆雅的报复，她报复我那晚在温泉池边对她的挑衅，她釜底抽薪，手起刀落。

我却笑了，因为我看见她的手上捏着那张纸，那张又黄又旧、早该阅后即焚的纸。我的日记，我的罪行，我把它从所有即将烧掉的日记里撕下来，然后在那一刻，我做出决定，把它塞进了请柬里，那张递给宋歆雅的请柬里。草率，但是永恒。

在咖啡厅，我问她，以一种轻佻的态度："别讲这些没用的，这世上谁会爱我？不会有人爱我的。"

她没回答，从手机翻里出一段视频给我看。

光线昏暗，镜头不断抖动。小草莓伏在床上，咿咿呀呀地问："妈妈什么时候才能好呀，痛不痛呀？"

宋歆雅没入镜，声音有点沙哑："妈妈睡一觉就好了。"小草莓把嘴巴凑上去，要晚安亲亲。

镜头晃动了一下，宋歆雅避开了，说；"妈妈发烧了，亲亲会把病毒传染给你的。"

小草莓噘起嘴巴，似乎要哭，这时，有一只手伸到了镜头里，在小草莓的脸蛋上掐了一下，然后绕到她的耳边，轻轻抚摸她的耳垂。她说："我们就用摸耳垂代替亲亲吧。"

小草莓兴奋地欢呼起来，凑到宋歆雅的耳边，轻轻地说："摸摸耳垂，晚安妈妈，我也爱你。"

隔着两杯像命运一般色调深沉的咖啡，宋歆雅说："你问我这世上有谁会真心爱你？我可以告诉你答案，是小草莓。那个被你推下去的孩子，她爱过你。”

我久久地坐着，如一座石像。我想起那双小小的手，在半空中扑抓，她的指尖停留在我的耳垂上，像一只歇脚的蝴蝶。我的耳垂，这是她在世上碰到的最后的东西，然后世界便永远离开了她。

她爱我，仅仅因为我给过她一支棒棒糖？我费尽心机、步步为营想得到的爱，竟是一件这么轻易的事吗？

也许我以为的爱只是一种变态的占有，也许是我活错了，可是谁又能说自己活得完全正确呢？

我哑着嗓子问：“我也能摸摸你的耳垂吗？”

她犹豫了一下，拨开头发，慢慢摘掉自己的耳环，露出白净的耳朵。我见过她裸体的样子，这一刻反而觉得她更一丝不挂。

我伸手过去，却碰翻了咖啡。我手忙脚乱地擦拭，恍惚中，这些残留着余热的棕色液体忽然变成了暗红色的鲜血，它们在桌上滚动、流淌、疾跑，像一些水银，一粒一粒，散得到处都是，我怎么也追不上。我吓得丢了纸巾，却立刻发现有一大片凝固的鲜血粘在了我的袖口，再看一眼，手腕上也有一大块。我惊恐极了，几乎没了思考能力，立刻冲进卫生间。

我把水龙头开到最大，一遍一遍地洗手。棕色的液体流进水池，但我依然能闻到血腥味，其中还夹杂着汽油的味道。我爸在副驾驶上抖得像个癫痫病人，嘴里吐出红色的血沫子；还有那个女孩，她的血被暴雨冲淡了，散发着甜甜的棉花糖的味道，恰如她的名字。我浑身灼热，头痛欲裂，抱着马桶干呕起来。

我忽然意识到，即使花费更久的时间，我也洗不掉这股难以察觉却挥之不去的气味了。八年了，我是个嗅觉失灵的人，不知道自己原来散发着一股恶臭，是宋歆雅打开了我的身心。这大约不是一种良知，只是在那三个月的陪伴与依恋中，我见到了真正的阳光，因而再也不能满足于那自欺欺人的画上的假象了。

我的一生就要这样了吗？这样惴惴不安，守着这股尸臭，守着一个被我亲手毁掉、还会继续被我毁下去的男人。

我浑身像火一样滚烫，对着镜子，我发现自己哭了。

我洗了把脸，打开请柬，这张我处心积虑才获得的请柬。在一年前的九月份，我第一次接到沈遥的电话；在年会上，沈遥像英雄一样出现在我身后；在之后的每一个日日夜夜，我都憧憬着，有这么一张请柬，并排写着我和沈遥的名字，上面还有那句磊落的、金灿灿的“恭候光临”。而如今，我用了一个小小的举动，亲手毁了它。我把命运的审判权交到了宋歆雅手里，只要她足够真诚。

我曾以为这张请柬是我的救赎，能带我过上幸福美满的人生，却没料到，这场救赎远比我想象中的更加深刻、彻底。

在阳光和咖啡的香味里，她接过那封请柬，闻了闻，说：“祖玛珑的黑石榴熏香，挑得不错。”

“我不懂香水，用的是你的。”

“这款香很独特，气场强大，有种内敛的性感，是紫色的味道。”她说，“适合你。”

我挠挠头发，笑了笑，又想到什么，忽然问：“你痛快吗？在我报复沈遥的时候，你帮我想了那么多办法，让他抬不起头，尤其是我和贾红梅的那场戏，彻底击垮了他。我们狠狠地复仇，像战友一样，你痛快吗？”

她笑起来，露出一排小小的白净牙齿。这是我第一次听见她的笑声，像一串被风吹动的风铃。

“当然。”她说，“真爽，真的太爽了。”

我乐不可支，大笑起来，几乎笑出了泪。我们的笑声汇在一起，像河流汇入江海，彼此依恋，水乳交融。我们露出牙齿，露出凶狠的、野兽一般的牙齿，我们的上颌骨和下颌骨有着相互联动的爆发力，可以咬碎人渣，咬碎世上一切的艰辛。我们的笑声如此清脆，像把夏天制成了标本，封存起来，一丝不剩。

真的太爽了。

这一刻，在我被警察扑倒的这一刻，在我看见她在阳光里向我走来的这一刻，我仍然大笑不止，像要把一辈子的笑都释放出来。

谢谢你啊宋歆雅，谢谢你为我流过泪，谢谢你祝福我，祝福我烂泥一样的人生。它终于要结束了。

真好。真好啊。

【完】

恋爱天才之死

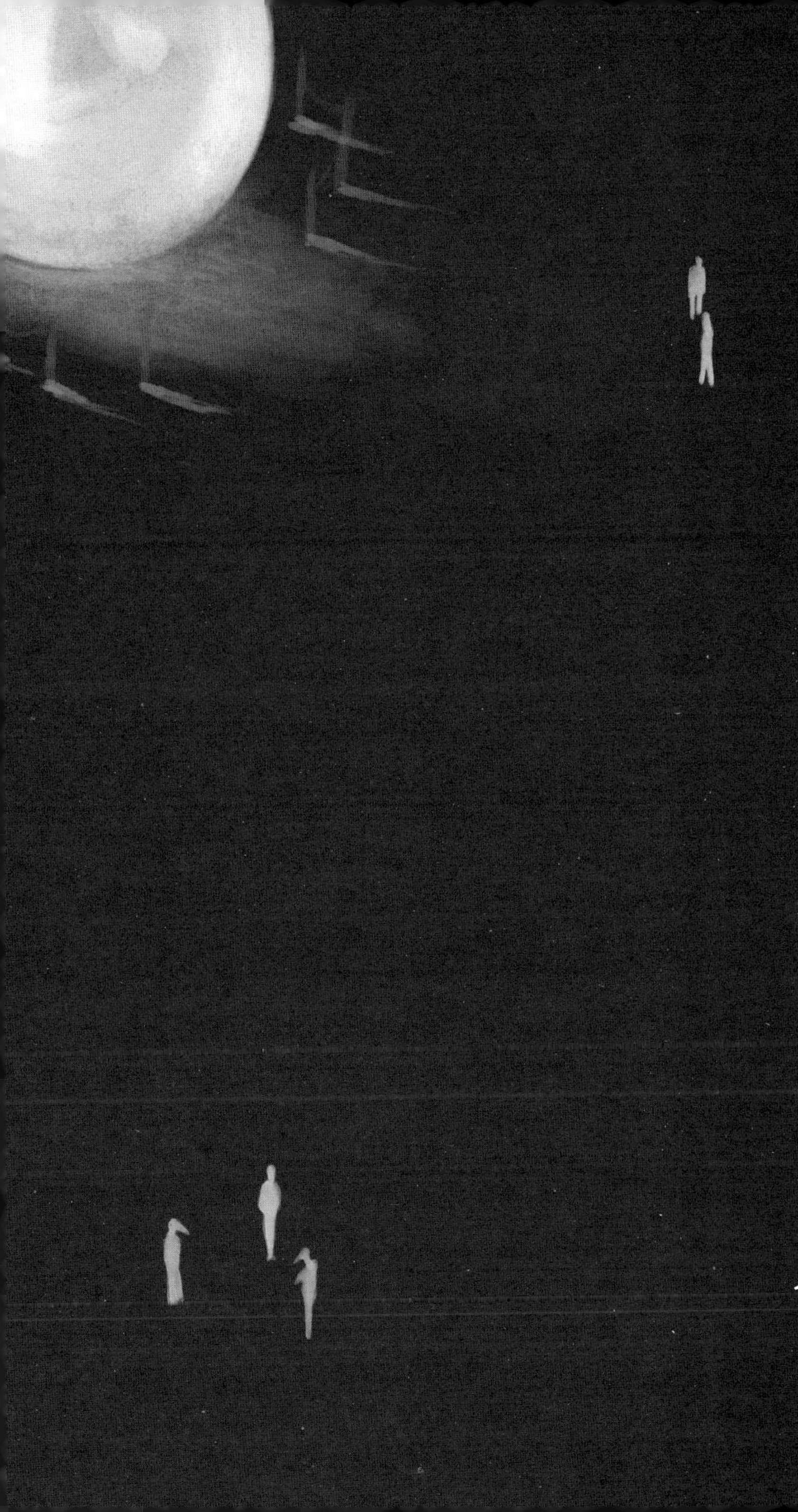

名家推荐

青斜的文字如同绵密的针脚，编织出一个紧密又极具张力的女性悬疑故事，每一个缝隙都弥散着爱情的诱惑与危险。

——作家 **那多**

爱情枭雄的博弈，峰回路转的情节，青斜重新发明爱情、重新定义爱情，人性的烽火烧到哪里，哪里就值得屏息观战。

——作家、华东师范大学教授 **毛尖**

离奇新鲜的情节铺陈，细腻透彻的人性刻画，灵活多变的视角切换。《恋爱天才之死》完成了女性悬疑题材上一次故事编织与情感表达天衣无缝的融合。

——知名编剧、浙江传媒学院教授、博士生导师 **倪学礼**

《恋爱天才之死》以独特的视角勾连起两个时空的故事，在三段关系的层层推进中逐渐揭示事件的真相，让读者在感受文字、情节带来的满足之余，也完成了一次对当代情感关系的深度思考。

——编剧、作家 **饶俊**

我从未想过这场恋爱会害死自己。

在人生的最后一个黄昏里，我考虑过是否要写下一封遗书，给人们一个解释，他们应该被告知，不良的恋爱也是一种风险事故。

起初，我只是贪恋一点欢愉，一点想证明自己在优秀异性眼里有魅力的私心，然后是虚荣心、攀比心和强烈的控制欲，欲望不断发酵，变成黑洞，诞出弥天的秘密、谎言、暴力，它们最终把我整个吞噬。

我坐在窗边的桌前，出了许多汗，汗水洇开了蓝黑色的墨水，像是一片在纸上蔓延开的窒息的沼泽。天色越来越暗了，我仿佛回到了同那个男人的相识之初，也是在同一季节、同一天里的同一时候。我以为自己遇到的是爱情，其实，我遇上的是绝症。

第一章

完美恋人

/ 1 /

周芹走进夜店的时候，才晚上十点。她开了一天的会，本来打算直接回家，但在收到一条微信之后，她改变了主意，决定去找一个陌生男人打发时间，哪怕只是熬过今晚。

夜店里很冷清，卡座上歪坐着一些男生，他们都还没开始喝酒，桌上放了寥寥几杯软饮。前场的音乐也很敷衍，整个场子都显得死气沉沉。

最好看的女生午夜十二点才会到夜店，这是蹦迪常识。那个时候，DJ[①]开始打碟，电音强势而魅惑，无孔不入，男生贴着女孩的耳朵喁喁私语，语言被音浪撞得支离破碎，只剩下唇齿间呼出的暧昧气息。他们说了什么并不重要，说话的姿态已经是一种调情。昂贵的黑桃 A 被打开，香槟向上飞溅，而醉意则顺着咽喉往下滑，滑向更深、更黑的地方。

---

① 职业名词，打碟工作者

这里的一切都令人产生晕眩感、飘浮感与妄想。痴男怨女，半遮半掩，拨雨撩云，事半功倍。

但周芹不一样，她不需要音乐、酒精或是若有若无的肢体接触，她认为那些只是战术，而非战略。作为一个恋爱天才，周芹谈恋爱靠的是原始模型。

来夜店的男生大多在心里想象着一场艳遇，唯一的顾忌是漂亮的女生太多了，他们既害怕无法拥有其中一个，又害怕错过另一个，或是错过任何一个，因而犹豫不决。当一个有手段的女人试图套住一个男人，这个男人就会觉得自己也必须拿出点手段来，不能轻易做出决定，以免错失其他的乐趣。因此，周芹要做的事很简单，她要让对方摆脱提防之心，让人轻松自在，从而更容易被她俘获。

周芹确定了自己此刻的人物模型：局外人。

她没有走向卡位，而是去了卫生间。她站在公共区域的大镜子前，掏出一支口红，慢慢地补妆。她有一双狭长的眼睛，眉毛也长，弯弯的一道，几乎要斜入鬓角，皮肤白得闪闪发光。上学的时候，她很为自己的长相自卑，那时只有眼睛又大又圆的女生才是美的，她甚至讨厌自己太白的肤色，宁愿黑一点、普通一点，以便隐藏在人群中让人注意不到她不够标准的五官。工作之后，周芹的优势凸显了出来，她个子高挑、身材瘦削，留着标志性的港风短发，衣服多以黑色为主，唇偏又抹得很红。她不常笑，便越透出一种风情。她的美依赖氛围和妆容，跟真正的大美女总有差距，但大多情况下已经够用，何况，今晚她的要求并不高。

很快，一个男生引起了周芹的注意。他看起来很年轻，单眼皮，皮肤很白，眉宇间带着一种舒展的神态，使得整个人看起来像一株温润的植物。

男生走到镜子边捋了捋头发，这时，周芹从包里掏出一副海绵耳塞，撕开包装，作势要塞进耳朵里。她举止奇怪，男生不免多看了她一眼，周芹果断地抓住了这个眼神。她扭过头，将耳塞递了过去。

“来一副？”

男生摆摆手，这个反应早在周芹的意料之中，她继续开口：“你没看新闻吗？最近好多人蹦迪之后会出现高频耳鸣的症状，所以经常来夜店的人更应该保护耳朵。”不等对方说话，周芹已经将耳塞放到了男生的手里，她的指尖轻轻触到了男生的掌心，若有似无，像一朵花倏然绽放。她扬起眉毛，说：“放心，是免费的。”

男生只觉得手心里痒痒的，他笑了，笑容如沐春风：“你怎么知道我经常来夜店？”

“猜的。”周芹收回目光，装模作样地拿纸巾擦手，行为上疏远了，却用语言暗示他自己一直在关注他，“看你很适应外面的高分贝。”

“音乐真的会让人耳鸣吗？”

“现在夜店‘内卷’得严重，夜店的正常分贝是九十，但其实分贝到了一百，人的听力就会受损。当下很多店，为了让人更‘嗨’更沉浸，在演出高潮的时候，其实分贝已经超过了一百甚至一百一。这个音量不仅会让人耳鸣，甚至会让人耳聋。”周芹声音冷清。

男生好奇地道：“夜店也有‘内卷’？我第一次听说。”

“你猜我是怎么知道的？”周芹说，“有一次从夜店出来，我去便利店买烟，看到 DJ 偷偷在店里买耳塞。一开始我还没反应过来，后来逐渐发现年轻的耳鸣患者增多了，我才品味过来。”

“DJ 都戴着耳塞工作吗？看来是高危职业啊。”男生追问道，“所以，你是医生吗？”

“我是他们的竞争对手。”周芹扭过头，长长地看了他一眼，忽然笑了。她的嘴角缓缓地上扬，笑容来得很慢，笑意却很深，浸透了整张脸，从眼睛里透出来：“我准备在门口摆摊，卖耳塞，搞黄夜店的生意。”

男生也忍不住笑出声来，与周芹对望了一眼。两人的笑容仿佛是暴雨前的日晕，光芒彼此叠印、折射，散发出微妙的气氛。

男生低头看了看自己的脚尖，又抬头仔细打量了一眼周芹，周芹明白这个眼神的含义——他对自己有了兴趣。他想再端详一下周芹的样貌，但周芹不给他这个机会。她不是来争奇斗艳的竞品，而是误打误撞出现在这里的局外人。她的赛道不是比美，而是出其不意、有趣、生疏和神秘感，一如方才这个关于耳塞的话题。

周芹背着包，果断地转过身往外走去，声音里甚至带了点冷淡：“我走了。祝你玩得开心。”

“这么快就走了？演出还没开始呢。”男生有些遗憾，追了上去，两人一同往大厅走去，他打趣道，“哦，对，你是怕自己聋了。”

周芹忽然停住脚步，像拉下一个急刹车，提醒他他们还在一条崎岖的小道上，是她还没让他下车。她反问道：“你不怕？你确定不想换个安静的地方？”

此时，两人已经走进了昏暗的大厅，但周芹并没有被黑暗所淹没，她的皮肤透着光亮，水滴状的长耳环闪烁着璀璨的银色光芒，越过短发，在颀长的脖颈旁摇晃无定。四周越是暗，这一点光亮就越是耀眼，音乐越是嘈杂，她越是沉静，像黑海航标，勾人心魄。男生觉得自己的目光已经无法转开，他笑了：“那就去安静的地方吧，我跟你一起。”

周芹带着男生去了附近的一个清吧，两人并排坐在露天吧台，点了酒，在烛光下加了微信。男生名叫赵溯，在猎头行业工作，比周芹小三岁，今年二十四岁。

“我以为你会带我去更安静一点的地方。”赵溯笑道。

“怕你没带身份证。”周芹回答得很干脆，几乎不像在开玩笑，赵溯的脸上浮现出一种惊讶又暗自憧憬的神色。周芹故意停顿了几秒，然后才半真半假地说：“没带身份证可进不去网吧。”

赵溯笑了，反倒像松了一口气，问：“网吧可不安静，看来你是没去过。”

“那也说不准，说不定我是网管呢？专门抓你们这些逃课打游戏的小孩。”

“我可不小，”赵溯义正词严地说，“哪儿都不小。”

周芹知道赵溯想逗她，但她没接茬，低下头点了根烟，慢条斯理地看着赵溯。她不会让两个人的谈话进行得太过顺利，适当的窘迫和一点点手足无措，反而会让男生更有征服欲。果然，赵溯被她看得脸红了。他低下头，喝了口酒，又问：“我很好奇，你是做什么的？医生？还是理工科方面的？”他又摇摇头，自我否定道，“但是你的打扮和气质也不像。”

周芹说：“你猜对了一半。我是学理工科的，但职业是编剧。”

赵溯有点吃惊，更好奇了：“编剧？写电影的？”

“电视剧。”周芹纠正他。

“学理工科的为什么会去写剧本呢？”

“误入歧途。”周芹说，“刚毕业那会儿不知道自己能做什么，只觉得专业对口的工作都很无聊，就找学长学姐们取经。那时有个传媒系的学姐在影视行业，说有个项目开机了还没有剧本，准确地说是剧本被推翻了，他们着急得很，要找编剧助理，问我有没有兴趣。我想这个活有意思，我电视剧看得也多，可以试试，就去参加了试写。”

“你怎么会写呢？”

“不会写，我买了几本专业书，自己在家里研究，然后我发现，剧本都是有公式的。”

赵溯问：“你是指套路？”

“准确地说，是原始模型。”周芹喝了口饮料，低头看了看时间，十点四十分，时间尚早，与其回家胡思乱想，不如闲聊分散一下注意力。于是，周芹继续说了下去。

“拿最常见的言情片来看，恋爱关系无非是男强女弱、女强男弱、男女双强三种；情感状态无外乎悲、欢、离、合；剧中的第一次见面要么是不同场合的偶遇，要么是久别重逢；动心的方式不是一见钟情就是日久生情……桥段千千万万，但如果站在一个更高的维度上来看，你会发现变化的其实只是排列组合的方式。因此，只要能确定基本的原始模型，代入场景和人设，就可以触发人物关系的变化，”周芹一边说，一边动手将两人的酒杯并排放在桌上，然后轻轻一推，让两杯酒碰在了一起，像两个拥抱着的人，“而人物关系的变化会把人物代入新的场景，故事就会像齿轮一样滚动起来，撑起整根筋骨，接下来只需要填充桥段和写台词。”

“听起来就像一个公式。”

“没错，”周芹点点头，“有些人靠灵感和直接写作，而我更愿意把自己想象成一位工程师。”

“那你会把生活也拆解成原始模型吗？比如……现在这一刻，我们在一个什么样的模型里？”赵溯直直地看着她，眼里流露出一种光泽，像潮湿而丰沛的雨林。

周芹知道，他想跟她发生点什么。

她还没开口，手机响了，是她微信里那个和她使用情侣头像的人发来的消息。周芹迅速看了一眼，神色微变。她放下手机，看向赵溯，给了他一个答案：“如果我们明天还能遇见，说不定模型关系就可以更进一步。”

“为什么不能是今天呢？”赵溯迫不及待地问。

周芹淡淡地笑了，她说：“因为，今天我还有男朋友。”

周芹的正牌男朋友也姓赵，叫赵哲旭。大半年前，周芹租了赵哲旭对门的房子，她搬家的动静太大，吵醒了刚从医院下夜班回来睡觉的赵哲旭。赵哲旭本来是怒气冲冲地来说理的，见防盗门开着，又没人回应，便走了进去，刚好见到周芹为了组装一个书架，把头卡进了书架的隔层里，她的脖子弯成九十多度，动弹不得。她穿着黑色的面包羽绒服、黑色牛仔裤和马丁靴，像个女杀手，嘴里念念有声。赵哲旭走近一听，才发现周芹正在数着节拍让自己做深呼吸，以保持冷静。

赵哲旭哭笑不得。周芹听到声音，才发现赵哲旭的存在。她冷静地向他求助，指给他看桌上的螺丝刀，又告诉他自己是在哪个步骤出了错才被困住的，指导他帮自己拆掉其中一块隔板。赵哲旭照做了。脱身之后，周芹本想请赵哲旭吃饭以示感谢，但家里一片狼藉还要收拾，最终周芹从行李箱里翻出了两袋螺蛳粉和一根火腿肠送给了他。两人就此认识，交换了联系方式。那之后的第三天，周芹出门倒垃圾，忘带钥匙，无奈之下，她站在门口给房东打电话。她看着对面赵哲旭的房门，上面平平整整地贴着一张国漫风的“福”字，想着他还挺居家的，结果鬼使神差地误拨了赵哲旭的电话。赵哲旭本在和朋友吃饭，接到电话第一时间赶了回来，两人一同找了开锁师傅开锁，又找锁匠换新锁，忙活了三个多小时。

“我感觉你不适合做独居女青年，要不然我收留你得了。”赵哲旭对周芹说道。

他们顺理成章地谈起了恋爱，但后来是赵哲旭搬进了周芹的家，因为她不想再组装一次书架。他们把那把螺丝刀装在一个大相框里，挂在门厅，当成两人的定情信物。

一周前，周芹发现赵哲旭出轨了。

他们从恋爱以来，一直用的是《疯狂动物城》里兔子和狐狸的情侣头像，周芹的兔子头像眼睛向左，隔空抛着媚眼，赵哲旭的狐狸头像眼睛向右，手指比出一颗爱心。图片是赵哲旭在网上找的，他们彼此都置顶了对方。周芹没改赵哲旭的昵称，而赵哲旭把周芹备注成了“亲亲小仙女”。

发现赵哲旭出轨的那天，周芹正在家熬夜写剧本，赵哲旭先睡了。半夜，周芹的电脑死机，她不得不借了赵哲旭的电脑。赵哲旭没有退出电脑微信，但周芹忙着赶稿，焦头烂额，也没心思查岗。彼时，项目制片人方洁还在给周芹发语音，每条都接近六十秒，对她提出各种修改意见。周芹一边听着方洁的语音，一边忙着赶进度，这时，电脑的右上角滑动进来一条消息——

亲亲小仙女：“睡了吗？”

周芹下意识以为这是赵哲旭发给自己的，没顾得上回复，直到写完稿她才意识到：这是赵哲旭的电脑，她没有发消息，那那条“亲亲小仙女”的微信是谁发的？

周芹只觉得自己的心跳漏了一拍，她打开了赵哲旭的微信，置顶的微信依然是那个眨眼的兔子头像，备注也是“亲亲小仙女”。她点开来，里面的对话甜甜蜜蜜，却不是周芹发的。她退出来，顺着对话框往下翻，在下方不远处找到了自己的头像，一个一模一样的兔子头像，旁边加了一个消息免打扰的符号，备注也被改成了两个简单的字：

周芹。

周芹看着屏幕，她头一次觉得自己的名字这么冷冰。

周芹花了一个小时看完了赵哲旭和另一只“兔子”的所有聊天记录，又从两人互发过的图片水印上锁定了那个女孩的微博和淘宝账户。她还原出事情经过：一个月前，赵哲旭回老家的时候，他老家的亲戚介绍了两人认识。女孩做的是行政工作，刚毕业来S市，处处都很依赖赵哲旭，赵哲旭也很享受这种依赖，在工作上帮她出谋划策，下班后则跨越半个城市去找女孩吃饭、看电影。当然，他给周芹的理由都是加班。半个月前，赵哲旭和那个女孩确定了恋爱关系，应该也是那个时候，女孩换上了兔子情侣头像。赵哲旭给出的理由是，他一直在寻找一个可以做他“兔兔宝贝”的女孩。

女孩不知道周芹的存在，周芹也不知道赵哲旭为什么不跟自己提分手。

周芹的腿不受控制地抖动着，或许是紧张、冷，或许是兴奋。她没有悲痛，仿佛平静地接受了这一切。她拿出手机，把关键证据拍照留存，随后关了电脑。

回到卧室时，赵哲旭已经在床上睡熟了。在昏暗的灯光里，他的睡姿像一头温驯的鹿。周芹看了他一会儿，什么也没说，关灯睡下了。

每当周芹回到家时，一抬眼，她总会看到墙上挂着的那把定情螺丝刀。那是一把很普通的螺丝刀，红色的塑料柄，中等型号。因为普通的相框装不进，他们特意买了装首饰的PE薄膜盒，又在盒子上拧进了一个挂钩。赵哲旭搬过来的第一周，两人像做手办一样一丝不苟地把螺丝刀装饰好，挂在壁灯能照到的地方。

“歪了，往左一点，过了，再往右一点。没错，这样刚刚好。”

他们站在壁灯下欣赏着作品，然后赵哲旭俯身吻了她，周芹转身回应他，他们从客厅里一路拥吻，周芹把赵哲旭推倒在了床上。

现在看来，这把螺丝刀似乎过于锋利了，用它做定情信物，也许本就不太吉利。

门铃响了，周芹去开门。是赵哲旭回来了。他日常上班都戴框架眼镜，今天却戴了隐形眼镜，果真是去跟他的“兔兔宝贝”约会了。而两个小时前，他给周芹这只消息免打扰的“兔兔”发了一条：加班，晚点回来。

“你没什么要跟我说的吗？”周芹问。

赵哲旭一边换鞋，一边漫不经心地问：“说什么？没什么特别的。我今天忙了一天，累了，先去洗澡。”

“那换我来跟你说吧。”周芹直截了当地开口，“微信头像我已经换掉了。这是我跟房东租的房子，理应归我。我给你三天时间找到新住处，从我这里搬走，东西来不及带走没关系，我寄给你。”

周芹从包里拿出一把红色的钥匙，递了过去。“今天你去上班之后，我叫了换锁师傅换了门锁，这是装修钥匙，给你用三天。三天后，我会用正式钥匙插入钥匙孔，装修钥匙自然就失效了。”

赵哲旭愣愣地看着她，在白炽灯下，他面无血色，像个懵懂的孩子。他只来得及换好一只拖鞋，另一只脚上还穿着急匆匆赶去见新欢时穿的皮鞋。一脚新欢，一脚旧爱，他看上去有点狼狈，又有些面目可憎。犹豫再三，赵哲旭终于开口了：“你……你知道了？”

“我知道了。”周芹平静地接过话题，一如是由她决定开启两人的关系一样，“分手”这个词太残酷，理应由更勇敢的人说出口，“这三天就委屈你睡沙发了，好在我们没有其他金钱上的纠葛，就这样好聚好散吧。”

周芹起身往卫生间走去，在她身后，赵哲旭像是蔫了，声音里带了几分可怜："你都不问问我原因吗？"

"我不需要知道。"说完，周芹干净利落地关上了卫生间的门。

镜子里的周芹格外明艳动人，她在赵哲旭回来前用心补了妆。她要赵哲旭记住她最完美的样子，当某一天他厌倦了他的"兔兔宝贝"，再度想到周芹的时候，他想起的应是她现在的模样。爱情里有两种输家：最先动心的人和最晚抽身离去的人。周芹不会让自己输，哪怕只是装出来的高傲。因此，她不要哭哭啼啼地闹分手，自哀自怨地去挽留，何况她的微信里已经有了赵溯做备选。周芹拿出卸妆棉静静地擦拭眼妆，补完了那句未说出口的话："我早就知道原因了。"

/ 2 /

第二天下午，周芹走进公司会议室的时候，制片人方洁也刚好进来。方洁穿一身正红色的套装，抱着电脑，身后跟着她的责任编辑桥桥。桥桥恭敬地捧着方洁的茶具，跟周芹打了个招呼："芹姐好。"

"又穿一身黑？"方洁匆匆瞥了一眼周芹，语气刻薄，"今天第一次见原著作者，你怎么不穿得吉利点？还好我穿得鲜艳，能镇住场子。"

编剧们大多居家办公，开会也尽量在线上搞定，但方洁喜欢见面开会。她会为了一个无关痛痒的桥段把周芹从家里叫来公司，只为了告诉她这个地方写得太"一般性想象"了。

"再多给我一点。"这是方洁的口头禅。

影视行业是一个看人下菜碟的行业，周芹不是成名成器的大编剧，没有独立署名的作品，只在某部播放数据平平的网剧里有过联合编剧的署名，因此方洁并不真的尊重她，她选择周芹做这个项目的编剧，只是因为周芹活好且便宜。

“你昨天晚上怎么不回我微信？”方洁没打算放过周芹，继续咄咄逼人道，“你新写的一集剧本有问题，那个节奏完全不对，男女主角的对手戏也很平。我发了好几条语音给你，你听了吗？”

“昨天太晚了。”周芹静静地坐在椅子上，说，“一般那个时间点我和我男朋友会有些别的事情要做，我不方便停下来听你的语音。”

方洁一愣，她盯了周芹片刻，周芹则坦荡荡地望着她，好像在说“没错，就是那个意思”。方洁只得僵硬地扯了扯嘴角：“还是那个医生？这次你谈的时间蛮久的，不会要结婚了吧？”

“换了个新的。”周芹点开赵溯的微信头像，在方洁面前晃了一下，“他二十四岁，名字我就不告诉你了，下个月没分手的话我再公开吧。”

方洁不说话了。

周芹知道，方洁最讨厌她说起自己的恋爱。方洁四十多岁，她的事业有多成功，她的老公就有多秃顶，等她爬上制片人的位置后，她老公的啤酒肚也变得非常壮观。或许，方洁并没有对她老公非常不满，但周芹身上拥有她已经失去的东西——选择权。

制片人掌握着编剧的生杀大权，她可以动动嘴皮子就把周芹换掉，不多用出一分损稿费。但周芹不愿受气，总是四两拨千斤地让对方吃瘪。

桥桥想缓和一下尴尬的气氛，赶紧开口道：“知道今天能见到小说的原著作者王维夏，我昨晚差点兴奋得没睡着。我上学的时候就是维夏的书迷，听说她还很漂亮呢，她微博上有好多自拍，都很好看，不知道她真人长得怎么样啊。”

方洁没好气地说：“还用问？肯定比你好看。”

这下，会议室里彻底没人说话了。

王维夏是和栀子花香、阳光一并进入会议室的。她穿了一条白色连衣裙，捧着一大束栀子花，无名指上戴着钻戒。她冲大家微微一笑，露出了浅浅的梨涡，仿佛把自己小说里男女主角热恋时分的笑声与明媚也一同带进了会议室。

“我在来的路上路过一个花店，刚好看到这些栀子花，就多买了几束带过来，让我们今天的会也开得香香的。”王维夏的声音甜美，每说出一个字就像在亲吻对方，哪怕说叠词也没有丝毫造作，反倒显得十分娇憨，仿佛她本人就是一本甜宠小说。

“哇，太有心了。”方洁夸张地恭维道，“花美人更美，真不愧是美女作家。现在作家的颜值都这么高了吗？”

周芹也很惊讶，随着化妆和美颜的精进，“美女作家”并不算什么罕见的名号，但王维夏的美貌程度出乎意料的高，她的美貌里蕴含着一种多年以来因外貌而顺风顺水的人生姿态，浑然天成，美而自知。

“你们也都很好看啊。”王维夏羞赧地笑了笑，神态如同少女。

王维夏成名很早，她在大四那年就出版了自己的第一本小说，是以她自己和男朋友为原型写的校园爱情故事。那时，青春文学还是“疼痛”的，里面充斥着不切实际的意外怀孕、车祸和失忆，而王维夏的小说里只有清甜而真挚的恋爱，仿佛春风拂面，让人从翻开小说的第一页起嘴角就不自觉地扬着微笑。那本小说因别具一格而备受推崇，很快卖出了版权。小说改编的电视剧播出后，再度大热，捧红了一众年轻的演员。虽然王维夏后来的作品再也没有超越过她的第一本小说，但她已经积累了不小的名气和财富。几年前，王维夏在微博上发了自己穿婚纱的照片，她站在草坪上，穿着简单的白衬衫和牛仔裤，头上戴着白色的头纱，拿了一大束捧花，笑容甜蜜，在靠近镜头的一端能看到一个穿西装的男人的背影。王维夏配了文：嫁给“顾念杉”！

顾念杉是她第一本小说里男主角的名字，指的是她大学时期的男朋友。

一时间，王维夏的婚讯冲上了热搜，网友都高呼“我嗑的CP成真了”“七年爱情长跑，我又相信爱情了”。此后，王维夏又出过几本新书，题材都是她和“顾念杉”甜蜜的婚后生活。周芹正在改编成剧本的小说《新婚小甜》，亦是王维夏创作的其中一本。

在见到王维夏之前，周芹对她没有太多好感和期待。她知道王维夏的小说有市场，以自己的资源能拿到这样的改编项目已是荣幸，但这依然改变不了周芹对王维夏小说的鄙夷。浅显、直白、矫揉造作、讨好读者，这就是周芹对王维夏小说的全部印象。好在王维夏并不会干涉他们的创作，方洁把她约来，只是为了跟她保持友好的关系，将来等到电视剧开播，好叫王维夏在微博上为剧集宣传，拉一波流量，而非让她跟着粉丝一起骂改编毁了小说。

她的小说已经写得够烂了，没什么可以继续毁灭的。

这不是个例，市面上原著IP的质量参差不齐，但编剧从来没有话语权。他们既没法选择自己想做的项目，亦不能把项目改成自己喜欢的风格，甚至可能在开机前因为当红演员的一句话，就要把写了两三年的剧本统统推翻，按照演员的风格重新定制。像周芹这样不出名的编剧只有两条路可走：全盘接受，或是转行。一直以来，周芹对自己的工作内容有一个形象的比喻：屎上雕花。

“我是这个项目的制片人方洁，我们之前有在语音里沟通过的。”方洁的脸上挤出夸张的笑容，介绍道，“这位是我们的编剧周芹，你们俩还是第一次见吧？”

王维夏点点头，笑盈盈地看向周芹：“我看了你写的前三集剧本，我很喜欢。这就是我想象中的故事质感，尤其是你调整了女主角的人设，让她更冷静，处理感情的方式也更成熟了，我觉得改得很棒。我的小说有很多局限性，让你们多费心了。”

“原著作者的认可对我们来说很重要。”方洁抢过话头，说，“维夏老师，今天我们请你来，就是想多了解了解你的创作思路，这也有助于编剧后续的创作。”

王维夏浅浅地笑了：“其实也没有什么特别的，我是个没什么想象力的人，不太会虚构故事，好在我运气还可以，碰到了我老公，我就不说他真名啦，就叫他顾念杉吧。他比较会制造浪漫，我就把我们日常零零碎碎的小事都写出来了，我们其实只是一对普普通通的夫妻。大家之所以喜欢我们，还是出于对爱情和美好生活的向往吧。真实的东西是最打动人心的。”提到顾念杉，王维夏的眼神变得很清透。

“一般来说，我们用电视剧给观众造梦，观众无法在现实生活中拥有完美的恋人，所以才迷恋偶像剧。而你的体验似乎恰恰相反？”周芹问。

“没有人能拥有完美恋人。”王维夏的目光闪烁了一下，像一扇隐隐打开的窗，但她随即又恢复了笑意，说，“无非是你选择看见什么。”

“我们周芹一定很羡慕你，”方洁调笑着看了周芹一眼，像是对之前自己吃暗亏一事耿耿于怀，“她经常换男朋友，但是没有一任能超过半年，更别提结婚了。她昨天刚分手，今天又续上了，简直是恋爱终身会员。不过这样也好，阅历丰富，都是写作素材。”

周芹大大方方地笑了，转向方洁，说：“我喜欢谈恋爱，偏偏又总有人爱上我，我有什么理由拒绝呢？”

方洁暗自翻了个白眼，王维夏温柔地接话道：“我一直觉得，这个世界上有两种恋爱天才，第一种像我这样，运气比较好，轻松地就遇到了那个对的人，从校服到婚纱，一气呵成。而第二种，她们知道自己需要什么，会恰到好处地展现女性的优势，她们有手段却又不失真心，在某一个时刻，她们愿意赴汤蹈火、奋不顾身，但也能抽刀断水、素手碎锦。第二种人或许少了一点运气，但是她们所拥有的，远比运气多得多。其实，是我很羡慕她们。”王维夏一边说着，一边看向周芹，目光盈盈似水，“以前也有影视公司找我做编剧，但我真的做不来，我没有那么多阅历，写不了与我本人性格相差很远的人物。运气给了我财富，也带给我局限。所以周芹，你真的很优秀，我很感谢你。”

她比她小说中折射出的她要通透。周芹心想。

在这夏日里的辰光，栀子花花瓣纯白如处子，香味却馥郁蓬勃、缠绵交错，像极了王维夏和周芹的灵与肉。两人都客气地微笑着，她们尚不知道，命运会如何让她们交缠在一起，成为彼此的宿敌与新欢，直到永远。

晚上，方洁在公司附近的日料店订了座，邀请王维夏吃饭，周芹和桥桥也一同作陪。为活跃气氛，方洁说起了行业内的流言，王维夏听入迷，不断问东问西，乐不可支。

“真的有片场夫妻吗？

“那个顶流明星到底谈过几人啊？

“他们分手没有啊？

“那对离婚了吗？

方洁多喝了几杯清酒，眯着醉醺醺的眼，说：“流言之所以让人好奇，不是因为离奇，相反是因为它们越琢磨越真实，所以在我这儿，百分之八十的流言都是真的。”

王维夏露出了一个惊愕又天真的表情，半晌，她夸张地“哇”了一声。

结束晚饭后，众人坐电梯下楼，王维夏要去地下车库，四人便在电梯里友好道别。方洁等她老公来接，桥桥去坐地铁，周芹则独自走到路边打车。她拿出手机，发现半个小时前赵溯发来了一条消息：下班了，想见你，或许可以更新一下我们的模型关系？话后他还外加了一个吐舌的表情。

对于刚分手的人来说，收到异性及时递上来的好感总是有些庆幸的，但庆幸之外，又有一些挥之不去的沮丧和心不在焉。周芹点了根烟，正琢磨如何回复，这时，一辆黑色的小车停到了她面前。车窗摇下，开车的人是王维夏："周周，你住哪儿啊？我送你吧。"

"不用了，"周芹摇了摇手机，说，"我约了朋友。"

"没事的，我送你过去。"王维夏冲她招了招手，笑容热情而真挚。周芹没再推辞，坐上了副驾驶："我去附近的一个酒吧，我用手机导航。"

"酒吧？"王维夏准确地捕捉到了这个词，笑道，"去见男朋友？"

"不算是，我还没决定好。"

"有什么不满意的地方？"

周芹停顿了一下。她是个不喜欢公开谈论自己情感的人，但好在王维夏给人一种值得信赖的感觉。"不是他不好，是我觉得乏味了。"周芹诚实地说，"我好像有点对恋爱失去兴趣了。"

"谈恋爱多好啊，"王维夏说，"对我来说，谈恋爱就像吃西餐，虽然我不太吃得惯，甚至不太能吃饱，但我喜欢那种氛围，带一点生疏和矜持，慢条斯理、浅尝辄止，双方都不由自主地拿出最好的一面，哪怕明知是幻觉，也值得。而结婚过日子就像吃火锅，把菜啊肉啊一股脑地丢进锅里，汗流浃背、大快朵颐。这两种体验都很棒。唯一的区别是谈恋爱是有时效性的，所以显得更加宝贵。我都好久没去过酒吧了。”

两人说话间，车子正被堵在延安高架桥上，周芹侧头看了一眼王维夏。王维夏其实比周芹大了两岁，但她的眉梢眼角都很柔和，下巴微微翘着，显出一种幼态，让人想到童年时在草地上畅快嬉戏的感觉。周芹忽然说道：“去酒吧还不简单？就现在，跟我一起去吧。”

/ 3 /

周芹带王维夏去了附近的一个音乐酒吧，她特意约晚了赵溯一个小时的时间，错开两人，以便自己能安心地跟王维夏聊天。

棉云酒吧的环境很清幽，白色的墙面，金属质地的茶几，沙发极其柔软，刚刚够坐下两个人。人一坐下就陷在云朵一般的棉花里，顺着重量往沙发的中间滑，大腿不由自主地贴在一起，隔着男士裤腿和女士的裙摆，若有似无地触碰，把聊天都带出几分温热。女歌手在台上唱着一首民谣，烛光摇晃，衬得歌声越发动听。

“这儿环境真好，太适合约会了，你是怎么找到这么好的地方的？”王维夏东张西望，忍不住地兴奋，拿着手机四处拍照，“我得发个微博纪念一下。”

周芹淡淡地说：“我在网上搜了市区排名靠前的清吧和音乐吧，一家家去比对过，挑出了其中环境最好的三四家。第一次来的人总会感觉很惊艳，其实我熟悉的也就这几家而已。唯一麻烦的是如果酒吧倒闭，那就要重新挑选，比较浪费时间。”

两人说话间，服务员过来送酒水单，周芹点了一杯威士忌酸，王维夏因为开车，要了一杯无酒精的莫吉托。放下酒水单，王维夏继续问：“你刚刚说环境好，是指安静吗？”

“不完全是。”周芹瞥了一眼王维夏无名指上的钻戒，觉得告诉她也无妨，“其实就跟写剧本一样，一般情况我会先确定与对方见面的意图，再挑选合适的场景。比如我跟一个不太熟或是性格内敛的男生见面，担心冷场，那最好选择有歌手驻唱的音乐酒吧，有音乐就不会很尴尬，实在没话题了还可以聊一聊歌手。如果我们很聊得来，到了互相熟悉的阶段，我就会选择约在清吧，那里适合谈走心的话题，能很快地让彼此关系亲近起来。”

“学到了。”王维夏一脸的崇拜，又问，“如果我现在看中一个男生，我该怎么跟他搭讪呢？”

“你得先把钻戒摘了。”周芹说。

王维夏偷偷吐了吐舌头，她看着不远处一对对凑近了说话的小情侣，说：“我发现了，在这儿，特别方便咬耳朵，靠得这么近，没感情也能产生感情了。”

周芹徐徐地开口：“本质上，在这种环境里的人物模型是亲密者，所以，想要产生感情，靠得近只是第一步，重要的是聊天的内容。”

“亲密者之间应该聊什么呢？”

周芹吐出两个字来：“秘密。”

王维夏眼睛一亮，击了掌：“对哦，秘密最容易拉近关系了。但是……分享什么秘密好呢？说说在学校时候的糗事？或者最近不小心吃胖了？周周，你一般会说什么呀？”

周芹上半身前倾，靠到王维夏面前。她忽然露出笑容，用手指点着自己的脸颊，声音里也带了一点甜：“你仔细看，我左边脸上有一个小酒窝，但右边脸上就没有。”

王维夏凑过去看，眼睛在周芹的脸上仔细地转来转去，惊喜地叫起来：“真的！你不说我还没发现呢。周周，这么仔细看看，我发现你笑起来真好看。”王维夏伸手去拿杯子，刚喝了一口，忽然又想到什么，赶紧抬起头摇摇手，“我不是说你不仔细看不好看，而是两种风格，不笑的时候很冷艳，笑起来又很甜。”

“放心，我不介意。不过……你刚刚喝的是我的酒。”

王维夏一愣，看向茶几，果然她拿的是周芹的威士忌酸，王维夏懊恼地拍大腿：“完了，我开车不能喝酒的。算了，我找我老公来接我吧。”王维夏一边拿出手机发消息，一边摇摇头道，“你的秘密杀伤力十足，让人光关注你的脸了，其他什么都忘了。”

她放下手机，郑重其事地说：“周周，你是一个会擅长抓住别人衣领的人，就算别处有更好的风景，你也擅长抓住别人的视线，让人的注意力挪转不开。”

周芹却神色倦怠：“你会不会觉得，一段恋爱只有尚未开始时的暧昧、勾搭、暗流涌动、眉目传情最能让人心跳加速，而一旦走向恋爱，走向柴米油盐，无论多么有趣的男人最终总是乏善可陈？”

王维夏笑了：“就像我们写爱情故事一样嘛，不管开头多么新奇，故事的结局都无非那几种，仔细想想，都挺无聊和平庸的。”

周芹和王维夏同时叹了口气，两人轻轻碰杯。

周芹摇了摇头：“人类所有的爱恨情仇在莎士比亚的年代就已经被写完了，而每一个男人最终都会变成同一种男人。”

“这是你上段恋爱分手的原因吗？”王维夏问。

周芹想起了赵哲旭，点了点头。在赵哲旭出轨之前，是周芹先放弃了这段感情。赵哲旭是外科医生，工作很累，他下班后就走进卧室，把外套裤子和包丢在床上，随后自己也跟着瘫在床上点外卖、打游戏、刷视频，等他起身的时候，床上的衣服堆里就会空出一个人形，方便吃完外卖的他再躺回来。

两个月前，周芹过生日，赵哲旭不愿去网红餐厅排队，于是去了家附近一家他们常去的西餐厅，点了常吃的套餐。

在牛排端上来之前，赵哲旭从包里拿出一个小礼盒递给周芹：“喏，生日快乐。周芹拆开一看，是一支 DR 的口红。”

赵哲旭跟她邀功：“我特意去专柜买的，柜员说这是最畅销的色号，喜欢吗？”周芹笑了笑，没说话。回到家，她拉开抽屉，里面有两支一模一样的未拆封的 DR 口红，都是赵哲旭送的。

那家商场离赵哲旭的医院三百米，专柜是商场东门一楼进去的第一家店。周芹可以想象得到，在他们恋爱一百天纪念日、情人节和周芹生日的当天，赵哲旭是如何漫不经心地走进商场——他没有多走一步路，没有多看一眼口红色号，也没有多费一点心思判断这支口红和上一支有什么不同，他就这么把礼物送到了周芹面前。他用行动告诉她：我会尽到一个男朋友的本分，在所有重要的日子都有所表示，但你不要奢望我会给你更多。

赵哲旭躺在床上津津有味地刷着短视频，而周芹面无表情地把三支口红拿出来，拍了照，挂在了二手交易平台上。

无聊、一成不变、索然无味、一般性想象，就是这段恋爱的注脚。

两个小时前，周芹猜得出他送的礼物，两个小时后，周芹也想象得到他在床上使用的姿势。

就是从那一天起，周芹开始冷淡地对待赵哲旭，是她把赵哲旭推进了另一个“兔兔女孩”的怀里。

“你知道吗，周周？”王维夏说，“或许是你还没有碰到那个对的人，你一直在用理性谈恋爱，你以为那是动心，是爱，但可能只是凑合、孤单或者欲望，等你真正遇到那个让你动心的人，等你的恋爱模型都失效了，你也许会有不一样的感受。”

王维夏离开后，周芹独自一人在沙发上坐着。她看了看手机，已经过了约定时间，赵溯还没来。她想到王维夏方才说自己还没遇到爱情、没遇到那个让自己动心的人，那一刻，王维夏眼神真挚，茶褐色的瞳孔十分清澈，那一刻，周芹用了很大的力气，才没让自己笑出声来。她讶异于王维夏的纯情，甚至用了几秒钟的时间判断王维夏是否是在调侃她。但很快，她明白了，王维夏是拥有爱情的人，拥有稀缺资源的人往往意识不到自己是何等的幸运，他们以为只要等待、努力、微笑以及努力地微笑，运气就会降临，人人平等。并非是周芹不相信真爱，而是她根本没有心思去证明真爱的存在，她谈恋爱只想要自己开心。如果是罗密欧与朱丽叶那样沉重的真爱，她宁愿放弃。她或许没有王维夏清澈的茶褐色瞳孔，但是没关系，她可以买茶褐色的美瞳。爱情也是一样。

她不需要顾念杉，她永远会有下一个赵溯。

赵溯匆匆忙忙地过来了。

"路上堵车了。"赵溯说。他坐下来，看到桌上的威士忌酸，问："这是什么，好喝吗？我也想尝尝。"

赵溯拿起杯子，作势要喝，又笑道："不行，那可就间接接吻了。"

周芹懒得理他蹩脚的调情，起身说道："我去趟卫生间。"

周芹回到座位上时，赵溯不见了。沙发上坐了两个女生，一边拿着手机补光灯，一边对着镜头自拍。周芹赶紧走过去，她没看到自己的包，以为赵溯拿着包换了座位，但四下张望也没见到赵溯的身影。她问那两个女生："麻烦问一下，刚刚这里坐了一个男生，你们有看到吗？"

那两个女生长着同款网红脸，身上也堆满了网红热门的元素，她们忙着拍照，匆匆回答："不知道。"

“沙发上放了一个黑色的包，你们有看到吗？”

“不知道。”

周芹有点着急，包里没有现金，但放着她的身份证和手机，丢了很麻烦。她正不知所措，这时，旁边沙发上站起来一位男士，递上来一只他方才从地上捡起的背包：“小姐，这是你的包吗？”

周芹赶紧接了过来，道：“谢谢，这边太黑了，我没注意到。”

“没关系，应该是从沙发上滑下来的。”那名男士礼貌地说道，“我刚刚看到你男朋友朝洗手间的方向去了。我是来接朋友的，一会儿就走，你们可以坐我的位置。”

“谢谢，不过那不是我男朋友。”周芹说。

男士的脸上露出思考的表情，郑重地点点头，像跟周芹很熟的样子，说：“也是，这年头不靠谱的男人太多了，确实该慎重点。”

周芹笑了，说：“我叫周芹。”

“朱达。”他说。

周芹和朱达在空沙发上坐下，周芹拿出手机给赵溯发消息，问他去哪儿了。身旁，朱达忽然开口道：“你知道人为什么考试前会紧张得拉肚子吗？”

周芹摇头。

“人体有一种反应叫‘战逃反应’，是指当我们遇到一些紧张或是具有威胁性的事情时，身体会做出各种各样的反应来准备好战斗或是逃跑，其中也包括清空肠胃、卸下辎重，以便更轻盈地接受挑战。”朱达徐徐说道，“所以，别怪你的男伴忽然不见了，他一定是因为面对你这样优秀的女生太紧张，产生了‘战逃反应’。”

朱达声线低沉，吐字清晰，听起来给人一种莫名的信服感。周芹忍不住多看了他一眼，朱达，这不是一个帅哥的名字，但他本人十分英俊。他身材高大，穿了一件白色的衬衫，脖子上戴着一只吊坠，胳膊处的线条表露出他经常健身。他鼻梁挺拔，目光深邃而专注。

“卸下辎重？”周芹觉得饶有趣味，看向卫生间的方向，皱了皱眉，“那看来他一时半会儿回不来了。”

朱达笑了笑，递上了一张自己的名片。周芹接过来看了一眼：“你是做线上教育的？难怪知道这些。”

“准确地来说是在创业，”朱达补充道，“如果你有这方面的需求，可以联系我。”

“原来是拓展业务，”周芹笑道，“我还以为你是在跟我搭讪呢。”

朱达也笑了，低下头，害羞地摸了摸鼻子。

两人说话间，王维夏出现了。朱达看到她后顺势站起身，王维夏亲亲热热地开口：“周周，朱达，你们俩怎么认识的？”

“不认识，碰巧遇见。”周芹问她，“你不是刚刚就走了吗？怎么回来了？”

“遇到一个朋友，多说了几句。”王维夏看向朱达，说，“让你久等啦。”

周芹反应过来，也不禁多看了朱达一眼，问：“这是你老公？顾念杉的原型？确实一表人才。”

王维夏摇摇头，声音里没有一丝犹疑，爽朗地道：“当然不是啦，这是我邻居，也是我们的大学同学。我老公加班，朱达又顺路，我就拜托他来接我啦。”说着，王维夏把车钥匙递到了朱达面前，“我不小心喝了一口酒，麻烦你啦。”

朱达点了点头，目光却对着周芹：“先走了，很高兴认识你，周小姐。”

王维夏也冲周芹挥挥手，两人转身离开。周芹不禁抬起头看了一眼朱达的背影，朱达刚好回过头，两人目光碰到了一起。那是让周芹呼吸暂停的男性目光，灼热而直接，一瞬间，像是击穿了她。

/ 4 /

周芹的恋爱也并非一直顺利。她第一次动心是在大学，那时她陪室友去参加社团活动，无意间遇上了钢琴社社长。室友停下来跟社长说话，她在旁边无所事事地站着。在黄昏的光线里，她第一次发现竟有长得这么好看的男孩子，她的脸忽然红了，于是她假装系鞋带，把头深深地埋了下去。周芹给了自己一个月的时间确定心意，在这一个月里，她在网上通过各种渠道搜索社长的信息，她想要了解他更多，同时，她也在其他社团里接触别的男生，以确定这一时的动心不是因为她认识的男生太少。等她明确了心意，她让舍友牵线搭桥，加上了社长的微信，这才算是正式认识了他。

彼时，她的室友在读李碧华的《青蛇》。有一天她好奇拿过来翻看，正巧看到其中一句话："你是一条千年道行的蛇，不是肤浅无聊的人。怎么会沾染了人的恶习，把一切简单美好的事弄得复杂？你喜欢他何以不直接开口告诉他？"

周芹深以为然。她去表白了，直截了当地告诉他"我喜欢你"。

和书里的结局不同。社长没有答应，也没有拒绝，仍不时地跟周芹聊天，让周芹觉得自己还有希望，一直暗暗憧憬着，直到后来她亲眼见到社长和学妹手牵手出现在食堂。周芹狠狠地伤心了一阵，但这伤心很快变成了财富。在大四试写第一个剧本的时候，她像牛反刍吐草一样，把那些悲伤原封不动地搬出来，套在剧本里的模型里，得到了一份工作。

真诚，动人。制片人这样评价她的剧本。

但周芹很快发现，想要维持这样的评价，实在太难了。编剧们都离真实生活很远，他们没上过一天班，却要写风云诡谲的职场斗争；他们生活在出租屋里，靠外卖和快递连接世界，却要决定男女主角在生死关头该何去何从；他们口口声声说要写现实题材，可他们根本不知道什么才是现实。他们写出的剧本空洞无物，唯一与之相当的只有流量明星的演技。

周芹也概莫能外。她已经很擅长在网上搜集资料、顺藤摸瓜，找许多有用的资料，但没有现实生活支撑创作，她会毫无察觉地犯下常识性错误，贻笑大方。她时常坐在桌前抓耳挠腮，辛苦一整天，却只能在电脑上敲出一堆垃圾。但很快，她找到了一条抓住真实生活的通路——谈恋爱。

恋爱给了她真实的体验，让她更大程度地触摸着这个世界。她认识了不同的人，通过他们了解不同的职业，她被带入男朋友的朋友圈，接触到更多的人，接触到形形色色的世界。她见到他们的困境，也学习他们的长处。有的男朋友喜欢音乐，她认识了许多乐队；有的男朋友喜欢酒，她便懂了酒。她喜欢有趣的男人，喜欢他们面对生活生机勃勃的样子，一旦他们显出疲态，她就会迫不及待地逃离。她更懂得男人，她可以很快判断出一个男生的类型，知道两人的气场是否相符，对方难不难搞定，以及更重要的是，她能不能甩掉。

所以，当她看到微信通讯录上多出了一个小红点的时候，她并未吃惊朱达会来加她的微信，反而觉得他出现的时间比自己想象的慢了一些。

“周小姐，我想请你吃饭。”朱达的开场白非常直接。

“为什么？”

“对你感兴趣。”

周芹惊讶于他的直白，她还没想好怎么回复，朱达的消息又来了："准确地说，是对你的职业感兴趣，我听维夏说，你是编剧，我很好奇。"

周芹一字一句地回复："没什么有趣的，码字工而已，跟维夏的工作其实差不多。"

片刻后，朱达的消息来了："现在约女孩吃饭这么难吗？"还配了一个肥嘟嘟的噘嘴小孩的表情。很快，他又补了一条："我会提前多背几个笑话，让你觉得很有意思，不虚此行。给我个机会吧。"

周芹笑了笑，回复了一个"OK"。紧接着，朱达打来了一个语音电话，周芹有点诧异，还是接了起来。电话那头，朱达的声音很真诚："周小姐，我刚刚说得不够具体，我是想请你来我家里吃饭，让你尝尝我的手艺。"

"我们只见过一次，见面不超过十分钟，你就请我去你家里？你不觉得过于唐突了吗？"周芹问。

"是有点唐突，所以我给你打了电话。"朱达的声音徐徐地传了过来，"据说，如果要提出一个无理的请求，打电话比发消息更不容易被拒绝。"

周芹第一次觉得自己遇上了对手，朱达跟她一样，是感情里主动出击的那一方，他们都是肉食动物，嗅觉敏锐，手段高明，擅长征服，但他比她更敞亮、更坦率。

"我口味很挑，你要好好准备。"周芹说。毕竟，朱达是王维夏的同学兼邻居，有王维夏的背书，不会过分离谱。

朱达的家在中环内的一个高档小区里，小区是新中式的园林风格，叠山理水、曲径通幽、竹影婆娑。朱达在楼下等她。他穿了一件简单的白色T恤和一条牛仔裤，脖子上依然戴着一个白色玉石般的吊坠，比上回见面时显得更年轻有活力。在午后的阳光里，他的脸庞像雕塑般俊美，近乎闪闪发光，让人挪不开目光。饶是周芹见过这么多男生，谈过那么多场恋爱，她也不得不承认，朱达比她以往遇到的人都帅。他的身材、长相、气质、声音，处处完美无瑕，衣服上淡淡的檀木香味也令人着迷。他的英俊很标准，标准得几乎让人生疑。

朱达没有带周芹上楼，却是走进地下车库，带她上了车。

“我们去哪儿？”周芹问。

“菜场。”

“你请我吃饭，但家里没准备菜？”

“我不知道你爱吃什么，又怕你矜持，不好意思点菜，干脆直接带你去菜场。”朱达系上了安全带，说，“你看你喜欢吃什么，什么菜新鲜，或者有什么没吃过的想尝尝鲜，都买回来。”

“你都会烧？”

朱达笑了笑：“差不多，我喜欢做菜。你也可以点一些不常见的菜，我愿意接受挑战。”

朱达的车上也有一股淡淡的木质香调，闻着让人觉得格外舒心。周芹注意到车上也挂着一个玉石吊坠，形如弯月，是朱达脖子上吊坠的大号版，周芹指着问：“我上回就想问了，这是什么，你脖子上也有一个吧？”

“黑狗牙，辟邪用的。”朱达说着，一只手将吊坠藏进领口里。

“你迷信吗？”

“有一阵子总做噩梦，后来就配了一对，心理上求个寄托。”

周芹点点头，又问：“对了，你也认识维夏的老公吗？就是她小说里的那个‘顾念杉’。”

“当然，我们是一个班的。”

“他比你帅吗？”周芹大大方方地侧头看他，“都说顾念杉是学霸校草，但明明你已经很帅了，怎么没能赢过他？”

朱达无奈地耸了耸肩，说：“没办法，他有维夏的颜值加成，俊男靓女走在一起的杀伤力可比单出高多了，我输得心服口服。”

“原来如此。”周芹说着，扭头看向车窗外。其实，她想追问难道朱达在学校里没谈恋爱吗？他相貌俊朗，性格又主动，不该找不到一个好看的女朋友。但她没有开口，聊前女友是一个危险的话题，需要在特定的场合下才能开启。现在还不是时候。

朱达将车停在菜场的街对面，从后座拿出了一双女士帆布鞋，递给周芹，说：“菜场里乱糟糟的，别把你的高跟鞋弄脏了，换上这个吧。”周芹扬了扬眉，对朱达的细心程度感到诧异，朱达赶紧解释：“放心，这可不是什么前女友留下的，是新鞋。”

“特意给我买的？”

朱达挠了挠头发，笑：“其实不是，是维夏买多了想退的，昨天晚上我正在琢磨你穿的衣服会不会不适合去菜场，刚好在小区的菜鸟驿站遇到维夏，想着你跟她的脚应该差不多大，就从她手上买走了。”

周芹打开车门，将鞋子放在地上试穿，说：“确实大小刚好。四舍五入，也算是你特意给我买的，那我就穿走了，免得你遇到下一个女孩的时候，用同一套话术献殷勤。”

“你怎么会有这种想法？”朱达哑然失笑道，“难道你经常干这种事，用同一套路勾搭了不少小帅哥？”

“没有，”周芹认真地说，“我套路可多了，很少重复。”

朱达不禁大笑，又解释道：“我是做教育的，会比别人更细心一些。以前我在培训机构当老师的时候，甚至会准备好卫生巾，以免班上女孩子需要。所以你放心吧，我不会把你卖了的。”

菜场很大，光线明亮，透出勃勃的生机。蔬果色泽鲜艳，番茄堆积如山，茄子紫得诱人，各类绿色蔬菜上滚着晶莹的水珠，让人想象得到一口咬下去的脆爽。鲜活的鱼和虾在水箱里心无旁骛地游动，鲜肉红润，鸡皮白滑，腊肠、腊肉被高高挂起。旁边还有一整条街的熟食店，熟食被粗犷地堆在一起，香味扑鼻。整个菜场都弥漫着一种悍然的人间烟火，不动如山，仿佛失意的时候来这里走走逛逛，就能重新拥有生活的底气。

周芹食欲大开，穿着平底鞋，肆无忌惮地走动，好奇地东张西望。朱达耐心地陪她逛，一样一样地解说食材是否当季、如何挑选、怎样搭配、不同的做法会有什么样的滋味。不知不觉间，朱达两只手上都拎满了菜。

“我很少来菜场，如果要买菜，就在网上下单，”周芹看着眼前繁盛的景象，忍不住感慨，“今天我才发现，菜场是个好地方，新鲜的食物看得人心生欢喜，来这儿好像不单单是买菜，而是给生活买了许多慰藉。”

朱达点头道：“我也这么觉得，菜场让我感觉踏实，我喜欢把厨房塞得满满当当，尤其是冰箱，每一层都要放满，这样我才有安全感。这家菜场种类齐全，哪怕离家远点，我也愿意常来。对了，旁边有花店，我去给你买束花。”朱达说着，动手给周芹买了一把向日葵，“我喜欢热烈的花，生命就要轰轰烈烈。”

两人回到车上，周芹系好了安全带，但朱达没开车，他低头看了看时间，说：“等等，这里还有一道奇观，我一定要带你见识一下。”

顺着朱达的目光，周芹看向窗外。不远处，几名女性过了街，正往菜场走去。她们穿着短短的包臀裙、黑丝袜，踩着细跟高跟鞋，上衣也格外短，被紧紧绷住的浑圆的胸部与小腹像一块被捆住的红烧肉。她们大多化了浓妆，更显得浓油赤酱，滋味肥硕。她们本应无所事事地坐在夜总会紫粉色的沙发上，等待客人的挑选，此刻却蹲在沾着泥渍和烂叶子的菜农的筐前，挑拣着青菜和萝卜。菜农们素面朝天，脸上沟壑纵横，她们搽脂抹粉、花枝招展，却显出比前者更多的沧桑与倦怠，两者在一起形成了一种奇妙的景观。

“我称这一幕为‘欲望的交汇’。”朱达说，“口腹之欲、性欲、贪念都在这一刻汇聚，又回归生命的本真，在一蔬一饭之间得到公平，尘归尘，土归土。一日三餐，吃喝拉撒，概莫能外。这一刻，特别容易让人原谅自己的平庸。”

朱达的脸上有一种隐秘的深沉，像是站在消沉的黄昏里，在一点一点黑下来的天空里，一切都变得无足轻重。不等周芹发问，朱达脸上的表情迅速收敛了，他重新变回轻松的样子，打趣道：“怎么样？我说的这些能写进剧本里吗？”

周芹扯了扯嘴角，说：“不能，过不了审。”

晚上，朱达给周芹做了尖椒鸡、白灼基围虾、花生酱菠菜塔和番茄蛋汤，周芹想帮他，但厨房里炒花椒的味道实在太刺鼻，她咳嗽不断，眼泪都被熏了出来。周芹很快想到她没化防水妆，眼泪很容易就会冲开她的眼线和睫毛，于是她赶紧从厨房里退了出去，转头把那些肆意绽放的向日葵剪了根，细细地放进花瓶里。

朱达家的客厅里放着一尊巨大的佛龛，上面摆了新鲜的水果做贡品，家里正对门的墙上还挂着一把桃木剑，看着威严，让人不敢造次。朱达从厨房出来给周芹倒水的时候，见周芹盯着佛龛看，他笑笑解释：“创业的人多少都讲究点风水八卦什么的，我也是跟别人学的。”

周芹点点头：“是挺讲究的。”

很快，到了饭点，菜也做好了。朱达做的菜分量很大，基围虾装了满满一大盘，尖椒鸡更是用一个大钵端过来的，铺着一层密密麻麻的绿色花椒，下面零星地透出油亮亮的鸡肉。夹起一块肉，须得耐心地将花椒一粒粒撇去，一口咬下去，鸡肉滑嫩无比，辛香麻辣，偶尔不小心咬中一颗花椒，就像一道闪电爆裂在口腔里，涌入鼻腔——这是一场狂欢盛宴上的休止符，叫人屏气凝神，再全身心地投入这场刺激的冒险。朱达沉默地吃着，他吃饭时没有坏毛病，不吧唧嘴也不用沾着米饭的筷子夹菜，没有饕餮相，只是吃得非常投入，像是在食物里获得了极大的满足感。他的姿态带动了周芹，她也大快朵颐。两人都吃得欢畅，被辣得涕泪横流，喝着冰啤酒，各自干掉一整碗米饭，又一同拿手掌对着自己的嘴扇风。

“吃尖椒鸡就应该这么带劲，”朱达说，“很多餐厅为了加快翻台率，会把花椒粒替换成花椒面或者花椒油，口感损失得不多，但烹饪速度快了，食客不用一颗一颗挑出花椒，吃饭的速度也快了。外卖更是这样，多的是一年前就做好的加热可食的调料包，商家们凑合着卖，囫囵打包好交到外卖骑手的手上，白领们凑合着吃，吃完抓紧时间休息，以便下午再去上班干活。”

朱达看了一眼盘子里密密麻麻的花椒，自嘲道：“花椒就像天上的星星，现代人不在乎星星，也懒得剔除花椒。”

“这句话倒是可以写进剧本里。”

“现在知道为什么我请你来家里吃饭了吧？”朱达说，“我知道你平时工作忙，肯定经常吃外卖。我想带你吃一顿真正的饭。”

不知道为什么，周芹竟觉得有些感动，倒不是她真的相信朱达有多在乎她的饮食健康，而就算是套路，至少他也是用了心的。不像自己，在便利店里买一副耳塞，从前男友那里听了几句夜店分贝过高的医学知识，就直接走进夜店了。周芹是个很务实的人，只有痴男信女才会在长夜里翻来覆去，将一段关系的每一个细节都反复温习，以验证那是一片真心。而对周芹来说，真诚的套路也值得被感激。她依仗原始模型恋爱，又在一段关系里过分地讨要趣味和新鲜感，没道理只接受冰清玉洁的真心。

如果说一开始她是以试探的态度进入朱达的世界，那么此刻，周芹的脑子开始推导了起来。

“你在想什么？”朱达发现了周芹的走神，他嘴角吟着笑，慢悠悠地盯着她。

在周芹即将开口的那个峰回路转里，她已经找到了应该代入的原型模式：同行者。他们正坐在朱达一百六十平方米房子的客厅里，本应足够宽敞的客厅被他堆满了东西，除去刚刚买回来的向日葵，还有插着皇后花和绣球花的四个花瓶，花苞硕大，如同在大口呼吸。这些鲜花就和朱达为周芹准备的平底鞋和尖椒鸡一般，是旺盛而辛辣刺激的。他需要一个与这个客厅一样热烈的爱人，有源源不断的想法、笑话、力量，与他势均力敌，与他一样“快准狠”。

“听你刚才说，人们忙得已经没有时间好好地吃一顿饭了，我忽然想到一句话，”周芹徐徐地开口，“他们匆匆忙忙地生，以便从从容容地死。”

“这句话我第一次听，有意思。”朱达说，“那我告诉你一件事情，听完了，你也得从从容容的。”

“什么？”

“你的妆花了。”

周芹从包里翻出镜子来照：她的眼妆洇开了，黑色痕迹印到了卧蚕上，像顶着两个黑眼圈。周芹的包里其实有粉饼，铺上一层能勉强盖住，但她径直去了卫生间，将水池边的男士卸妆水抹在了脸上。

像朱达这样男生，女生什么样精致的妆容他没见过？过分的涂脂抹粉只会让自己变成俗物，朱达要的，是更高级的东西。《斯巴达克斯》里有一个说法，所谓贵族气质就是人的脸上有欲望满足后的疲倦感。因此周芹要做的，不是在晕妆了之后顶着更浓的妆出现，为了僵硬的美貌处处谨小慎微，她要一种更肆无忌惮的张扬的态度。

周芹的皮肤底子很好，卸了妆也白得清透，脸上没有一粒痘痘粉刺。她在脸上涂了一层薄薄的男士乳液，然后把口红涂在手背上，用指尖轻轻晕开，扑在脸颊上。一点点的红晕在她白皙的脸庞上延绵，说不清是害羞还是潮热，衬出几分活色生香。周芹没再做其他的装饰，就这么从容地走了出去。

果然，朱达直勾勾地望着她，看着她从卫生间一路走来沙发，眼神间纠缠不清，几乎结成蚕茧："你真好看。你现在素颜比化妆的样子更美。"

周芹淡淡地笑了，她坐下来，把身体靠向朱达，凑到他面前，说："告诉你一个秘密。你仔细看，我左边脸上有一个小酒窝，但右边脸上就没有。"

朱达用一种带着荷尔蒙的男性目光，仔细地看着她。周芹坦荡荡地迎上去，用旗鼓相当的热烈眼神回应他，敞亮又干脆，像是在欢迎他变成自己的亲密者。

"我也有个秘密要告诉你。"朱达扯下了自己白色T恤的领子，说，"我上大学的时候出过车祸，锁骨这一块打了钢板，仔细摸能摸出来。"

周芹伸手过去，带了一点矜持，指尖触到他的肌肤，稍稍用力，随即便撤回来。抓不着实处的眼神可以直截了当，但越是赤裸裸地靠近，就越要收敛着，若有若无的关系才最让人悸动，直接上下其手反而容易处成兄弟。她关心道："怎么会出车祸？"

“过街的时候没注意看红灯。还好我伤得不严重，只是打过麻药之后记忆力变差了。我上高中的时候都不需要太努力就能考得很好，背英语单词很快就能记住，车祸之后明显感觉记忆力变差了，那段时间我就跟魔怔了一样，经常背圆周率测试自己的记性，越测试越沮丧。”

“后来怎么走出来的呢？”

“只能接受，还能有什么办法呢？”朱达耸了耸肩，轻声道，“及时行乐罢了。”

“及时行乐？”周芹笑了，她凑上去，轻轻地吻在朱达的脸颊上。朱达侧过头，用自己的唇擒住了周芹的双唇，他久久地吻着她，手指搭在周芹的下巴上——那是一种动情的姿态。在这个酥麻而深情之吻过后，朱达的声音传了过来，里头夹着一丝笑意，在低沉的声线里显得格外温柔：“也没有那么急，可以先从男女朋友做起。”

/ 5 /

隔天，朱达再度约了周芹，他刚将家里的一个房间改成影音室，挑了几部电影，约周芹来看。周芹交了稿便打车过去。她刚走进小区，琢磨着进门前要不要补个妆，这时，方洁的电话就像一把斧头一样砍断了她的“罗曼蒂克”，周芹不得不接了起来。

“你为什么要给女主角补前史，说她有前任？”方洁开门见山，说话很不客气，“现在观众都喜欢‘双洁’，必须写男女主角都是第一次谈恋爱。”

“可是男主角出场的时候已经三十七岁了。”

“所以才显示出他这么多年都在等待女主角出现，这样才深情啊。”

是他身体上有毛病吧。周芹心想。

“还有，为什么你要写女主角动手捏了捏男主角的脸？太油腻了，观众不会喜欢的。你该反过来，把男主角写成痞坏的形象，让他对女主角动手动脚，这样才甜，才撩人。”

这不是甜，是性骚扰。周芹沿着石子路无意识地往前走，努力克制情绪，反问：“男生动手就不油腻吗？”

“男演员顶着这么一张帅脸，怎么会油腻呢？另外原著里有一个很甜的桥段，你为什么删掉了？”

“女主角想喝冰可乐，但是打不开冰箱门，男主角过来帮她的那个情节吗？”周芹皱着眉，“这也太傻了吧，但凡是个正常人，都不可能不会开冰箱吧？”

“所以才显出我们女主角的可爱和纯真啊。”方洁有点恨铁不成钢地说，“王维夏的小说里明明写得那么甜，你怎么会觉得是傻呢？”

周芹倦怠地揉着眉心，无言以对。这不是她第一次面对这样的局面了，在接手王维夏小说的改编项目之前，她还接过一个现代职场女性题材的项目。她精心做了调研，采访了大量从业者，了解职场女性真实的痛点和焦虑。最终，剧本被平台、制片、制作公司纷纷驳回，他们的意见很统一：观众看不懂职场戏，改成“傻白甜”的言情剧吧。

有一家制作公司稍有诚意，同意周芹保留职场戏，但他们希望女主角在职场里笨笨的、傻傻的、憨头憨脑的，她最好不会用打印机，更好的是弄丢重要文件，顶顶好的是无心弄砸一个大项目，这样男主角就可以随时随地来帮助她了。

“但女主角最终还要有成长，她必须和男主角一起为自己犯下的错买单。”他们说。

不然呢？难道要畏罪潜逃吗？周芹翻了一个白眼。

周芹坐在会议室里，跟他们争论了足足四个小时，最后她说：“我有一条底线，女性不该用她们的脆弱去爱，而是要用她们的力量去爱。她们可以示弱、撒娇，有小女人的一面，但这些只是手段，不是目的，她们本质上是坚强的。”

他们大眼瞪小眼地看着周芹：“她们坚强了，那要男主角干吗呢？”

那一刻周芹觉得他们不仅蠢，而且坏。

“而且，观众也不爱看这样的东西。”他们又说。

“那是因为市场上没有，观众没有选择权。”

“那你觉得市场上为什么没有呢？”这些否决掉周芹剧本的资方坐在她的对面坐了一排，他们语气天真，仿佛不知道那个呼之欲出的答案。

自然，那个项目流产了。忙活了一整年，周芹只拿到一笔极少的定金。付诸东流的不仅是她的心血，还有她对这个行业的坚持。

她知道，想要在这个行业活下来，只有一条路可走。她对着电话那头的方洁，心平气和地说：“好的，我明白了，我晚上改给你。”

挂断电话，周芹才发现自己走到了小区的别墅区，她迷路了。她正想给朱达打电话，却刚好见到王维夏和一个戴着帽子的男人从一幢别墅里并肩走出来。男人又高又瘦，穿着一件灰色的短袖卫衣，看着十分阳光。王维夏也看见了周芹，她表现出一种过分的热情，快速绕过男人，向周芹跑来，像是很想她，更像是想故意挡住那个男人的脸。

“周周，你怎么会在这儿？”

周芹还在张望，但男人已经先一步上了一辆红色的跑车，一踩油门，开远了。

“那个是你老公吗？传说中的顾念杉？”

王维夏点点头，笑道：“对，他很内向，一直不习惯被人关注。可我总写他和我们的日常，我经常觉得有点对不起他呢。”王维夏拉了拉周芹的胳膊，说，“都到门口了，进来坐坐，阿姨买了又大又甜的杨梅，刚冰镇好，进来吃。”

王维夏盛情邀约，周芹不好拒绝。好在她刚刚已经发过消息给朱达，说自己临时有事，要晚点到，因此也不在乎再迟去半个小时。何况，她也真的很好奇，能写出不会开冰箱桥段的王维夏，她的家和生活是什么样的。

虽然王维夏跟朱达在同一个小区，但她的房子是一幢三层楼的别墅。不同于周芹的想象，维夏的家里是一派冷峻的白色，客厅大而开阔，只放了一张巨大的白色沙发和透明的茶几，角落里立着一盆绿植，除此之外再没有别的家具了，甚至没有配电视，整个客厅都显得空荡荡的，冷清得很。

“你家跟我想的挺不一样的。这么大的客厅都不配电视吗？你每年都有自己小说改编成的影视剧上映，应该在客厅里搞个大电视，邀请朋友们都来看啊。”周芹打趣道，“还是说，你把电视放在了床头？睡前一个人独享？”

“我家里没有电视。”王维夏笑道，“有什么好看的啦，都是‘无脑’的小甜剧，我自己看了都尴尬。周周，我的小说不好改吧？这段时间辛苦你啦。”

周芹对王维夏的小说当然有意见，但维夏已经把话说在了前面，周芹只得笑道：“没有好改的小说，剧本和小说本来就是两种文体，如果好改，还要我们这些编剧干什么呢？”

“这份工作很辛苦吧？”

周芹冲自己的手机努了努嘴，说：“刚刚方洁还打电话来让我改剧本呢。”

“今天不是周末吗？”

“我们哪里有周末，编剧看似是自由职业，其实自由意味着更不自由，没有上班时间就代表没有下班时间。不过我还算好，至少能保证署名权。”

“‘枪手’就没有署名权了吧？”

“对，但署名的顺位也很重要。有一些项目会找大编剧挂第一顺位编剧，但其实活全是下面小编剧干的，他们只能拿大编剧十分之一的钱，名字也署在第二行，甚至片尾，蛮惨的。”

王维夏跟着周芹一起叹息了一声，仿佛感同身受。

这时，保姆张阿姨端来了冰镇好的杨梅和泡好的茶，王维夏拉着周芹在沙发上坐下来。

“别说这些不开心的事了，吃点杨梅。”王维夏问，“对了，周周，你怎么会在这儿呀？你有朋友住这个小区吗？”

“我去朱达家，我们在谈恋爱。”

王维夏惊愕地扬了扬眉毛。好似条件反射一般，她猛地往后一退，手里的杨梅滚到了沙发上，红色的汁水溅在了白色的布料上，像雪地上的血迹，红得扎眼。王维夏“啊呀”了一声，周芹赶紧递纸巾过去，张阿姨也跑来收拾。

“我咬到舌头了，”王维夏龇牙咧嘴，“真疼。”

“慢点吃，多着呢。可惜沙发弄脏了。”

“没事，张阿姨会处理的。”王维夏又拉着周芹坐下来，连忙问，“你真的在跟朱达恋爱吗？你们俩才认识多久啊，就确定关系了？你确定吗？”

周芹有点诧异王维夏的反应之大，她反问：“怎么了？难道……朱达有女朋友了？”

“那倒没有。”王维夏变得冷静了，她的眼神深沉得像一片深海，她变成了另一个人，不是“傻白甜”的王维夏，而是完完全全的另一个人，她说，“你相信，恋爱会杀死一个人吗？”

“什么意思？”

“在大学的时候，朱达和一桩凶案扯上过关系。他成绩很好，本来可以保研的，因为这件事他差点都没拿到毕业证。”

“什么样的凶案？”

“当时学校里，有一个女生暗恋朱达，她给朱达写了很多情书，厚厚的一摞，但朱达当时有女朋友，所以一直在拒绝她。后来快毕业了，那个女生急了，一时想不开，从五楼宿舍跳下去，摔死了。”

周芹皱着眉：“为了这点事，值得她堵上一条命吗？”

王维夏静静地看着她，说：“一段时间之后，一个谣言流传在学校里，说是朱达虽然没跟这个女生谈恋爱，但是骗走了她的第一次，又或者是这个女生主动献出了第一次，借此想绑定朱达，没想到希望还是落空了，她才接受不了的。孰是孰非谁也说不清楚。最后，警察将案件定性为自杀。”

周芹沉默了片刻，问：“那个女生叫什么？”

“我不太想说，毕竟已经是过去的事了。”王维夏轻轻叹了口气，拍了拍周芹的肩膀，“总之，朱达这个人挺复杂的，我觉得他不适合恋爱，你多考虑考虑。”

从王维夏家里出来之后，朱达给周芹打来了电话，问她什么时候到。周芹说自己刚好遇到王维夏聊了几句，马上过来。等她走进朱达家的单元楼下时，朱达已经在楼下等她了。他穿着一身居家服，看到她后，立刻露出阳光的笑容，高高地冲她挥了挥手。

“怎么了？你看着有点累，是工作太辛苦了吗？”朱达关切地问。

“还好，刚刚跟维夏聊了一会儿。”

“聊什么了？”

“过去的事。”周芹故意看他的反应，“也聊到你了，她说到你在大学的时候有不少追求者。”

“是吗？”朱达一脸无所谓的样子，说，“好多年前的事了，我都记不清了。”

“不会吧，追求者众多的日子还能忘？”

“现在也不少啊，何必总盯着以前的辉煌呢？”朱达还有心思开玩笑，看着心情不错。两人进了电梯，他忽然叹了口气，说：“不过大四那年，维夏的同班同学，也是她的室友跳楼了，对她影响挺大的。”

“维夏的室友？”周芹微微吃惊，听方才王维夏的语气，像是她完全不认识这个人一般，周芹又问，“她为什么要寻死呢？”

“情路不顺吧，”朱达说，“那个女孩给学校里很多男生都写过情书，都被拒绝了，一时想不开。她好像本来就有点精神疾病。”

“她也给你写过情书？”

朱达点点头，说：“写过，还杜撰了一些没发生过的事，比如我在路上跟她打了个招呼，她就偏要写成我是故意在那里等她，甚至每天都在等她，直到她路过。这件事还让我当时的女朋友很不高兴，她还因此跟我分手了。”

周芹轻轻叹了口气。

“不过，有一件事我倒是挺奇怪的，这个女生在跳楼前给她的家人发过消息，说自己写了一封遗书，但那封遗书却消失了，警方在宿舍、教室、图书馆以及她常去的地方都找遍了，一无所获。事发后，维夏是第一个进入宿舍的人，因此她还被警方怀疑过，不过最终也没能找到，也就没人知道她死前到底想了什么。”

"那个女生叫什么？"

"庄温温。"朱达说，"她叫庄温温。"

他们那天看的电影叫《赎罪》，一部2007年的片子，凯拉·奈特莉穿着波光粼粼的墨绿色的长裙在庄园里奔跑，露出线条优美的背部，美得不可方物。而十三岁的金发少女则用一双谨慎、敏感、蓝汪汪的眼睛观察着这个世界，先是误会，然后是背叛、嫉妒和告密……在故事的结尾，在她将一生变成一场祈求宽恕的漫长仪式之后，她仍然做了不可靠叙事，写下罗比与姐姐的幸福结局。而在现实生活中，罗比最终没能熬过那场战役，死在了敦刻尔克大撤退的前夕。

不可靠叙事，就像是王维夏和朱达对待那桩命案的态度。

他们似乎有意将错过引向对方。王维夏夸大了朱达的冷血和欲望，隐藏了遗书和庄温温是自己室友的事，甚至连她的名字都不想提及，让周芹不禁怀疑王维夏是不是出于对庄温温的怜悯或畏惧。而朱达则把一个女生对自己的热烈追求淡化成"很多男生"和"都被拒绝"，他将自己藏匿在其他男生身后，而把王维夏推到了风口浪尖。但更微妙的是，如果两人真的怀疑彼此，认为对方或多或少跟一桩死亡事件扯上关系，那他们俩何必还要住在同一个小区里，日常又是一副熟稔的姿态？

回到家之后，这些疑点依然萦绕在周芹的心间，让她在改剧本的时候都不能专心。尽管她想要一段新奇、有趣而又生机勃勃的情感关系，但谈恋爱的第一要务，是保护好自己。恋爱是一个不断交付自我的过程，如果不能在一开始就规避风险，将来只会覆水难收。

交了稿，周芹立刻在网上搜索关于庄温温的资料。

周芹是极其擅长查找资料的，她剧本里很多的行业信息和专业知识都是从网上找到的。但让她惊讶的是，她没有找到庄温温在任何社交媒体上注册的痕迹，干净得像庄温温不曾存在过一样。她只搜到一张毕业照的大合影，照片旁印了每个同学的名字，她逐一寻找，没有找到“庄温温”三个字，想来那时她已经不在了。倒是王维夏非常显眼，一眼可见，她的长相几乎没变，站在合影最中心的位置，笑容甜美。那时候她已经凭借第一本小说出名了，那一份甜美的微笑里便还带着点高傲和富有的味道。而站在男生队伍里的朱达也是仪表不凡，十分醒目。周芹想找顾念杉，但她不知道顾念杉的真名，没法对号入座，只能勉强挑出一个相对帅气、高高瘦瘦的男生，她猜测那应该就是他了。

周芹隐隐地觉得这张合影有哪里不太对劲，但一时间也说不出问题。她拿出手机拍了照，又在网上搜索了朱达的名字，这回倒是找到了不少资料。

朱达比她想象中还要优秀。他是被保送上的这所国内顶尖大学，还在高中校庆时做过演讲，分享学习心得。他进了大学后成绩也很好，拿过国家级奖学金。这些信息是她从他高中学校的官网和大学校刊上找到的，上面摘录了他部分的演讲稿：我出生在一个单亲家庭，家庭并不富裕，因此我更加刻苦地学习。下面配了几张照片，学生时代的他更瘦、更黑一些，在镜头里，他大多不笑，眼神忧郁，他的脸很少正对镜头，肢体也不舒展，整个人显得非常别扭。在网页最下方，有一个叫“朕很帅的”的网友写了一句留言：朱哥加油。

周芹点开“朕很帅的”的账号，一路顺藤摸瓜地打开了“古早”的校内网。校内网是当年最火的社交平台，现在已被时代抛弃了。蓝色的页面陈旧而传统，几乎已经没人使用，但只要进入老版的页面，仍能看到曾经发过的动态、长文和评论。当年人们在校内网都是实名注册的，头像也都是本人，再加上学校和专业信息，周芹很轻易地就找到了朱达的账户。他没发过什么内容，周芹一无所获，渐渐觉得无聊。她根本不认识庄温温，那只是发生在她男朋友身上的一桩陈年旧事，或许正如朱达所说，庄温温本来就有点精神问题，连她的家人都没有再追查，她又何必刨根问底呢？

周芹摇摇头，正准备关掉网页，这时，她看到了“朕很帅的”的校内网，鬼使神差地便点了进去。一开始，她只是对这个昵称好奇，他没用真名，也没放头像，在当年的环境里应该是很跳脱的人物了。果然，他发的动态很多，一会儿约撸串打球，一会儿抱怨考试、签到，还不时发点搞笑段子。周芹漫无目的地往下滑动鼠标，终于她的指尖停在了一条状态上：这是你女朋友写的吧？朱哥 @ 朱达。

周芹点开文字下方的链接，那是一个空荡荡的账户，没有关注对象也没有粉丝，头像用的是一张向日葵的照片，昵称则是一串数字，不像是出生年月，也看不出意义，不知道是不是系统自动生成的。里面有三篇文章，发表的日期都是十月二十九日，持续了三年。按照朱达入学的时间来算，刚好是大二到大四。周芹逐一读了，这三篇文章应该都是朱达大学时的女友写的，纪念了两人恋爱的第一到第三周年，也提到了最后的分手。因为文章的情感真挚动人，周芹读下来，竟没有一丝醋意，反倒隔着时空，为他们的甜蜜而甜蜜，为他们的悲伤而悲伤。

第一篇文章的标题叫《朱先生》：

像每一个青春期的少女一样，我常常幻想我未来男朋友的模样。他可以没有十分的英俊，但一定要身材高大，有一副可供我依靠、让我埋头哭泣的肩膀；他有一双深情而迷人的眼睛，供我时时凝望；他有一个好听的名字，供我在心里一遍一遍重复诵读，连名带姓的，抑扬顿挫的，缠绵悱恻的，舌头触碰齿尖，绽放出花蕾般的亲吻。我们在一个命运的转角偶遇，陷入热恋，像一见钟情一样迅速，像天长地久那样悠远。可我从没想过，我会和一个姓朱的人恋爱，因为这个姓氏带给我的想象空间实在与浪漫相差甚远。

可我还是和朱先生谈恋爱了。尽管从和他开始恋爱的第一天起，我就开始为我们将来小孩的名字绞尽脑汁，但我们还是坚定地牵起了彼此的手。

朱先生像爸爸一样守护着我。他很担心我不吃早饭，即便在冬季最冷的那些天里，他也一早就骑上自行车出门，为我去买学校东门门口我最爱的鸡蛋灌饼。我爱吃肉包子，却不喜欢肉馅里的葱和姜，他就把学校附近、学校食堂里的包子都买了，带来让我挑。哪怕在我们吵架之后，他也会记得给我带一份早饭，叮嘱我趁热吃掉。有时候我不禁怀疑，他对我的爱是不是一场蓄谋已久的命中注定。

朱先生也很温柔。我们去杭州玩的时候，我受凉感冒，整夜整夜地咳嗽，朱先生紧张地跑下楼给我买药，回来蹲在我的床边，一点一点给我喂枇杷膏，我不愿喝，他就给我讲笑话，我每笑一次，他就把勺子递过来，“要挟”我多吃一口。朱先生守了我一夜，结果第二天他也病了，我们裹着被子躺在床上，什么也不能做，睡醒了就大眼瞪小眼地望着对方。他说我们像是两只草履虫，我们都笑了，又都大声地咳嗽，喘不过气来。

朱先生还把我介绍给了他所有的同学和朋友，在他妈妈来学校看他的时候，他也把我领到他妈妈面前，羞涩、紧张却坚定地向他妈妈介绍我。

有的时候我忍不住幻想，我是前世积了多大的福气，才能遇到朱先生。虽然我还是想不到我和朱先生未来的孩子该叫什么，但不出意外，我的小孩就要姓朱了，而对于这件事，我变得心甘情愿。

第二篇文章的内容和第一篇相近，写了他们俩恋爱两周年里的点点滴滴，在甜蜜的日常外多了两人磨合的过程。他们似乎性格脾气相差很大，磨合得很辛苦，但两人都没有放弃。

在最后一篇文章里，他们分手了，她没有写分手的具体原因，只说在这段关系里她觉得很累，有些难以为继，也许分开对两个人都好。通篇文章里没有一句朱先生的坏话，她最后写道：

仍然感谢这三年的时光，三年前的我还并不知道，生命里会发生这样一段值得珍惜的感情。谢谢你，我真的很幸福，也希望这幸福陪伴着你，成为闪耀在你心底里的力量。

周芹猜测，最后所谓的“觉得很累”，应该就是指朱达没能处理好和其他女生的关系。

如果说一开始，周芹对朱达还持有怀疑，那看完了这三篇文章，她放心了一大半。周芹甚至有点被迷住了，不是被朱达本人，而是被这三篇文章里所描写的朱达，以及被那个她素未谋面的女生在写文章时流露出的娇羞、无可奈何和心甘情愿迷住了。既然朱达曾值得被一个女生如此期许与祝福，就说明他的本性不坏，而他的过往亦增加了他身上的阅历、神秘感和沧桑感。

周芹甚至隐隐觉得，朱达就是那个她一直在寻找的男人，那个即便走进恋爱、走进柴米油盐，也不会让她觉得乏味与无聊的男人。

很快，周芹收到朱达的短信，他邀请她周末一起去杭州旅行，他特意说了，想带周芹夜游西湖，因为晚上的西湖才是最宁静、最美的。周芹明白他这话的意思，也知道在夜游了西湖之后，他们会进到同一家酒店的同一个房间。周芹还没来得及回复，王维夏忽然给她打来了电话，说有事情找她。两人约在了市区的一家咖啡馆见。

“周周，有件事我一直想跟你说……”王维夏拿出手机，将微信里一个联系人的头像给她看，“这个男的，你认识吗？”

周芹看了一眼，有点难以置信，那个微信头像是赵溯。她快速瞥了一眼两人的聊天内容，那是一条醒目的消息，让周芹更加惊愕：“跟我见一面吧，维夏，我是真的喜欢你。”

周芹与赵溯的最后一次见面，是在一个月前的棉云酒吧里，在朱达与王维夏离开后，赵溯悻悻地回来，两人喝完了一杯酒便分开了，之后再没联系过。她本以为赵溯是见她态度冷淡，自动放弃了，没想到却是他勾搭了王维夏在先？

王维夏看出了周芹的错愕，主动解释道：“那天我在门口等朱达来接我，赵溯主动过来搭讪，说他是我的书迷，问我要微信。我当然不肯给，他就说他是你的朋友，看见了我跟你一起喝酒，还说了你的名字和职业，我这才同意加他微信。但没想到，他就像着魔一样天天给我发消息，说喜欢我，要约我出来，可我明明都告诉他我结婚了。”

“他看见我们一起喝酒了？”

“应该是吧，后来他还给我发过一张自己喝威士忌酸的图片，说他也点了同款。真搞笑，那明明是你的酒。”

原来，赵溯故作姿态，想喝那杯威士忌酸时，他在撩的不是在场的周芹，而是已经离开的王维夏。

王维夏接着说：“他总骚扰我，所以我打算把他拉黑了，我又怕你误会，想着一定要提前跟你说一声。”

周芹僵硬地点点头：“我跟他不熟，你随意。”

“那就好。”王维夏长吁了一口气，喝了一口面前的咖啡。

周芹不由得看向王维夏，她有一张十分漂亮的脸，当她笑起来的时候，笑意是先从鼻梁边小小的褶皱开始的，然后弥漫到嘴角、眉梢和那双人畜无害的眼睛里。让周芹不明白的是，生活好像总是对王维夏网开一面。她轻轻松松地站在那里，生活就把她的恋爱、婚姻、事业、金钱和名气都一并安排好了。哪怕她的小说写得并不好，仍有读者爱她，自己还要硬着头皮改编她的小说；哪怕她已经结婚了，戴着闪烁的钻戒，可她还是能轻而易举地把周芹的追求者变成自己的。

周芹第一次有了嫉妒心。王维夏的名气和财富都超过周芹太多了，周芹压根不会想要跟她比较，爱情也是，即便抛开已婚未婚不谈，她们也是完全不同的两种类型，本不该在同一条恋爱赛道上遇见。可偏偏她们还是狭路相逢了。就算周芹不喜欢赵溯又怎么样呢？至少也是她略花了心思和手段撩来的。而王维夏呢？她什么都没做就赢了，或者说，就是因为王维夏什么都没做，才显得周芹输得更彻底。

“对了，周周，”王维夏又说，“我上次跟你说的朱达的事你后来考虑了吗？我还是觉得他这个人有点问题，你这么优秀，什么样的男生找不到啊，何必非得跟这么个人在一起呢？你喜欢什么样的？下回我给你介绍！”

“我觉得他挺好的。”周芹快速地开口道，“每个人对恋爱的定义不一样，对我来说，我就想要一段浮躁的恋爱，就像短视频那样，快速地爱，快速地享受，腻了就划走。我不怕他有点问题，反正我又不打算嫁给他，三天也好，一个月也行，三个月也不嫌长，我想要的无非就是新鲜和有趣，如果值得被写进剧本里，那简直是赚了。我找不到顾念杉这样的长期写作素材，能找到一个短期的，干吗要放手呢？”

灯光在王维夏的脸上游移，像一种表情。停顿了半晌，她似笑非笑地说：“那祝你好运。”

周芹坦然地点点头，低下头，回复了那条朱达约她去杭州的消息。后来，王维夏再说了什么她已经不关心了，她心里盘算着去杭州应该带哪些衣服，是否要提前做个美甲、剪个头发。

至此，周芹没觉得这段恋爱与她以往的恋爱有什么区别，甚至因为朱达前女友的文章，她变得更放心也更期待。但让她没想到的是，仅仅三天后，她就结束了这段恋情。她从杭州回来后，先去了医院做检查和取样，然后，她平静地打车到警局门口，走进去报了案。

/ 6 /

一开始，这场旅行稀松平常，两人自驾到了杭州，朱达把酒店、行程和餐厅都安排好了，没让周芹操什么心。一路上，他们有说有笑，玩得十分开心。

事情发生在最后一天晚上。他们去西湖边的一个小酒吧喝酒，朱达是个很会找话题、抛哏接哏的人，两人聊得热烈。

周芹忽然好奇地道：“你大学时候是一个什么样的人？”

“和现在差不多吧，”朱达有点敷衍，说，“人吗，能有多大变化呢？”

“我听说你大学时候挺内向的。”

朱达扬了扬眉：“维夏跟你说的？”

“我在网上搜的。”

“好端端的，干吗调查我？”

“调查算不上，随便搜搜而已。毕竟我是要跟你出来过夜的，万一你给我下药，趁我睡着割了我的肾怎么办？”

朱达笑了笑，摸了摸周芹的头发：“如果是那样的话，那我不会把两个都割掉的，我会给你留一个。”

这时，朱达的电话响了，在他拿起来的那一瞬，周芹瞥到了来电显示——维夏。朱达倒是神色如常，说去接个电话。周芹没接话，拿起桌上的酒杯一饮而尽。只过了两三分钟，朱达便回来了，周芹问他什么事，朱达说：“没事，维夏给她老公打电话，她老公没接，她就来问我他是不是跟我在一起。”

周芹的声音很冷：“可她明明知道你跟我在杭州啊，我跟她说过的。”

朱达的脸上有一丝慌乱，但很快掩盖住了，他说：“可能她忘了吧。”

周芹没放过这个话题，追问道：“你跟她关系很好吗？那你大学的时候怎么没考虑过王维夏？她这么好看，应该是男生都会喜欢的类型吧？”

“她太抢手了，我没抢过别人。”朱达笑了起来，露出一排洁白的牙齿，坦率地说，“不过，她也不是我喜欢的类型。她的人生太顺了，很容易把别人的好和付出当成理所应当，她也不能理解别人为什么没有像她一样的好运气，不能理解别人为什么会失败、会沮丧、会潦倒，和她在一起生活肯定很辛苦。”

朱达语气平和，姿态诚恳而真挚，周芹亦有共鸣，她稍稍放心下来，问：“那‘顾念杉’岂不是很难？”

“是啊，但他没办法，他已经被维夏绑定死了，逃不出来了。万一有一天，你要是遇见他，你们俩产生了什么冲突，你也别怪他，他压抑太久了。”

“王维夏把他看得这么紧，他怎么会跟我扯上关系？”周芹只当朱达在开玩笑，说，“我只见过他一次，在王维夏家门口，连正脸都没瞧见，只看到他挺瘦的。”

“被榨干了呗。”朱达笑道。

两人又聊了些别的，朱达没有喝酒，周芹觉得奇怪，问他，他说胃不舒服，喝不了冰的，于是周芹给他点了一杯红茶。从酒吧出来，两人牵着手回到酒店，朱达订的是标间，昨晚他们各睡一张床，而此刻，朱达捏了捏周芹的手心，凑到她耳边低语："今晚我想抱着你睡。"

周芹把自己的手抽出来，抬起指尖，钩了钩朱达的下巴，细嫩的指腹在他胡茬上轻轻摩挲，像在研究他的身体："这种话你也说得出口？"

“怎么了？”

周芹将一边的短发拨到耳后，瞥了朱达一眼，随即她的嘴角扬起一道好看的弧度，她踮起脚尖凑到朱达耳畔，细细地问："难道你只抱着？"

朱达反倒有点脸红，他一下捉住她的手，有些动情，急促地在她的手指上吻了一下，说:"你要是不同意我也不能干别的，那样违法了。"

周芹稍稍用力，再度掰开了朱达的手。她走进房间深处，将外套脱掉，里面是一件修身吊带裙，显出迷人的曲线来。她转身坐到了高飘窗上，光洁的小腿悠悠地荡着，姿态既天真又妖娆，她用命令的口吻说："洗澡去。"

再之后，该发生的事情便都发生了，一切都是原始而热忱的，按捺不住的男欢女爱，活色生香。他们热烈地亲吻，将一个人的呼吸揉进另一个人的呼吸里，将一个人的灵魂融进另一个人的灵魂里，急急忙忙、迫不及待的。他们彼此索求，这一刻，世界消失了，他们只想紧紧缠住对方。

直到结束，朱达仍吻着周芹的肩膀，久久地抱着她。

“我爱你。我爱你。”他说。

周芹觉得很安稳，她没有接话，但心里也有相似的情绪在涌动。

“你饿不饿？”朱达又问。

周芹点点头。他们晚上吃的是一顿华而不实的西餐，经过一顿折腾，她确实有点饿了。她低头轻轻咬了一口朱达的胳膊，说：“还不都怪你？”

朱达笑了，他摸索着下床穿衣服，问：“想吃什么？我出去给你买。”

“小馄饨。”周芹摸着肚子想了想。她想开灯，但朱达按住了她的手：“没事，我看得到，开灯晃眼睛，你先躺一会儿。”

“快点回来。”周芹躺在黑暗里，听见朱达开门出去，她翻了个身，把身体裹进被子里，迷迷糊糊地闭上了眼。

周芹是直到醒来的那一刻才意识到自己之前睡着了。她看了看床头柜上的时钟，已经凌晨一点半了，朱达还没回来。她摸出手机，眯着眼睛给他拨出一个电话，朱达很快接通了，他语气平和，说馄饨店关门，耽误了点时间，快回来了，让周芹再睡一会儿。挂断电话，周芹没了睡意，抓着手机起身去洗澡。

浴室里热气蒸腾，周芹洗完澡，刚裹上浴巾，还没来得及穿拖鞋，就听到卫生间台面上的手机响了，她猜是朱达发来的消息，便踮着脚把手机够进来。朱达发来一条很长的消息，开头的三个字是“很抱歉”，周芹往下读，心猛地沉了下去。她的手开始颤抖，手上因为沾了水，没法正常地划动屏幕。她越是着急，手指就越是笨拙，屏幕里的文字似是也被水渍洇开了，变得忽大忽小、似真亦假。她只觉得自己浑身都在出汗，热得无法呼吸，但每个毛孔里又渗出寒气，连着打了好几个冷战。

周芹仓促地往浴室外走，没注意拖鞋被水淋湿了，刚一穿上去，脚下打滑，她身子一个踉跄，手机被摔了出去，她也差点滑倒。她忙扶住浴室的玻璃门，下一秒，就听一声啪的一声巨响，钢化玻璃受力，门上出现蛛网一般的裂缝，紧紧一瞬间后，整扇玻璃门裂开了。玻璃碎碴儿飞溅而出，她根本来不及反应，冰凉而密集的玻璃碴儿就像暴雨一样浇灌下来，劈头盖脸地几乎将周芹淹没。

这一刻，这段恋爱化身成直观的生与死，在一场枪林弹雨里处决了她。

她的脑海里翻腾着朱达的声音：艾滋病。

手机铃声拉回了周芹的思绪。

一次性拖鞋已经湿透了，她光着脚踩进玻璃碴儿里，直接用手扒开玻璃碎片，从里面拾起手机。她觉得自己的嗓子里也堵着玻璃碎片，她声音尖锐："你这是什么意思？你以为你一走了之，我就会放过你吗？"

"这大晚上的，出什么事了？"电话那头是个女声，是方洁，"我就说你剧本怎么写得这么差呢，果然心思没用在上面。就说那场女主角打不开冰箱的那场戏吧，你为什么非得铺垫一场，说男主角买个了高科技冰箱啊？你就直接写女主角打不开，男主角过来帮她，然后她撞进男主角怀里不就行了？打不开冰箱是什么奇怪的事吗？"

"女主角是脑残吗？还是你是脑残？"周芹骂道，"你们宣传的是什么价值观？告诉观众，只有变成弱智才会拥有爱情吗？方洁，你有没有长脑子？愚蠢的女人只会被人骗、被人玩弄，跟爱情没有任何关系！”

“你被谁骗了呀？”方洁声音里反倒带了一丝兴奋，“是那个新认识的人吗？二十四岁的那个？你那天给我看他照片我就觉得这人面相不行……”

周芹挂断了电话。

她的侧脸似乎被玻璃碴儿磨破了，生硬地疼。周芹给朱达打过去电话，不出所料，她被拉黑了。周芹做了几个深呼吸，让自己冷静下来，走到水池边，静静地冲手。她的手指上全是细密的小口，她仔细地把血冲掉，将扎进手指和脚底的细碎玻璃碴儿拔出来，处理好伤口，洗了脸，走出卫生间。

周芹打开屋里所有的灯，这才发现，刚刚朱达趁着没开灯，已经把他的东西全部收拾带走了。他没有喝酒，想来这时，他已经在开车回上海的路上了。她的嘴角浮起冷笑：原来他早就计划好了一切，那些动情、那些拥吻不过是他的障眼法。

周芹在沙发上坐下，重新打开手机，再读了一遍朱达发来的消息：

很抱歉，我没法当面告诉你这件事。你问过我，大学时期的我是什么样的。其实，那时的我和现在完全不同，我害羞、胆怯，为了合群，我不得不跟学长们一起出去玩，去过几次不正规的场所，结果不幸染上了艾滋病。此后的每一天，我都活在深深的悔恨与苦痛之中。

周芹，从见到你的第一眼我就知道，我被你迷住了。我配不上你，但是我是真的爱你，真的不愿错过你。哪怕只拥有你一次，哪怕你将恨我一辈子，我也觉得值得。何况，你也挺主动的，不是吗？你这么美，我怎么可能忍得住呢？

对不起。祝你未来好运。

再看一遍，周芹仍是气得浑身颤抖，牙齿控制不住地上下碰撞，膝盖也在抖动。她按住自己的两个膝盖，也忍住想将朱达千刀万剐的心。比起被欺骗、被伤害，周芹更恨那句“我是真的爱你”。她明明是受害者，朱达却偏要把她拉下水，好像这罪里也有她的一份，好像是她的魅力、风情和主动，将自己推进了地狱。

他无耻至极。

她回忆起朱达带她回家吃花椒鸡的情形。彼时，见到他投入的吃相，她以为那是一个人对朴素生活的热爱，现在她才明白，那是他对生的希望。还有那个菜场，或许他之所以精准地知道风尘女几点钟会去菜场，不是因为他常去菜场，而是他常光顾另一个地方。

他一早便说了：“这一刻，特别容易让人原谅自己的平庸。”

平庸的欲望，那一刻，他和自己达成了和解。

周芹第一时间想打电话给王维夏：她、“顾念杉”和朱达是大学同班同学，毕业后又住在同一个小区，如此亲密的关系，对于朱达的病和他大学的经历，她是否知情？在这件事里她究竟扮演了什么样的角色？她说过“这个人有点问题”，可显然“有点问题”这四个字根本不足以形容艾滋病。周芹拿出手机，在拨通王维夏电话的前一刻，她挂断了电话：如果他们是一伙的，王维夏根本不会跟她说实话。

她一定漏了什么信息，这件事里一定还有更多的事情。

周芹拿出电脑，翻出朱达前任的三篇文章，再读了一遍。文章字里行间仍是真情，但字字句句中的他都与眼前这个朱达判若两人。账号里没有别的信息了，周芹盯住了她的头像——那是一张向日葵的风景照，那些向日葵比普通的向日葵更红一些，带着铁锈色，像是染上了夕阳。周芹将头像截图，在网上搜索，一无所获。她关掉页面，重新回到老版校内网的页面，输入了王维夏的名字，却没有找到相应的账号。周芹觉得奇怪，又去微博上打了王维夏的名字，她的指尖飞速往下滑动，略过王维夏被微博认证的账户，略过她的话题、粉丝和黑粉微博等信息，不断地往后翻页。

周芹拧开一瓶矿泉水，大口地往胃里灌。她也不知道自己在找什么，或许是找一个缺口、一个灵感、一次神迹，她快速地按动鼠标，指尖无数次地弹开又落下，像着了魔。她的速度太快了，以至鼠标都被碰飞了。她弯下腰去捡，头撞在桌角，疼得她直皱眉。周芹愤然地把鼠标摔在桌子上。当她再抬起头的时候，她看到电脑页面上有一条古诗词类博主发的微博，里面写着：《诗·小雅·四月》四月维夏，六月徂暑。微博下面有一条孤零零的评论，周芹伸出手去，随着鼠标清脆的咔嗒声，她仿佛打开了命运的开关。

那条评论来自一个向日葵照片的头像，向日葵是铁锈色的，如泣血而歌，而评论的内容是：四月维夏，真好听，我的笔名就叫维夏吧。

周芹汗毛立了起来，全身的血液也仿佛凝固了：王维夏就是朱达大学时的女朋友，那三篇文章是维夏写的，而朱达显然就是顾念杉。

因此朱达才会对她说："万一有一天，你要是遇见他，你们俩产生了什么冲突，你也别怪他，他压抑太久了。"

这不是一场意外，是朱达和王维夏联手欺瞒了她。

可王维夏为什么在一开始就否认他们的关系呢？既然他们结婚了，她也戴着钻戒，对外是一派幸福的形象，她为什么还要对周芹说"祝你好运"，而非"离我老公远点"？她身边那个又高又瘦的男人又是谁？如果说他们没结婚，"顾念杉"只是王维夏"人设"的一部分，可她已经功成名就了，何必还要跟朱达绑定在一起，她就不怕朱达毁了这一切吗？

顾不得追根溯源，抱着最后一丝希望，周芹扑到了垃圾桶旁——方才两人是做了防护措施的。她从垃圾桶里捡起了那个被撕开的、闪闪发光的、方块大小的外包装，她缓缓举起来，将它对准了屋里的灯光。

周芹看到了一个发亮的小光点，一开始，她以为那是手上沾着的玻璃碴儿的反光，她反复掸了几次，把手指弄得通红，又换了只手去看。她渐渐地瘫倒在地上，大脑一片空白。

她仿佛看见朱达是如何用一根针刺穿了这个薄薄的包装袋，他同样刺穿了她的身体。

这小孔细密得几乎看不见，只透出一点微弱的光亮，而这极其微弱的光亮足以葬送周芹的整个人生。

第二章

白日梦

知道自己有病的那天，我七岁，当时我正坐在电视机前，一动不动地盯着漆黑的屏幕。那是夏天里最热的时候，即使呆坐着也在流汗。我爸坐到我身边，拿着扇子给我扇风，他说了什么，并用指尖快速地抹去眼角的泪，好像很动情，但我完全没听到，我的脑子里在想昨天电视剧里的剧情。那是一部古装剧，昨晚女主角决定跟自己不爱的男人拜堂成亲，男主角不知道她是为了家族的命运而跟别人结婚，以为她移情别恋，两人当面对峙，一个痛骂对方绝情，一个故作坚强，而背地里他们都哭了，悲伤比月亮还大。我当然不能允许这样的事情发生，何况我每天晚上九点就睡了，只能趁着上厕所的时间偷听一小段剧情。今天如果水喝得不够多，我甚至会错过大婚的这段剧情，所以我只好自己往下编，在女主角披上大红盖头前阻止这场婚礼。

这件事太重要了，我必须全神贯注才能同时保住男女主角的幸福和女主角的家族，才能帮男主角找到杀父仇人。与此相比，我爸在我耳边念叨的事情根本不值一提。

我父母都说我得了一种怪病，并叮嘱彼此要及时带我去医院。但他们都没这么做，那次谈话之后，我再没见过我爸，我换了新爸爸。妈妈说：“要记住，从此以后你姓庄，不再姓柳了，你叫庄温温。”

庄——我不喜欢这个姓，它听起来一板一眼，像一种肃穆凝重的命运。

“她从小就这样，喜欢发呆，不知道在想什么。”我妈对那个男人说道，“好在她听话，乖，不吵闹。”

那个男人身上总有一股消毒药水的味道，我不喜欢他，好在他也不太管我，于是我越发沉浸在自己的世界里。一开始，我只是把电视剧的剧情往后延伸，将我错过的部分补全。遇到非常着迷的电视剧，我也会在脑海里编写续集。再往后，我会把幻想拓展到借来的漫画书和小说上，有时候瞥见一幅插图、一首歌词，我也能想出一个故事。这些幻想大多是古装版的。我的脑袋里就像长了一只章鱼，能把生活里遇到的一切事情用触手缠住，一股脑地拖进另一个世界里。上了初中后，我开始讲究前因后果和逻辑，让剧情变得更合理，也是那个时候，我发现了学习的重要性——历史书里有故事背景，化学书里有制作毒药的材料和原理，从物理书里能学会如何布置出一个精妙机关。于是我把白天的时间留出来听课，等放学回家，就专心投入到我幻想出的故事里。我把自己也代入进去，有时我是个天真烂漫的公主，有时是武功高强的郡主，有时也做古灵精怪的丫鬟。当然最重要的，我会在故事里给自己打造一个完美的男主角，他很英俊，会保护我，身份高贵，他会拥有一个好听的姓氏，最好是姓柳、姓苏，或者姓白也可以。每天晚上，我都是在自己幻想的故事中甜甜睡去的。

就这样，在现实世界之外，我拥有着其他无数个世界，它们就像一只只抽屉，任凭我随意拉开，置身其中。随着年龄的增长，我逐渐分得清现实和幻想，再不会像小时候一样错过别人重要的对话。我很想找到爸爸，告诉他我的病快好了。但在十八岁生日那天，我遇到了一件非常严重的事情，我流了血，双腿之间又很痛，我不知道该怎么处理。自从妈妈有了弟弟之后，她也很少与我说话，我只好再度一股脑地投入幻想之中。这一次，我想象自己背负着血海深仇，经历过极大的苦难，跌入深渊，最终涅槃而生。我既享受着男主角的哀怜与爱，又能无知无觉地抽身而出，不用承受真实的痛苦。这带给我极大的满足感。从此以后，我便只在这一个幻想里冒险，我不断完善细节、充实内容，我可以从幻想中的任何一个时间点进入故事，就像打开自己家大门那样轻松。

那时我已经考上大学，没了约束，我更没日没夜地沉浸在我脑海中的世界。我不听课，不参加任何社团活动，也不在乎同学们的眼光，成天踽踽独行。寒暑假我申请留校，只有饥饿、口渴、困倦等生理需求能将我拉回现实，我的灵魂完全沉浸在另一个世界，我有时躺在床上，有时坐在地上，有时在无人的操场上散步……我时时刻刻在场，却又时时刻刻缺席。

那是我最开心的日子，唯一不方便的是一日三餐。学校食堂关门了，那时还没有发达的外卖配送服务，我只好隔三岔五地去校外买吃的。一天傍晚我刚走进学校门口的超市，忽然感到一阵急切的腹痛。我知道是我出门前吃的西瓜坏了事，那些西瓜是我前天从校门口的小摊上买的，在没有冰箱的宿舍里放了一夜，我没舍得丢掉。我头上冒出豆大的汗珠，我的幻想也救不了我，讽刺的是，我正在幻想里飞檐走壁，我的男主角钦慕地称赞我的身手。而在现实里，我方寸大乱，捂着肚子找不着卫生间。

一个男生朝我走过来，他穿着店员的衣服，亲切地看着我，好像认识我。他用卡刷开了员工卫生间的门，我绝处逢生，连连道谢，钻了进去。

出来的时候，他正站在关东煮的柜台前忙活，我没好意思看他，急匆匆地往外走。他叫住我，问："庄温温，你是不是西瓜吃多了？"

我惊讶于他知道我的名字，他看出来了，也很吃惊，说："我们是一个班的，我叫朱达，都一个学期过去了，你竟然不认得我？"

我这才抬起头去看他的脸，那一瞬间，我仿佛被一道光击中了。我从未见过如此好看的男生，他眉眼澄澈，目光深情，有着完美的棱角和漂亮的嘴唇，他的眼睛下方有一颗小小的痣，当我的目光顺着他挺拔的鼻梁攀上他的眼睛时，我发现他的眼里有一种湿漉漉的忧郁和脆弱，一瞬间，我就像被投进了一口深井里，井里黑漆漆的，看不到尽头，而那颗小痣便成了我的烛光、我的星辰。我久久地看着他，像是第一次看见现实。

"我快要交班了，一起回学校吧。"他说，"我前天见你在水果摊买了一个西瓜，我也想吃西瓜，但宿舍里没有冰箱，吃不掉，我们分着买，一人一半吧。"

我浑浑噩噩地点点头，在便利店门口等他出来。那天的风很大，在一点点暗去的蓝色天幕中，云朵的边缘镶着一圈金色的光芒，它们被风吹动，朝着一个方向缓缓移动，轻盈又厚重，盯得久了，会让人觉得是自己在移动。那个黄昏是一场悠长的梦境，让我天旋地转，头昏眼花。站在朱达身边，我几乎不敢抬头看他。

"你是不是喜欢自言自语？好几次我从你身边经过的时候，都会听到你在小声说什么。我挺好奇的，觉得你像是活在另一个世界里一样，你平时都在想些什么呀？"

我低着头，没接话。

“上周我们坐同一辆公交车回学校，我就坐在你前面，我一直听到你在念一个人的名字，我回头看了你好几回，但你根本没注意我。”

我喜欢坐公交车，我习惯坐在公交车倒数第二排靠窗的位置，玻璃窗隔绝窗外的世界，又带给我清晰的视野，戴上耳机，我就可以安心地潜入幻想里。我从终点站坐回终点站，下车、上车、刷卡、坐下，循环往复。我将肉体寄宿在这里，以便灵魂更快地离开。

我们去水果摊上买了西瓜，一人分了一半，各自拎着塑料袋，往宿舍方向走。黄昏更暗了，天空的蓝色不断叠加，越来越深，四周越来越静谧，只有我们手中的塑料袋在哗哗作响。当我们绕过教学楼的时候，一朵瑰丽的云正静静地攀在楼边，云朵很低，被日落晕染，像是一朵骤然绽放的硕大玫瑰。

我忽然开口道：“顾念杉。”

“什么？”

“我念的那个名字，叫顾念杉。他是我幻想中的人。”

“幻想中的人？”朱达很感兴趣，他追问道，“你在写小说吗？这是你小说中的男主角？”

他的目光追寻着我，那里面有一种信任，于是我仓皇地点了点头，说：“算是吧，但……我还没开始写。”

“那是一个什么样的故事？”

“是……是一个幻想故事。”我的脸红了，垂着头，盯着自己的脚尖。我从未想过要跟别人分享我的幻想，但这一刻，我前言不搭后语地描述起了那个世界，我把自己从故事中摘了出来，假装那只是一个故事。我大致地讲了一些，朱达认真地听，继而追问，我便又挑了其中几个片段详细地说。我说到了女主角悲惨的出身，说了她如何在一个大家族里艰难求生，又说了我对男主角的想象。我滔滔不绝，第一次说了这么多话，几乎有点得意忘形。

但朱达没有厌烦，他真挚地说：“你应该把这个故事写下来，真的，你应该写下来，我会看的。”

天空变成了深蓝色，云朵的颜色更深了，大团大团的，显得无比深邃。暖黄色的路灯幽远而昏暗，整片天宇就像是倒扣在我头上的一片深海，云层是安静而庞大的蓝鲸，它们徐徐地游动，发出只有他和我才能听到的低频率的赫兹声。我心旌摇曳，心里涌满了一种奇妙的激动与爱意，但我的身体又无比安详、沉静，我仰头看着这片大海，仿佛看到了自己静默的灵魂。

接下来的一整个星期，我都无法安心地进入幻想，我总是走神。开学以后，我幻想的边界变得更薄了，我情不自禁地被朱达吸引，观察他的一举一动，有任何人提到他、讨论他、叫他的名字，哪怕是能联想到他的字符我都会下意识去听。我渐渐地了解他，知道他很害羞，沉默寡言，很少出风头；他喜欢吃辣，在食堂里最常点的两道菜是麻婆豆腐和尖椒鸡；他的朋友是郑帅，他还有一个女朋友，叫王慧。

王慧是我的舍友，尽管我们已经在一起生活了一年，但我是从认识了朱达之后才注意到她的。王慧的脸很小，眼睛生得格外好看，她的下颌线紧绷着，又总是半昂着头，带了点傲慢的意思。她笑起来应该更美，可我很少见她笑。王慧经常在宿舍里提到朱达，她用一半的时间说朱达对自己有多好，另一半的时间说又有多少女生暗恋朱达，两种说辞互为佐证，一并证明了她魅力非凡。我没谈过恋爱，不懂爱情，可我也明白，她对朱达的感情与我对幻想中的“顾念杉”如出一辙，那不是真正的动心，只是一些浮光掠影的慰藉，一个情感投射的对象，一种自私自爱。因此当我发现她常在宿舍与郑帅打电话，与他暗度陈仓的时候，我并没有十分吃惊。

但我心疼朱达。每当我看到他黑色的瞳孔时，我总能感觉到那里面细小的忧郁，好像他的过往里有着与我相似的哀戚，何况，他还是第一个听我说话、对我笑的人。

我决定让他幸福。我没有现实中的能力，于是将他放进了我的幻想里，让他成为顾念杉。他的女主角依然是王慧，但在幻想世界里，她爱笑，喜欢说叠字，声音甜美；她应该穿白色的连衣裙，手里总是抱着一束花，最好是栀子花，洁白无瑕，香味浓烈，让人一见面就忘不掉；人人都该夸他们郎才女貌。我记下他们恋爱中的点点滴滴，转头就在幻想里重新复刻。我撇掉那些不愉快的争吵，让他们的感情更纯粹、炽热、专一，让他们拥有着世上最幸福动人的爱情。而我仅仅是幻想着这些，就拥有了极大的满足感，我在任何时候都有所依托，我就像走在云朵里，走在梦境中，走在天上。我感觉有一种光照亮了我，照亮了我在做的一切事情。我甚至真的将这些写了下来，不奢求让朱达看到，只是在心中兑现他的期许。

当时，同学之间流行一个名为校内网的网站，无论是谈恋爱还是分手，大家都喜欢在网站上更新自己的情感状态。我被这种热烈的氛围冲击着，也注册了一个账号。我的生活里空无一物，没有什么值得分享的事情，于是在王慧和朱达恋爱一周年的纪念日当天，我为他们撰写了一篇纪念日的文章。我写得异常顺利，行云流水，这篇文章像是一早就存在我的脑海中，我所做的只是将字打下来而已。在校内网上大家都使用实名，一念之差，我没有用“顾念杉”这个名字，而是将标题命名为《朱先生》。

就这样，他们的爱情纪念日被隐藏在网络里无数对情侣的分分合合之中，没有人关注，没有刷新，没有流量，没有人会发现这篇文章。而这一点现实的佐证让我的幻想变得更有质感，它替我珍藏着我无法拥有，也不能企及的幸福。我共享着他们的热恋。

第二年，我写下了第二篇文章。那时候他们俩经常吵架，但我对此视而不见，一心一意地在幻想里给他们续上幸福的结局。我把争吵定义为磨合，把第三者视为考验，谁在恋爱里没有争吵呢？流过眼泪的爱情才更加珍贵不是吗？

我从未想过会有人发现我的秘密，当郑帅发现了我写的文章，并公开“@”了朱达之后，两个当事人都知道这件事了。王慧把电脑摔到我的面前，让我不得不承认我做了什么荒诞行为。

王慧一边读着文章，一边推搡着我的肩膀，把我逼到墙角，“庄温温，看不出来啊，你还有这个本事呢？看你平时不声不响的，你挺懂爱情的嘛？你谈过恋爱吗，就在这儿犯痴。”

她的表情有点吓人。我低着头，不是害怕她，而是觉得这样的神情不该出现在她的脸上。她质问我：“你喜欢朱达？你想从我手里把朱达抢走？就凭你？”

我从来都没这么想过，或者说，我不知道自己还可以这么做。

把朱达抢走？这个念头就像一颗火种，在我的灵魂里豁然大亮。

王慧搜了我的电脑，翻出了我用第一人称写的与顾念杉谈恋爱的小说。小说里的点点滴滴都是她与朱达的日常，她一眼便认出来了。我站在她的身边，看着她飞快地滑动鼠标，冷汗涔涔，像在看老师批改作业。她的脸上带着讥笑，但眼珠没一刻从那些字上挪开，游离却又专注，最终她读完了全文。

她停顿了很久没说话，表情有点错愕，又很兴奋，好像她不知道自己的人生只要稍稍扭转一下，就能如此精彩、如此动人。过了一会儿，她才意识到我还站在旁边，又狠狠地骂我是变态狂。我低着头，装作充耳不闻。她当着我的面把文档拷进了自己的 U 盘，随即删掉了我电脑上的文件，又清空回收站。

我没有阻止她，这篇文档里的每个字我都无比熟悉，它们源自我的幻想，而我的幻想是不可能被删除的。我只是有点遗憾——朱达还没有看过呢。

王慧把我押进宿舍的卫生间，把门锁了起来。我一开始蹲在门后，但她撺掇另外两个室友狂踢卫生间的门，我不得不转移到蹲坑旁边。我在里面待了五六个小时，直到半夜她们要上厕所才把我放出来。我并不觉得难熬，毕竟我在家里甚至会挨打呢，这一点臭味和局促的空间根本为难不了我。

但这件事扭转了王慧和朱达的关系。本来，王慧已经决定跟朱达分手，投进郑帅的怀抱——后者孜孜不倦地追求她，为了击垮朱达，他才大海捞针地去找蛛丝马迹，最终找我的校内网。而那些文章的出现，让王慧觉得不能便宜了我。她抓住朱达不放，像一条蛇紧紧地缠住猎物那样，不留下一点空气，让我没有任何染指他的空隙。

比起被王慧针对，我更害怕面对朱达。我的幻想让我在学校里寸步难行，图书馆、食堂、教室……任何一个有可能遇到他的场合我都不敢去，生怕迎来一场惊心动魄的偶遇。我也不敢去上课，但在旷课了半个月之后我被辅导员警告了，他说再这样下去，会联系我的继父，那是一个更让我害怕的人，我只好硬着头皮重新去上课。我故意挑了王慧和朱达都没选的选修课去上，没想到还是遇到了朱达。他坐在我的后方，我想象着他盯着我的后脑勺，不由得背脊发凉。我战战兢兢，把头埋进书本里，终于熬到下课，正要走，后排有人拍拍我的肩膀，递过来一张字条，上面写着：小游泳馆门口等我。落款是三个字：朱先生。

看到这三个字，我的脸瞬间涨得通红，我不敢回头，收起书包飞快地跑了。

我们学校有两个游泳馆，大游泳馆是新馆，建在操场附近，靠近学校大门，人多嘈杂，听说夏天泳池里的人多得不得了；小游泳馆年代悠久，场馆面积小、不实用，学校便将小游泳馆关了，渐渐地那里变成了仓库，堆着不少器材和教具。小游泳馆因为年久失修，加上位置偏僻，成了校园榜上有名的怪力乱神之地，我虽然没去过，但也有所耳闻。我没花什么力气就找到了那里。

朱达已经到了，他看起来神色自若，脸上带了点笑意，一副很轻松的样子。而我背着巨大的心理压力，越走越慢，像蜗牛一样挪到了他的面前。

“你来过这儿吗？”朱达问我，我摇摇头。他又说：“刚进学校的时候，大家都传这个地方神神秘秘的，还组织一起来大冒险，现在想想其实蛮幼稚的。”朱达自顾自地往前走去。我默默地跟着他，心想他的声音也这么好听。

“但也算没白来，我发现了个好地方。”朱达一边说着，一边带我绕到了游泳馆的后侧。那里有一个安全通道的铁楼梯，门锁已经锈了，他轻而易举地推开了铁门，带着我爬了上去。楼梯又窄又陡，被我们踩出很大的声响，听得我心惊胆战，但我还是跟着他爬上了天台。

天台边有一圈围栏，朱达走到围栏边，招呼我：“你过来看，这里视野很好，可以看到整个学校。”我的腿有点发抖，他便伸手将我牵了过去。他的手掌很大、很暖，牵住我的时候会把我的手整个包住，像是能覆盖我的一生。

我们并肩倚靠在围栏边，看着天色一点点暗下来，谁都没说话。又是一个黄昏，学校的教学楼、树木和人群都渐渐消融在黑夜里，事物的意义也在飘散，风很舒服，能带走复杂的心思，让人慢慢沉下来，变成黑夜中的一部分。

“庄温温，你最近怎么没来上课？我一直在找你。”朱达的声音在我耳边响起，“那些文章我看了，写得很好，我真没想到你这么会写东西。”

“你不生气？”

“没什么好生气的，你又没有丑化我们，反而把我们更写得好了。我哪有这么好啊？”朱达笑道，“我在你心里这么完美吗？庄温温，你是不是喜欢我？”

我的手摸着凉凉的围栏，四周异常安静，天色越来越暗，我的目光看不到更远的地方，索性只能看向自己的内心：“我不知道。我不了解你，甚至不算怎么认得你。但我想帮你，我做不了什么，所以只能在我擅长的世界里帮你。又或者我只是在帮我自己，我不满足于想象中的顾念杉，我想给他找一个实体，你刚好出现了，那就是你，一切都是你，是你的样子，是你的声音，是你的女朋友。或许我有更合适的人选，或许我不该代入你，但事情就是这么发生了，自然而然，不受控制。”

我不知道朱达能不能听懂我在说什么，我没有看他，也不指望他的回应。但一双手摸到了我的脸上，朱达轻轻转过我的脸，看向我脖子上的一点淤青，他问：“王慧欺负你了？”

我仓皇地把衣领往上提。为了遮蔽脖子上的伤，我一直穿高领，方才因为爬楼梯，我觉得热了，才把领子往下扯了扯。

好在朱达并没有追问，他的语气很轻，像是在用声音亲吻我的面颊，又像一只飞蝇，无端地在我耳边徘徊。他说：“可是你不能白白被她欺负呀。”

“我们在一起吧，庄温温。不要告诉王慧，我们偷偷地在一起。”

在黑暗中，我抬起头，撞上了朱达的眼眸。他的眼里熠熠生辉，映出了我的面孔，将我溺死在其中。在他的眼里，我看到了自己的麻木与迟钝，我看到了瓦解和重塑，我看到了一种除幻想之外的生活的可能性。

而我尚不知道的是，在我发现他就是我生命中的那个男人的这个时刻，距离我的死亡只剩六个月零十一天。

第三章

乐园

/ 1 /

王维夏已经很久没出过新书了，新书发布会的前一晚，她跟编辑、主持人和嘉宾在视频电话里核对细节。在视频里，编辑激动地说道：“维夏，观众会为你的新书沸腾的，这个故事太棒了，真的太棒了，再也不会有人说你出道即巅峰了，那个过去的王维夏回来了。”

王维夏对着电脑镜头羞涩地笑。即便在晚上，她也白得像童话故事里的公主，笑容让人心醉。她从小就知道自己很美，小学的时候，她和表姐都扎两个垂到胸口的麻花辫，表姐收到打量的眼光和愚弄的笑，而她收到情书。初中的时候，她发现自己的长相和学校门口书摊上劣质言情小说封面上的女主角如出一辙；到了高中，学校里没有人不认得她，何况她聪明，成绩好，还和最帅的篮球队队长关系暧昧。她唯一不满意的是自己的名字，又土又简陋，配不上她的气质。十八岁生日时，她暗暗许愿，要改个名字。果然，在大学里，命运把“维夏”这个名字送给她，一同赠予的，还有以她为原型的畅销小说。她本来就是活在言情小说封面上的女主角，现在她活在书里了。

这不是剽窃，不是冒用，不是偷盗。

毕竟，她生来就是女主角。

第二天，化妆师给王维夏化了精致的“初恋妆”。她穿着极具标志性的白色连衣裙，在三个穿黑西装戴白手套的安保人员的护送下，一步一步往发布会的礼堂大门走去。礼堂门口已经排着长长的队伍，读者捧着她的新书，抱着一束束栀子花，冲她欢呼、挥手。王维夏的脸上带着小说里所描写的那种清甜的笑容，一步三停留，耐心地向读者们问好。

“让你们久等了，抱歉，抱歉。”

她这么体贴地说着，但转头就去了卫生间，在里面慢条斯理地确认自己的妆容。她不怕让读者等她，她知道轻易得来的东西没有一样是会被珍惜的，何况她值得别人的等待。

卫生间的中间放着一张梳妆台，梳妆台由三面镜子组成，方便人从各个角度观察自己。她满意地照完镜子，正要离开，这时，她猛然瞥见镜子里闪过另一张脸。短发、冷艳、沉静，是周芹。

这是周芹和朱达去杭州旅行后她第一次见到周芹。她知道朱达是连夜一个人开车回来的，也就知道了周芹大抵遭受了怎样的经历。对于朱达那些烂裤裆的事，她一向懒得管，反正周芹不是第一个也不会是最后一个。但今天是她的发布会，她用了好大的决心才决定出版这本新书，她可不想栽在这个女人手上。

等王维夏回过头，身后没人，她一间一间地找了，隔间里也没人。她听到身后有卫生间大门开合的声音，忙追出去，门口站着她的三个安保人员，并没有周芹的影子。

“刚刚有人出来吗？”

“有，一个穿黑衣服的女的，坐电梯下楼了。”

王维夏放心了一点，也是，周芹就算要报复也该冲着朱达，跟自己没什么关系。早在大学毕业时，她就跟朱达分手了，朱达知道那本让她成名的小说是哪里来的，因此一直敲诈她，让她给钱，否则就要将真相公之于众。好在那时的王维夏不缺钱，她便供着朱达，甚至真金白银地送了他一套大平层。小说改编的电视剧和电影接连大爆，一切都太顺遂了，她飘飘欲仙，快乐得在梦里都带着微笑。趁着热度，她打算写续集，可真正开始写了才发现，她根本无处下笔，一句话翻来覆去，不知道该怎么写才能表述清楚，脑子里有千山万水，写下来的却是一口干涸的水井。她写的小说人物苍白单薄，对话淡而无味，情节是散的，故事是扁平的，像是一只没有肉馅的馅饼。她正当红，稿子改不出来，出版社也拿她没办法。好在王维夏很有良心，又懂得曲线救国，她立刻花大价钱拍了精美的写真，把最美的一张挑出来做封面，剩下的做成卡纸，把小说夹得厚厚的，是馅饼里的葱姜蒜，不好吃，但聊胜于无。

几年之后，再精美的包装也无济于事了，王维夏的收入缩水，口碑一落千丈，朱达的欲望却越发膨胀。她满足不了他，却也理解他，毕竟由奢入俭难。她想到了新的办法——将“顾念杉”的红利吃到极致。人们都喜欢美梦成真，喜欢看爱情长跑跑进婚姻，落得有始有终。她当然不会真的跟朱达结婚，但既然他拿了她的钱，就应该配合她的“人设”。连婚纱摄影都懒得请，她在网上买了个九块九的头纱，朱达不用露脸，只要露出一个穿着西装的背影，再加一句她精心想好的文案，就足以引发别人的想象。果然，效果比她想象的还要好，读者们纷纷祝福她，通过她的改编剧而火起来的明星转发了她的微博，一夜之间，王维夏涨了十万粉丝。大抵是现实生活太沉重、太艰辛了，有情人终成眷属的故事已经成了稀缺资源，人们才会如此渴望糖分，他们要用这稀缺的“有”冲破虚妄的“无”，以便自己也可能拥有。王维夏准确地捏住了这种心理，她把自己的成就完全归功于运气，好像只要大家关注她、跟随她，就能得到和她一般的好运。她越是谦逊，喜欢她的人就越多，她就越是能享受着人们为她的运气买单而带来的财富，而她牺牲的仅仅是一个世俗意义上的已婚身份，甚至算不上牺牲。已婚渐渐变成了她的某种成就，每当她亮出无名指上的钻戒，就是在向大众强化她的“人设”。她把七十分的钻石戒指放进抽屉，在网上买了不到一千块的莫桑钻戒指，足足三克拉，戴在她的手上，没有人分得出真假。

阿根廷作家博尔赫斯写过这样一个小说：十九世纪，法国名门豪族之一的长子罗杰在海难中遇害了，罗杰的母亲无法接受现实，在网上刊登了寻人启事。一个优秀的骗子看见了机会，决意找人冒充罗杰，瓜分贵族的财产。而整个计划里最妙不可言的，是骗子找了一个在外貌上完全不像罗杰，甚至不会说法语的人。因为这世上根本不可能找到一个可以乱真的罗杰的摹本，即使做到惟妙惟肖，某些不可避免的差别反而显得更加突出，于是他干脆不求形似。他凭直觉感到，越是无所顾忌，越能让人相信这不是骗局；越是明目张胆，越不会露出马脚。

王维夏借鉴了这场骗局，她借口“顾念杉”生性害羞，从不让他公开露面。高明的秀恩爱全在细节里，眉梢眼角的柔美、捂嘴幸福的笑、提到对方名字偶尔的脸红……王维夏一个人就可以尽数完成。她越是有底气，大众越是不敢揣度，她不时在微博上发一些朱达背影、手指或是肌肉线条的照片，证明她的生命里确实有这样一个男人。虚实结合，真假参半，她便永远不会被拆穿。私下里她和朱达各玩各的，经常以邻居互称，尤其是他们中的一人要和第三方约会的时候。

认识周芹的那天，王维夏很警觉，因为周芹的美、魅力，也因为周芹会写东西。她实在讨厌会写文章的女生，怕自己会再一次被她们写进书里。在棉云酒吧，她误喝了周芹的酒，不得已让朱达来接她，当下，王维夏动了宣示主权的心，但因为她发了那条带定位的微博，被她当时的小男朋友看见了——王维夏私下里从没断过恋情，爱情可是她生活的养料——小男朋友想给她一个惊喜，带着花出现在了酒吧门口，一脸的天真烂漫，问东问西。当王维夏走进酒吧的时候，小男朋友就站在身后，她才不得不向周芹介绍："这是我的邻居朱达。"而那一刻，她分明看到了朱达眼里的光芒——贪婪的目光。

她是对周芹撒了谎，但她也是受害者。

新书发布会非常成功，读者们热烈地鼓掌，情绪亢奋。嘉宾何多华是维夏的老朋友，他是一家影视公司的高管，经常公开演说。他能言善道、妙语连珠，逗得台下一片笑声。

"我和我妻子都很喜欢维夏的小说，我们决定开发成电视剧之后，我一度想饰演男主角顾念杉，结果遭到了导演的反对，只好作罢。但我真的很生气，难道是我不配？你们别笑啊，年轻的时候我还是很帅很像样的。我决定搞一场鸿门宴，宴请了维夏和她老公，啊，对，当时还是她的男朋友。我琢磨着，不管那位'顾念杉'先生本人如何完美，我拿着显微镜去照，总能找出缺点，让我平衡心里一点吧。你们猜怎么着？"何多华故意顿了顿，给台下反应的时间，然后像抖出一个包袱那样猛地一甩胳膊，说，"'顾念杉'先生根本就没来。"

台下又是惊异又是哄笑，何多华悠悠地摇头："维夏说，是怕我输太惨。她真是太体贴了。但是我不着急，我觉得他们指定会分手，毕竟维夏已经这么火了，而'顾念杉'先生却渐渐活成了一个书里的人，哪个男人受得了呢？只要他们分手了，不就能证明他并不完美吗？”说到这里，何多华深深地叹了口气，台下已经开始笑了，何多华把声音压得很低，叹气道，“后面的事情你们都知道了。不过我还有一招撒手锏，我儿子快要成年了，他比我年轻的时候还要帅气，等他参加完高考，我就让他带资进组，完成爸爸年轻时候的心愿，就这叫‘流水的小鲜肉，铁打的顾念杉’……”

读者们已经笑得前仰后合了，何多华趁热打铁道：“感谢维夏给我们塑造了这么精彩的人物，接下来让我们有请当红人气作家王维夏！”

掌声轰鸣，王维夏踩着这海啸般的掌声，迤迤然地走到了台前。她朝着台下深深地鞠躬，感谢读者们的到来，随后开始讲述撰写新书的心路历程，并当众诵读了几段。她的新书与以往的作品都不同，不再是她与顾念杉的爱情故事，而是罕见地塑造了一个颇有心计的女主角。女主角出身于一个复杂的大家庭，家庭成员之间的关系扑朔迷离，而在感情上，女主角也步步为营，她的出现让其他的情侣关系变得紧张。她温柔，同时百炼成钢，因此大杀四方、得偿所愿。小说以日记体的形式创作，细腻真实，代入感极强。

演讲结束后是提问环节，主持人站在台下，将话筒递给读者。

一个读者拿着话筒起身：“维夏姐姐，我是你忠实的书粉，我等了整整三年，才等到你出版新书。虽然这本书不再是维夏姐姐和顾念杉哥哥的爱情故事，但无论你写什么样的故事，我都会支持你的！”

一个媒体工作者站了起来：“维夏小姐，您好，您的新书非常惊艳，很多媒体都称之为您的转型之作。我很好奇，在这么多年以自己的爱情故事为原型的创作生涯里，你为什么会想到要去写一个道德感低下的女主角呢？而且还是以日记体的方式创作。”

王维夏不慌不忙地说："奥斯卡·王尔德说过，从艺术的观点来看，坏人是非常吸引人的研究对象。他们代表了色彩、变化与特异。好人会激怒人的理性，坏人则引发人的想象力。我想创作一个更具想象力的角色，也希望大家对我本人有更多的想象力。至于日记的形式写作，完全是为了增加代入感，让这个故事离读者更近。"

"这真的是很大胆的尝试，"媒体工作者继续道，"但不得不说，这次的尝试非常成功。您塑造了一个具有强烈内在冲突的女性形象，作为'第三者'，她拆散了一对情侣，获得了爱情，但代价是永远地失去了自己。正如您在小说的结尾所写的'爱情不是用来沦陷的，而是值得警觉的危险事物，当我们提到这个词的时候，我们想到的不应该只有甜蜜、浪漫和幸福，它应当是一个中性词，是时时刻刻悬在我们头上的达摩克利斯之剑。唯有如此，我们才能在清醒中沉沦地相爱'。这不是一个简单的爱情故事，而是具有了社会性和思考价值，这本小说让我觉得您是被大众严重低估的作家。"

"非常感谢您。"王维夏笑道，"这几年我一直没有新的作品，因为我在思考，现在网络媒体这么发达，短视频越来越多，游戏也越来越好玩了，真的还有人看书吗？作家这个行业真的还有意义吗？"

观众们屏住呼吸，认真地望着她，摄影机转动着，发出低频率的声响。

维夏握着话筒，茶褐色的瞳孔里闪烁着迷人的光芒："我给不出非常宏观的答案，但我有一个数据分享给大家，目前网络小说的作者人数已经比全国所有的外卖员数量都多了，所以作家不是什么小众群体，这足以说明还有人在阅读，还有人需要书籍。更何况，小说作者之间也会互相读对方的书，有这么庞大的人群基数在，我想对于我们而言，最重要也是唯一能做的事情就是对创作质量负责。而这本新书，已经代表了我的态度。”

众人纷纷鼓掌。

“时间有限，还有一个可以提问的机会，之后我们就要开始进入签售的环节了。”

话筒传进了一个漆黑的角落里，一个身材高挑的女生站了起来。她的头发剪得更短了。她长长的耳环垂到肩膀，闪烁着银色的光芒，衬得她整个人都波光粼粼的，像一片湖泊。她的声音也很清冷，像冰凉的湖水，滑进维夏的耳朵里。

“我的问题很简单，我想知道，王慧，你真的结婚了吗？世上真的存在‘顾念杉’这个人吗？”

台下一片躁动，读者们交头接耳，黑色的头顶碰在一起，像是一片发出窸窸窣窣声响的水草。

“王慧？”

“那是维夏姐姐的本名吧，百度百科上说的。”

“可她为什么要叫维夏姐姐的本名？”

“她到底是谁啊？”

台上，王维夏定在灯光里，似一块不会被轻易撬动的磐石，一秒、两秒、三秒，紧接着，磐石没动，但水波漾起纹路——是王维夏笑了。她笑得很快乐，嗓音清脆而天真，环绕在偌大的大厅里：“‘顾念杉’是否存在，难道你不比我更清楚吗？”

大厅里噤若寒蝉，但王维夏的声音始终如春风拂面：“我给大家介绍一下，她叫周芹，是我上一本小说《新婚小甜》的编剧，她的剧本写得非常好，大家可以期待一下。”

掌声稀稀拉拉地响起来，王维夏一如既往地笑着，她的笑容很滑，像面具一样浮在脸上，毕竟伸手不打笑脸人。

事情就发生在几分钟之内。王维夏先是注意到了观众们的眼神齐刷刷地看向她的身后，她看见他们的眼睛瞪大了，好像十分惊恐，脚步声在她身后响起，接着是一阵疾风，清脆的声响比脸颊的痛感更让她震惊。她几乎没站稳，踉跄地后退了几步，那个瞬间她脑海里冒出一个奇怪的想法：先看到闪电，后听到雷声。

扇她耳光的人，是何多华。

何多华的眉毛紧紧地拧在一起，与方才轻松诙谐的样子判若两人。王维夏惊愕地望着他，挤出三个字来："为什么？"

何多华没说话，他咬紧牙关，抡起胳膊，给了王维夏第二个耳光。这回，王维夏结结实实地摔到了地上。奇怪，老话明明说的是伸手不打笑脸人。

台下一片哗然，手机被高高地举起，闪光灯此起彼伏，拍下王维夏因错愕而变形的脸。喧哗声一浪大过一浪，这曾经把她托上巅峰的呼啸声如今劈头盖脸地将她吞没。安保人员上台维持秩序，很快有人报警了，在民警把王维夏和何多华带走之前，王维夏捡起滚落在地上的话筒，仍记得保持风度："很抱歉今天的签售会不能继续了，如果有想要退书的，麻烦主持人给大家办理一下退款。"话说得很漂亮，但她始终低着头，不去看那些观众的脸，她不要具象地记住那一张张嘲笑的面孔，何况那下面还坐着周芹。

在警局，王维夏依然维持着镇定。她淡然地看完了半分钟的视频，那抹玫红色的吊带睡裙衬得她皮肤雪白、身材玲珑，没过一会儿那抹玫红色便不见了——在床上她一向脱得很快。不用别人撩拨她，她自己身上就带了醉意。男孩全副武装，一副不情愿的样子，只有她知道一会儿这头小猎豹会多有攻击性。

视频里的男孩叫何夕舟，是王维夏的小男朋友，恰好，他也是何多华的儿子。视频是在王维夏与读者互动的时候，通过隔空传送功能发到何多华手机上的。

“何夕舟已经成年了，他高考落榜，所以在复读，何多华嫌儿子复读丢人，才在公众场合说他没成年，你们可以去查他的证件。我们是正常恋爱的关系，我没做什么违法的事。”王维夏的声音十分冷峻，她又补充道，“道德上的事情我不用向你们解释，但何多华对我的名誉和形象都造成了很大的影响，我是不会和解的。警察同志，他这个情况，只要我不和解，是不是会处五日以下的拘留？”

民警笑了笑：“你挺懂法的，王慧。”

王维夏的脸色沉了沉，没再说话了。

王维夏知道何多华为什么生气，在何多华买下她第一本小说版权的时候，何多华一半看中的是她的小说，另一半看中的是她的脸。可王维夏一向向往爱情，怎么可能给一把年纪的何多华做情人？她干净利落地拒绝了他。也是那个时候，何多华总把“顾念杉先生”这五个字挂在嘴上，一直要见见她的这位完美男友，王维夏始终没让他如愿。后来，改编剧大火，王维夏水涨船高，何多华见她出名了，话语权变大了，这才放弃了龌龊的心思。王维夏亦不计前嫌，仍与他以朋友相称。如今，他看到自己没能追求上的可人儿跟自己儿子滚在了一起，一时急火攻心，在台上当场发作。

王维夏是半年前认识何夕舟的，当时，她陪何多华的妻子章可人去高中看篮球友谊赛，她本来想请章可人吹吹枕边风，让何多华把她那几本没卖出版权的小说给买了。章可人表面客客气气地微笑，但说起话来就像一条泥鳅，在各种话题之中完美地切换，不做停留、不留气口、不给余地。王维夏自知无望，悻悻地将头转向了篮球场。失之东隅，收之桑榆，她看到了球场上的人，眼睛亮了起来。何夕舟个子很高，笑容纯净灿烂，那是没有在生活里受过伤的笑容。当他仰起头喝水的时候，汗珠顺着侧脸往下滑，略过性感的喉结，在脖颈上留下一条亮晶晶的痕迹，那是一道拉链，让王维夏看到了年轻人独有的青春活力。不只是男人永远钟情二十岁的女孩，王维夏上高中的时候就喜欢这样的男生，现在也是一样。

她压抑着自己的蠢蠢欲动，等到球赛结束，站在章可人旁边客气地跟何夕舟打招呼。在陪章可人往停车场走的路上，她借口耳环掉了，折身返了回去。何夕舟和几个朋友正在馆里闲聊，给何夕舟递水的同龄女孩很多，但维夏一点也不怕。跟周芹不同，在恋爱里，王维夏有着少女般的直觉。她从来不预设自己会爱上谁、要如何做，以及如何收场。她把爱情像水一样泼出去，泼泼洒洒，春心荡漾，从不考虑是否收得回来。因此，她总是会爱上不合时宜的人，总在每段感情里都肝肠寸断，而她却认为那才是真正的爱情。

王维夏把何夕舟叫到一旁，告诉他，他刚刚在球场上某一个后撤步的动作失误了，如果他往另一侧突围，那个球就不会失分。何夕舟当然不信，他擦掉脸上的汗，一本正经地讲着自己的动作，两人争执不下。王维夏自然而然地把手搭在何夕舟的手上，按住他的动作，然后说："我们约一场球吧。"何夕舟有些犹豫，他还要复习，他不敢再复读一次了，但王维夏的手正柔柔软软地搭在他的手掌上，那只白皙小巧的手掌就像一把钥匙，要带他打开天堂的大门。他说："可以是可以，但不能让我家人知道。"

简直正中她的下怀。

王维夏还想逗逗他，她故意装作为难的样子，说毕竟她和他父母的关系也很好，会不会影响何夕舟的学业。何夕舟立刻摇头，反过来安抚王维夏，费了好一番唇舌才让她安心。而那些年轻女孩送给他的矿泉水，都变成了他用来说服王维夏的补给。

几天后，他们第二次见面，王维夏扎了高高的马尾辫，穿着宽松的篮球球衣和运动短裤，蹬着一双黑色的运动鞋。她一点不示弱、不娇气，在场上不停地跑动、抢球、投篮，动作又帅又干脆。早在高中时，篮球队的队长就教过她打球，大学里她看朱达打球，有时也关注场上的郑帅，她陪他们看比赛，也跟着一起练投篮。在这个篮球场上，她过去所有的恋爱对象都从时光里跑出来，帮了她和何夕舟一把，成为迅速拉近他们关系的链接。他们气喘吁吁，汗如雨下，一同大口喝水，然后决定比赛投篮。王维夏仅以一场球之差输了，何夕舟主动握手言和，他们像兄弟一样肘击、碰脚，最终相视大笑，好像两人之间并没有年龄和身份的隔阂。当何夕舟听到维夏说出自己没有结婚的秘密时，他仿佛听到他与这个比他大许多岁的女人之间的隔墙轰然倒塌。他们就是从那一天开始恋爱的。

几个小时之后，王维夏离开了警局。她拿回手机，刚开机，里面一下子涌入近百条消息，有询问她情况的编辑和出版社，有不怀好意的媒体，有狂热的书粉、合作过的演员、朋友，章可人也一连发了好几条语音来骂她。

王维夏没回任何消息，她直接打车回到家。保姆张阿姨躺在王维夏的沙发上，正用平板电脑陶醉地看着一档综艺选秀类节目。张阿姨见到王维夏回来很惊恐，甚至忘记了从沙发上起来。张阿姨的脚敲在玻璃茶几上，脚跟处的袜子破了一个洞，露出带褶皱的皮肤，皮肤看上去像一张眯着眼睛的苍白的脸。

王维夏走过去，从张阿姨手里拿过平板电脑，她点开照片，里面什么都没有，被删得干干净净的。

“一张照片也没有，你平时都不拍照吗？”

张阿姨急了："你干吗？这是我的隐私。"

"你跟我谈隐私？"王维夏转过头看她，语气很平和，但字里行间都是利刃，"你知道什么是隐私吗？偷窥、偷拍、窃听、散布他人隐私的行为都是违法的，如果你传播出去了，构成侮辱罪，那是要追究刑事责任的。何多华已经被拘留了，你也想试试？"

张阿姨被吓住了，额头上出了一层冷汗。毕竟，"傻白甜"从来只是王维夏的"人设"而已，她只跟何夕舟在自己家里约会，能拍下视频的人只有张阿姨。王维夏将平板电脑插上数据线连接到自己的电脑上，点开数据恢复软件，开始扫描平板电脑，很快，被删掉的视频尽数出现在她的眼前。果然，今天发给何多华的那段视频也出现了，除此之外，还有其他几段视频，但要么被拇指遮住了镜头，要么不能同时看到王维夏和何夕舟的脸，质量堪忧。想来今天发出的这条视频也是经过了精心的挑选，证据、时间、场合，没有一处出错。

张阿姨浑身发抖，但王维夏没有发火，她的脸上没有一丝愠色，甚至冲张阿姨笑了笑，她说："我去洗个澡，张阿姨，你帮我弄碗酸汤牛肉面，多放点牛肉，打两个鸡蛋。"

/ 2 /

两个月前，在朱达仓皇离开的那天晚上，周芹第一时间去医院开了阻断药。在七十二个小时内，阻断药都是有效的。回到S市后，她仍去医院做了检查，在等核酸报告的时候，周芹一直在打寒战。她在手机里搜索各种与艾滋病相关的知识，网络上众说纷纭，但可以确认的是，因为有"窗口期"，艾滋病不是检测一次就一劳永逸的。一般来说，高危行为后，四到六周初筛试验能检出抗体，十二周基本能确认是否被感染，但保险起见，半年内仍需连续复查。也就是说，这半年内，她将一次次来到医院，填写自己的名字，做检查，等待结果。她要按捺住紧张得快要跳出来的心脏，慢慢地去看报告上的阴性或者阳性，要么释然地大哭一场，要么绝望地大哭一场。半年内，她要不断地面对自己犯下的错。

可她不知道自己究竟做错了什么。

她在网上找到一个帖子：你是如何染上艾滋病的？

回答问题的人出乎意料地多，一部分人坦言了自己混乱的私生活；一部分人是在恋爱或结婚后被另一半传染的；也有些人贪图便宜，使用的是用劣质橡胶原料制作成的防护用品，但他们不知道的是，病毒的尺寸远远小于精子，因此有些防护措施能避孕，却不能防护病毒。

在他们之中，有人恨自己不懂事，有人恨没有管理好欲望，有人怨遇人不淑。很多人都在问误诊率，可残酷的是，现在的医疗技术几乎已经没有误诊率了。而他们所有的人都会说，他们从未想过这种事会发生在自己身上。

这个世界上存在着太多的危险，但我们理所当然地认为灾难只会发生在他人身上，因此心存侥幸、满不在乎。我们从来没想过，有一天会从“自己”变成“他人”，某些事会从事不关己变得与自己息息相关。从这个角度上来说，每个健康的人都属于幸存者，都值得万分珍惜。

周芹不是没有在感情里摔倒过，但这一次，她痛得太具体了。她知道以现在的医疗技术来说，艾滋病不是绝症而属于慢性病，但事情发生得太突然，依旧让她备受打击。

她还在网上看到了一个匿名的帖子，发帖人是一位已婚女士。她自述经家人介绍，相亲认识了另一半，男方出身书香门第，自己也是教师，两人在婚前做过婚检，确认一切无误后领证结婚。在同居一周之后，女士接到了疾控中心的电话，说她丈夫有血液问题，要去重新采血，很快她的丈夫被确诊了。她说：“那种感觉就像是一袋水泥灌进了我的身体里，并且很快就凝结了。我是如此洁身自好的人，却遇到了这世上最恶劣的欺骗，我只想和他同归于尽。”

让周芹惊讶的是，在这真情实意的帖子下面，竟有很多人在指责这位女士。有人说她是大龄“剩女”，肯定是年轻的时候很挑剔才被剩下的，所以才会相亲遇到人渣；有人问她是不是贪图男方的家境，不然怎么不说一下自己家的情况和收入；有人说她造谣，质问她婚检为什么没检查出来，并以“我不负责地猜测一下”为开头，揣度婚前她丈夫没问题，婚后被她传染了。女士回复了：国家法律规定，不管是医院还是婚检机构，婚检结果对任何人都会保密，我当然看了丈夫的检查报告，当时只是觉得丈夫的报告比自己的薄、页数少，并没有疑心更多，现在想起来才知道缺失的正是血液相关的报告。即便如此，依然有一部分人在抬杠，追问她在婚前是否与他人发生过关系，而在这位女士的另一条动态“最近在办离婚手续”下面，有人写了一条评价：“得病了就别离婚了，免得出去祸害别人，好好地烂在一起吧。”

周芹的眼泪情不自禁地流了下来。过了几天，她又去搜这个帖子，想看看那位女士的现状。但帖子被删掉了，女士的账户也被注销了，所有的动态都消失了。她闭上了眼睛和嘴巴，不说、不看、不听，从受害者变成不完美受害者，最后变成了消失的受害者。

周芹很后悔没有给她留言，周芹想告诉她，她没有做错什么，周芹自己亦是，她们都不该被羞耻心缝上嘴巴。也是那一刻，周芹决定为自己要个说法。

周芹去过朱达家，他家里没人，车也不在车库。周芹借口说猫丢了，问保安看了监控视频。她发现当夜朱达开车回了家，第二天上午一早又马不停蹄地拖着行李箱出门，开车离开小区，之后再没出现过。她猜朱达是躲出去了。朱达自己创业，没有租赁办公室，周芹追不到他的公司和同事，这条线索便也断了。

晚上八点，周芹打车回家，出租车堵在一个路口，她恰好看到两个工人正在更换公交站牌广告。那是一张王维夏新书的宣传海报，小说号称是“惊艳世人的转型之作”，而王维夏本人的照片比新书封面占了更大的篇幅。她的笑容在玻璃后面亮起来，嘴角有笑，眼里有笑，鼻梁上细细的褶皱里也有笑，那笑容的后面有一种无端的犀利，好像力透纸背、筋骨分明，捺在周芹的目光里。

这件事不能就这么算了。周芹在心里下定决心：是的，她没有被感染，她暂时逃过了一劫。但朱达如此娴熟地发消息与她断绝关系、连夜逃离酒店、开车离开家，很显然，她不是唯一的受害者。她在网上查了朱达的创业公司，资料很少，更像是赚不到钱的皮包公司。她又分明记得朱达的原生家庭并不富裕，如果不是王维夏的资助，朱达哪来的钱买那样大的房子？他是活在书里的完美的顾念杉，而是王维夏是助纣为虐的甜宠小说女主角，他们本就是一体的。

出租车驶入隧道，仿佛驶入一片漆黑的深海。就像一位美国作家说的，这世上，只有一种罪不能被原谅，那就是故意的残忍。

周芹先去找了赵溯，她直接在午休时间进了赵溯的公司，在前台的沙发上坐着等他。赵溯一开始什么都不肯说，直到周芹从相册里翻出一张网页截图，搁在了赵溯面前。

“你要换工作？原来猎头找工作也要上招聘网站投简历呀。”周芹划了一下屏幕，换了一张截图，“现在这份工作有这么不堪吗？还要去‘八组’里发帖子骂领导？你文笔还真不错，要不要我给大家读一段开头？我的领导大概是个脑残……”

赵溯慌了神，生怕被路过的同事听见，一把将周芹从公司大厅里拉出来，问：“你到底想让我说什么？是，我是喜欢维夏姐姐，我追求她让你受伤了，我明白，但感情是强求不来的。我高中的时候就在看维夏姐姐的小说了，从那个时候就喜欢她……”

周芹忍住翻白眼的冲动，打断了他：“你为什么要追她？她已经结婚了，你追她又能有什么结果呢？跟她玩玩？”

“当然不是玩玩……”赵溯有点欲言又止，见周芹又把手机里的截图往前递了递，他咬咬牙开口道，“她应该没结婚。我看见了，在棉云酒吧门口，一个男生拿花送给她，还亲了她，那个男的很年轻，一看就不是跟她搞爱情长跑的什么‘顾念杉’。”

“所以你觉得她结婚是假的？”

“那肯定是她的‘人设’，现在大家不都这样？搞个明面上的‘人设’赚钱，私下里完全不是那么回事，没什么奇怪的。我不会介意。”

周芹心里明晰了一些，她试着追问：“那个男生是不是开了一辆红色的跑车？”她记得在王维夏的别墅门口见过一个开车离开的男人。

“对，”赵溯回答得很干脆，“那车很漂亮，我还拍照了呢。不知道他年纪轻轻怎么买得起的，可能是个富二代吧。”

在赵溯拍的照片里，正好能看清那辆车的车牌号，作为交换，周芹当着赵溯的面删掉了手机里的几张截图，满意地离开了。在路边，她拨通了114的电话，借口说有一辆红色的跑车停在自己的车前，影响她把车开出来，要联系车主挪车，并报出了那串车牌号。周芹没有车，但她剧本里的成功人士都配了车，所以写过类似的桥段，只是没想到这桥段会被她用在现实生活中。

电话里，接线员不肯报出车主的联系方式，表示只能代为通知，但最终周芹还是套出了一个名字，而恰好，她听过这个名字。

何多华是她上一个现代职场女性项目的负责人，就是这个中年男人曾坐在周芹的对面，滔滔不绝地说着他想要女主角在职场上笨一些、更笨一些。周芹加过他的微信，对他印象深刻。

如果王维夏跟何多华有私情，周芹不会惊讶，毕竟是同一个圈子里的人，王维夏第一本小说的改编剧还是何多华的项目，他们肯定认识。可是，从何多华的年纪来看，他怎么样都不符合赵溯说的“那个男的很年轻”，也与周芹在王维夏别墅门口见到的那个背影大相径庭。

后来，她的困惑是在王维夏的保姆张阿姨的嘴里得到解答的。跟张阿姨打点关系着实费了周芹一番力气。周芹先是在小区里假装跟张阿姨偶遇，跟她套近乎，见她出门买菜，又将朱达带自己去过的大菜场推荐给她，并借口要同去，打车接送她来回后，又利用扫码转账的机会加上了张阿姨的微信。但张阿姨的嘴很严，周芹始终没套出一句有用的话来。

周芹有点灰心，试图找别的突破口，她在网上搜索更多与王维夏相关的信息。王维夏有不少黑粉，这倒不足为奇，毕竟越多人喜欢就会有越多人讨厌，大部分黑粉的攻击点都是“文笔烂”“赚黑心钱”“是不是整过容”，用方洁的话说都很“一般性想象”。但一条与众不同的留言引起了周芹的注意。一个网友说：“她是个小偷，小说根本不是她写的。”留言下面有人问：“那写小说的人怎么不站出来呢？”网友再次回复：“写小说的人死了。”因这个网友的发言过于耸人听闻，且毫无证据，大家都没当真。也有人戏谑地问他：“这么会编，你怎么不去当编剧呢？”

但作为编剧的周芹深深地明白，现实远比小说和电视剧精彩。

这个网友的昵称很眼熟，他叫“朕帅”。

周芹关注了“朕帅”，给他留言，但对方并未回复。周芹便重新把注意力放到了庄温温的身上，她想到那封消失的遗书，干脆去了一趟他们的母校。她与一张张青春年轻的脸庞擦肩而过。大学里永远热热闹闹、青春洋溢，七年前的旧事就像是沉入水底的一枚硬币，隔着岁月和锈迹，没有人看得清硬币的正反。

操场上有一群男生在踢球，一个足球被踢到了她身边，男生跑过来捡球，周芹趁机跟他打听：“请问一下，学校里有什么地方长着向日葵吗？有点铁锈色的向日葵。”

男生摇摇头跑开了。

她在操场边一直坐到黄昏，看着教学楼陷入一片越来越浓的色调中。周芹觉得自己也被这琥珀色的天幕包裹，变成了尘封往事里的一只昆虫。她的脑海里有千万思绪与疑问，但胳膊和腿却被封在树脂里动弹不得，她感到一种深深的无能为力。这时，她的手机响了，是张阿姨发来了一条微信，说有事想请她帮忙。

第二天，周芹一大早起床，赶去菜场附近与张阿姨见面。张阿姨有点害羞，问她：“你是不是作文写得很好啊？”

周芹一脸莫名其妙，张阿姨接着说：“我一开始想找王老师帮忙，但她问我要钱，她说她写东西很贵的，一篇小作文，竟然问我要五千块钱，实在是没良心……我知道你也是写文章的，能不能帮我呀？”

“什么作文？给你家孩子写的吗？”

张阿姨不好意思地笑了，说：“是我喜欢的一个小明星，论年纪，我确实能当他妈妈了。我看他的好多粉丝都在贴吧里给他写文章，我也想写一篇……”张阿姨说着，将小明星的照片给周芹看。那是一个通过节目出道的偶像男团成员，又高又瘦，气质很乖巧，留着韩式男星的那种厚重的刘海，皮肤白白的，下巴也尖，长相十分精致。

周芹没想到六十岁的张阿姨竟是个“追星女孩”，她答应了对方的请求，张阿姨忙不迭地感谢她，又害羞地问："你不会觉得我有毛病吧？"

"有的老人喜欢打牌，有的老人喜欢买保健品，都是花钱，都是取悦自己，追星也是一种兴趣爱好，没有什么高下之分。"

张阿姨感激地看了周芹一眼。

两人的关系就这样亲近了起来，周芹帮张阿姨写了小作文，张阿姨十分满意，想送周芹一些小明星的周边，被周芹婉拒之后改送了四只螃蟹。后来周芹知道张阿姨眼睛不好，手机屏幕太小，看得总流泪，周芹便送了她一个全新的平板电脑。至此两人开始无话不说。张阿姨也关心起了周芹的生活："你有男朋友吗？你这么好看，追求者一定很多吧？小姑娘一定要擦亮眼睛，好好把握机会啊。"

周芹终于等到了这一刻，她恰到好处地开口了，语气很悲伤："张阿姨，其实我被人骗了……那个男人说他爱我，也说要娶我，但没想到，他已经结婚了……"周芹一边说，一边打开微信里何多华的朋友圈，翻出照片，递到张阿姨面前，"你看，就是这个男人。"

周芹仔细地盯着张阿姨的脸，张阿姨的反应没让她失望，又或者说张阿姨的反应让她大为震惊。张阿姨说："我见过他，他经常来家里找王老师补习作文。声音那么大，一点都不避讳，鬼都知道他们不是在补习作文。"而周芹发现张阿姨手指指着的是照片角落里何多华的儿子何夕舟。

一切都说得通了。

张阿姨比周芹还要义愤填膺："这些有钱人太不像话了，这一家子都是什么人啊……王老师也真的是没原则，真是造孽哦。"

周芹从包里拿出自己的检查报告递过去，语气里带了点诚恳，深深地叹了口气，说："张阿姨，这件事我只跟你说，我连我妈都没告诉过。我跟他在一起之后，那个男人才说他有病，会传染的那种病，但他故意骗我、瞒着我，还好我的结果是阴性，不然我大概要一辈子栽在这个男人手里了。我不明白，我不偷不抢不骗，就想好好地谈一场恋爱，可为什么我就这么倒霉，会碰上这种事情？我已经很谨慎了，我查了他的资料，查了他的学历，可我还是被骗了……”

张阿姨的眼圈忽然红了，眼泪毫无预兆地流下来，她摩挲着周芹的手，说道：“是啊，女孩子一定要保护好自己，一定要擦亮眼睛。我女儿也是这样，也怪我，怪我逼她太紧了，总催她找对象，她才找了那么个人渣。那个男人一喝醉酒就打她，我女儿遭了好大的罪……还好她现在脱离苦海了，我也想开了，再也不逼她了。她喜欢追星，我就跟她一起追；她想要哪个偶像出道，我就跟她一起‘打投’；她上班没时间，我就把她的那份任务也做了。别人都说我变态，说我这么老了还犯花痴，王老师也说过我什么，说什么为老不尊，可我都不在乎，我就想让我女儿开开心心的。我巴不得回到过去，让她离那个男人远远的，哪怕我替她受罪都行……”

张阿姨和周芹一起哭了一场，哭得空气里都是湿漉漉的。之后张阿姨擦干眼泪，主动提出要帮她拍视频。

“到时候你就拿着视频去找那个男人，讨不回公道就讨点钱，心里至少平衡一点，别像我们，什么都没有讨到，想起来只有后悔。男人我是知道的，自己无所顾忌，但儿子的名声他肯定在乎的。”

“那你的工作怎么办呢？王维夏肯定会解雇你的，没准还会被家政公司追责。”周芹问。

“没关系，她那么傻，肯定猜不到是我，就算猜到了，大不了我就不干了，我本来也想退休了，回老家跟女儿开个小店得了。”

于是，在王维夏的新书发布会上，在周芹拿到话筒之前，她给何多华的手机发了一条隔空传送的视频请求，何多华拒绝了，但她孜孜不倦地发去申请。她已经把自己的名字备注成了“高三复习资料”，她知道何多华总会接收的，但她也没想到何多华的反应会如此之大。

那清脆的巴掌声在周芹的耳里分明是喝彩的掌声。

一周后，周芹再次去医院做了检查，拿报告的时候医生欣慰地说：“你以后可以不用来了，你在二十四小时之内就吃了阻断药，阻断病毒的概率非常大，加上这几次的报告数据也都很正常，基本上是排除风险了。多好看的小姑娘啊，以后好好生活吧。”

走出医院的时候周芹几乎想大哭一场。她忽然想起了小时候，她父母离婚的那天，他们吃完一顿肯德基之后，妈妈带着她去海边玩。那时她还很小，还不懂得“离婚”这个词的含义，只顾着玩。她记得那是个阴天，海边灰蒙蒙的，沙地有些硌脚，她脱了鞋袜，踩进有点凉的海水里，手舞足蹈地踩水。等她被妈妈从海里抱出来的时候，她的小腿上粘了一丝一丝的墨绿色海草，她以为是蛇，吓得哭了起来。妈妈抱紧了她。

“没有人有义务让别人幸福，幸福是自己给自己、自己成全自己的，就算别人选择离开，我们也要好好地生活。妈妈会把所有的爱都给你。”

海水是凉的，周芹的心却是暖的。这一刻，周芹很想给在老家的妈妈打个电话，听听她的声音，告诉她自己一切都好，她会好好吃饭、好好工作、好好生活，珍惜之后的每一天。但她刚拿出手机，就接到了方洁的电话，方洁让她马上来公司开会。

这段时间周芹一直在忙私事，但之前她的剧本已经写了五集，正在接洽平台、导演和演员，因此方洁有一阵子没有联系她了，她也乐得清闲。

在周芹走进会议室之前，透过半透明的玻璃墙，她看到里面除了方洁和桥桥，还坐了一个人，周芹以为是平台的人或是导演，推门进去之后，却发现那是王维夏。

王维夏看上去神采奕奕的，好像完全走出了签售会的风波，正与方洁谈笑生风。方洁见她进来，笑眯眯地招呼她："周芹，这是王维夏，小说的原著作者，你还记得吧？"

周芹将信将疑地点点头。她瞥了一眼桥桥，见到后者的表情很凝重，周芹的心也悬了起来。

方洁开口了："是这样的，维夏因为真的很喜欢我们这个项目，所以她决定加入我们项目组，以后她就是我们《新婚小甜》的总编剧了。她本来就是原著作者，知名度又高，由她挂名总编剧，我们项目的预算和演员阵容都能再上一个级别，我想你也一定很高兴吧？"

周芹的脸色变了变："我们私下聊两句。"

周芹和方洁去了空无一人的茶水间，周芹说："合同上可不是这么签的，我才是这个剧的唯一编剧，我们从来没说过让王维夏加进来。"

方洁一副抱歉的样子，柔声说道："我知道你有点难以接受，确实，我们之前没想过邀请维夏当编剧，但那是因为维夏不肯啊。她现在主动来找我，想加入这个项目，难道我能拒绝吗？这个剧本只要能挂上她的名字，哪怕她一个字不写，也能在平台那儿畅通无阻，何况这还是她第一个参与的剧本，我们会立刻变成香饽饽的。周芹，我实话跟你说啊，这次我们把前五集剧本和大纲拿去给平台看，平台并不是很满意，提了一堆修改意见，我们想敲定的那个明星没瞧上这个项目，所以这个本子还是有问题的。你刚好也跟维夏多学习学习。怎么看这都是好事。"

“王维夏从来没写过剧本，她怎么可能写得好？”

方洁笑了：“她当然不写啊，剧本还是你写，你本来就是这个剧的编剧。但她是原著作者，肯定有她自己的思路，你把她的思路落实成剧本，这个项目就成了。”

“意思是我听她的？”

“当然是一起讨论、共同协商。你放心，每次开会我都在的，如果你说得有道理，我肯定会帮你一起说服她的。”方洁又补充了一句，“这个事吧，已经板上钉钉了，我们刚跟维夏把编剧合同签了。我找法务咨询过，她的合同和你的并不冲突。本来甲方就是有资格更换编剧的啊。”

周芹揉了揉眉心，她想过王维夏会怀恨在心，但没想到对方的报复来得这么快。

周芹在做最后的争取：“那我的稿费和署名呢？”

“稿费肯定是按合同来的，等前五集剧本和大纲通过了，我们就按合同给你走这个阶段的款项，但是署名吧……”方洁吞吞吐吐地说，“你说王维夏来了，以她的名气，她肯定不可能署在你后头吧？她会有一个单屏的总编剧署名，至于你的署名，我肯定尽量为你争取，但是我也不敢百分百保证。反正啊，你这段时间好好表现，只要你对剧本的贡献大，我就给你争取一个联合编剧的署名，我想维夏应该不会拒绝的。”

“既然她只是提提意见，剧本全部由我来写，我的贡献量不是已经很明显了？”

方洁拍了拍她的肩膀：“所以还得看你的配合度啊。刚刚维夏跟我说了，这是她第一次做编剧，她心里也很慌，还怕你说她，怕你不按照她的要求来写。我帮你说了很多好话，说你是配合度很高的编剧。

所以你好好跟她沟通，没问题的。”

只怕她不是来跟我沟通的。周芹在心里想。

方洁息事宁人，搂着周芹的胳膊往会议室里走：“我给你买了咖啡，她们要点奶茶，我知道你不喜欢，特意给你买了冰美式，怎么样，我对你好吧？”

回到会议室，王维夏仍是言笑晏晏，她温柔地开口道：“前段时间我在签售会上出了一点意外，我想你们也都知道了。”

“知道知道，就是一场意外，”方洁说，“何老板都发朋友圈解释了。”

“也算是福祸相依吧，虽然一开始有点难看，但后来有不少媒体朋友都帮我发文澄清了，没想到反而帮我引流了。原本只有我的书迷关注我的新书，后来竟然涨了粉，书也卖掉了很多，我反倒得谢谢这件事情的发生了。”王维夏用余光瞥了周芹一眼，又轻轻地笑了，“要不是因为现在风声变好了，我也不敢接咱们这个剧本，也害怕影响剧的名声。”

“怎么会呢？黑红也是红，何况你的人品在这儿，我们都很相信你的，有了你的加入，咱们这个剧肯定未播先火。”

“那我们聊聊剧本吧。”王维夏这才慢悠悠地看向周芹，她仍在笑，笑里藏刀，“都是一个项目里的人了，我就说些真实想法，这五集剧本，我实在是觉得太差劲了，说得直白点，真的是一无是处。就拿那个女主角不会开冰箱的桥段来说吧，真的好幼稚哦，我在小说里那样写是成立的，但是你把同样的情节复制到剧本里，就完全不成立了呀。只要是个正常人，怎么可能不会开冰箱呢？”

周芹还没来得及回答，方洁开口了：“我也一直觉得这个桥段有问题，太不合理了，而且一点铺垫都没有，把女主角写得跟傻子一样。”

“这不是你要求的吗？”周芹反问她，“你失忆了？”

方洁没抬头，假装什么都没听到。

“辛苦编剧了，我知道你很辛苦，但写剧本本来就是要接受修改的，没有哪个小编剧能说自己的本子一字不改吧？”王维夏的声音像一条小溪，蜿蜒曲折，倏然又变成了一条毒蛇，“剧本是一剧之本，当然要慎之又慎，再说了，剧本这个东西也没什么成本，无非是打打字而已，就算是推翻重写也不为过吧？”

周芹长舒了一口气，靠在椅背上，悠悠地开口：“王维夏，你有意思吗？你现在觉得舒服了？”

王维夏依然是一张天真无邪的面孔，声音里还带了点委屈：“我只是就事论事而已。而且周芹，你自己也说过啊，大编剧挂署名，活全是底下小编剧干的，钱也只能拿大编剧的十分之一。既然这个圈子里本来就有这样的情况，那为什么不会发生在你身上呢？为什么你就是那个幸运的人？”

周芹只觉得浑身都在冒冷气，她恨不得冲上去薅起王维夏的头发，撕掉她的面具，把咖啡劈头盖脸地泼过去。但周芹没这么做，她高傲地笑了，那笑容意味深长，深不见底，她说：“你还有别的问题吗？既然有备而来，你就一口气都说了吧。桥桥，麻烦你做一下会议记录。”

再一次，她们坐在这间会议室里久久对视。周芹的瞳孔很黑，她的原生表情其实有点苦相，面无表情的时候会显出一副苦思冥想的样子，跟甜美的王维夏完全不同。她们是截然不同的人，但某些时刻，她们又有着可怕的相似性。

/ 3 /

王维夏有点失望，她本来想在周芹的脸上看到更多的愤怒。如果不是为了让周芹难堪，她才不愿意去做什么大编剧，有很多项目找过她，她一直拒绝，不是因为不会写或是不想赚钱，而是她不愿意把自己过分暴露在他人面前。写小说只需要一个人待着写就够了，可剧本属于生产线上的一环，能不能拍出来、如何拍出来、最后成效如何，需要很多人一同努力。编剧不仅得写剧本，还要开剧本会，跟导演与制片人对接，参加读本会和跟组，这势必要面对很多专业人士。只有藏拙才能让她红得更久。

王维夏准备了很多狠话，她以为周芹会问她，她是如何与何多华达成和解，又是如何三言两语就打动了方洁，轻轻松松就爬到了周芹的头上。她以为自己有机会恐吓周芹，让周芹必须按照自己的意思来改剧本，否则就把周芹踢出项目组，或者让她在整个行业里都做不下去。对于后者，王维夏也不知道自己是否有能力做到，但放狠话谁不会呢？可周芹没有给她这么多机会，会议的后半程，周芹完全是心不在焉，一副无所谓的样子，让王维夏感觉自己一拳打在了棉花上。

王维夏做不成“爽文”的女主角，但已经接下了项目，只得装模作样地跟进。周芹交稿的速度很慢，王维夏催了几次无果，又给方洁打了电话。方洁表面上答应自己去催稿，但转头就给王维夏回了电话，说她跟周芹沟通过了，周芹有几个地方不知道怎么处理，写不出来，要跟王维夏再讨论。方洁客客气气地笑道，作为制片她不想干涉编剧的创作，既然王维夏是这个项目的主、总编剧，就应该多跟周芹沟通讨论，她也不方便越级再直接去找周芹，末了又重新跟王维夏强调了一下交稿时间。

烫手山芋又回到了王维夏手里，她忽然意识到，她是可以通过名气碾压周芹，拿到署名和稿酬，但周芹在这一行的时间更久，周芹更知道如何做一枚钉子，如何磨得王维夏睡觉都不踏实。

烦人的事情不止这一桩。一天傍晚，王维夏回到家，一开门，就看到玄关处放着一双男士皮鞋，她心里猛地一惊：朱达回来了。她再往里走，果然，朱达正坐在她的沙发上。他穿得很随意，脖子上仍戴着狗牙吊坠，手里捧着一本她新出版的小说。

“你回来啦？正好，我刚刚泡了茶。睡前喝点红茶，容易入眠。你得少吃点安眠药，那东西有依赖性的。”朱达一点不见外，问，“家里的阿姨怎么又被你辞掉啦？你说说你，说辞就辞，这么大的别墅，没个阿姨怎么打扫卫生啊？”

王维夏没回答，反问道：“你呢？在老家躲过危险期就回来了？”

朱达笑而不答。他放下书，把红茶往王维夏面前推了推。

这是朱达一贯的伎俩，他从不避讳将那些即将被骗的女孩带进自己家里去，他有意识地展现自己的财力，热衷于给女孩做饭吃，也会跟她们分享自己的秘密：我出过车祸，你摸摸看，这里是一块钢板。在女孩的眼里，他的举动则会被解读成“他都带我去他家了，跑得了和尚跑不了庙，他肯定是值得信任的”“他给我做饭吃，代表他愿意在我身上花心思”“他跟我分享秘密，他也很信任我”。

这不能全怪女生单纯，恰恰相反，在现在的舆论环境里，大家都知道“渣男”的存在，有太多视频和攻略提醒女性要擦亮眼睛，在任何一个平台里搜索“渣男”，都可以看到类似的标题：“十个表现，判断一个男生是不是‘渣男’”“如果男生愿意为你做这十件事，他一定很爱你”“这十种男人请远离”。

可说到底，坏人不分男女，不看性别，而关乎人性，人性之好坏又怎么可能通过十件事、十个表现或者三十秒的视频就学会判别？人们都喜欢立竿见影、不劳而获，可她们看越多这样的视频，就越容易丧失独立思考的能力，越容易被表面现象所蒙蔽。

朱达总有借口，他喜欢说“女性的成长是从被男人伤害开始的，就算我不给她们上这一课，也会有别人给她们上这一课的”。有的时候，他也看向维夏，笑嘻嘻地说“男人也是一样啊，我也是因为被你伤害，然后才成长起来的”。

王维夏懒得理会他。更何况她知道，朱达根本没有艾滋病，那只是他用来摆脱那些女孩的极端手段。他有一条短信模板，会根据不同的对象进行修改，理由千篇一律，但他最喜欢说的一句话是“是你太美了，所以我才把持不住”。

同为女性，王维夏也会在心里对那些女孩有所愧疚。最严重的一次，她在业主群里刷到一个女生在朱达家门口哭闹着要跳楼的视频。当时王维夏只觉得脑子里轰的一声，仿佛回到了大四的那个黄昏。她第一时间打了 110 和 120，连拖鞋都来不及换，直接冲出去门去。好在等她赶到的时候，那个女孩已经被物业劝下来了。

王维夏站在围观的人群后面，看着物业拉着女孩往外走，那女孩号啕大哭，一个劲地问：“为什么是我？为什么偏偏是我？”女孩的脸因痛哭和绝望而显出一种毫无生气的石灰般的肤色来，像极了另一张已经消失的面孔。王维夏跑到花坛边呕吐了起来。

“你下次就不能换个理由吗？为什么非要弄得这么不体面？”她质问朱达。

“因为分得干净啊，你知道女人有的时候是很难缠的，她们死乞白赖地问你要一个答案，你给了她们一个，她们又会追问，问你要第二个。她们就是没办法相信我说过的情话是假的，没法相信她们被骗了，好像找个理由心里就会好受一样。她们还非得分析我，觉得我要么是原生家庭不幸福，要么是被前女友伤害过所以不再相信爱情，甚至想要改变我、感化我。拜托，我就是不想负责，我就是想玩玩而已。”

朱达沾沾自喜地说，“但说有病就不一样了，只要我回老家躲一段时间，等她们自己去做了检查，她们就会大彻大悟，知道好好地活在世上多么宝贵。那个时候，她们巴不得离我这个烂人远远的，甚至多看我一眼都害怕被传染。这对她们来说也是一件好事，那句话怎么说来着？世上最美好的词就是虚惊一场。”

朱达又说：“王慧，你就好好地做你的王维夏，不要多管闲事。”

水烧开了。朱达往茶壶里添了水，问道：“你跟姓何的谈妥了？你离开他儿子，他帮你澄清发布会上的事情是场误会？”

王维夏点点头。朱达则摇了摇头：“可惜了，那个男孩看着挺喜欢你的，估计现在这会儿在家里闹绝食呢。”他喝了口茶，又说，“我也挺可惜的，周芹实在挺好，你非让我赶紧跟她断掉，不然我跟她真能发展发展。”

“发展什么？你被一个女人写进小说里还不够，还想被周芹写进电视剧里播出来吗？”王维夏动手收拾桌上的茶具，说，“你走吧。我很累了。”

朱达点点头：“也好，你把这个月的生活费给我，我这就回去了。”

王维夏动作一顿，瞪着他：“朱达，你又在耍什么花样？这个月的钱我已经给过你了。”

“用完了。”朱达平平淡淡地品着茶，说，“你的新书不是卖得很好吗？你既然大赚了一笔，应该多分我一点吧。”

“我没钱。”王维夏冷冷地起身：“每个月给你两万块钱已经是我的极限了。你有手有脚，如果不够花就自己出去赚钱。”

朱达挑眉笑了笑：“那不如我去卖你的故事吧？趁着你还有点热度，我把你的那些陈年往事和情史整理整理，打包卖个高价。”

“你别拿这些话来威胁我，”王维夏不为所动，“你这是敲诈，是违法的，你把我毁了，你自己也得进监狱。”

朱达反而大笑起来：“我是敲诈，你是什么？王维夏，你就是个小偷，你偷走了庄温温的小说，偷走了她的名字和人生。你这样的人也好意思跟我说法律？”

王维夏最讨厌听见“庄温温”这三个字，抬手就要给朱达一个耳光，而朱达动作更快，他猛地起身，一把将王维夏拉到沙发上，王维夏来不及反应，整个人摔倒在沙发上。她拼命挣扎，脚踢翻了茶几上的茶具。朱达按住她的胳膊，力气大得惊人。他顺势压在她的身上，掏出钱包，从里面取出一张照片，掰住她的下巴，让她不得不直视着照片里的庄温温。照片里庄温温扎着清爽的马尾辫，笑容是从未有过的明朗。朱达将照片贴到王维夏面前：“你仔细看看她，你抢走了她的一切，却连她的名字都不敢说出来。你敢看她的脸吗？王慧，是你逼死了庄温温，是你扔了她的遗书，是你把她最后一点的念想都毁了。”

王维夏拼尽全力挣扎，却依旧没法脱身，在男性的绝对力量面前，女性根本无力招架，她嚷道：“我再说一次，我从来没见过她的遗书！我当时在卫生间，根本不知道她会跳下去，我也很害怕，我也后悔没有拉住她！你觉得我为什么会失眠，我为什么要吃安眠药？这么多年我只要一闭上眼睛都是她的脸！”

“你后悔？你以前说后悔我还信，但是现在呢？”朱达把王维夏的新书拿起来，用力按在她的脸上，像要在她的脸上刻字一般。王维夏被油墨味和纸张堵住了鼻子，几乎没法呼吸，但朱达还在用力。他说：“你竟然把庄温温的日记给出版了？你盗用一本她的小说还不够吗？还要把她的日记拿出来赚钱，还在发布会上大言不惭地说这是你的创作态度。王慧，你真的对庄温温的死感到过内疚吗？”

王维夏说不出话来，她用指甲抠住朱达的胳膊，使出全身的力气往他的肉里按，直到按出了一个血洞，朱达才终于松手。王维夏呼出一口气来，她挣扎着爬起来，说："我每个月要给你这么多钱，我已经三年没有出新书了，不出版她的东西我哪来的钱给你？内疚能当钱花吗？你以为我想这么做吗？我也没有办法啊！"

"你是为了给我钱，还是想跟我撇清关系？先是出一本跟顾念杉完全没关系的小说，号称是自己的转型之作。那转型之后呢？你是不是打算再也不提顾念杉这个名字，然后就可以发布离婚声明，从此把我甩开了？"朱达慢悠悠地起身，抽出纸巾擦了擦胳膊上的血，"也可以，我也懒得一直跟你绑在一起了，不如你给我一笔钱，我配合你发个离婚声明，以后我们就各走各的吧。"

"你想要多少？"

朱达冲着王维夏比出一个"耶"的手势，像在打趣，但语气十分干脆："两千万。"

"你疯了吧？"王维夏尖叫起来，"我哪有这么多钱？"

"我对你的新书，啊，不，庄温温的新书有信心。而且你这个别墅也值不少钱吧？"朱达站起来，居高临下地看着她，"王慧，我给你一个月的时间筹钱。不然，我就告诉所有人，你是个杀人犯，是你逼死了庄温温。"

王维夏瘫倒在沙发上。她白色的连衣裙已经被撕坏了，头发散开，眼里噙着泪光，脆弱让她的美看起来越发动人，像是童话故事里要咬下一口毒苹果的公主。她躺在白色的沙发上，一截细细的胳膊垂在空中，看起来极其无助，好像她的美貌要从她的身上飞走。

朱达的声音又温柔了起来："你看，你非得把阿姨辞退了，这一地的玻璃碎片你怎么收拾啊？小心扎着脚。"说着，朱达像男主人一样起身，拿着扫帚把地上破碎的茶具仔细地清理了。当他蹲下身的时候，王维夏看到朱达的头顶有一个旋儿，那个旋儿随着他扫地的动作在黑漆漆的碎发里旋转，一直转向人生最卑劣的黑洞。

“过段时间我再重新给你买一套茶具送来吧。”他又笑了笑，笑容温润如玉，那声音就像书里顾念杉的声音，他关切地说道，“少喝奶茶，还是自己泡茶喝好，养生。”

朱达离开的时候把垃圾也顺手带走了。

空荡荡的客厅里，王维夏仰面看着从天花板上垂下来的水晶吊灯，看得久了，只觉得这些晶莹剔透的水晶要落到她的脸上，变成她无瑕的眼泪，整间屋子里的灯光都是她充盈的泪光。她忽然想起第一次见到朱达时的场景。当时她在军训时中暑晕倒了，朱达是离她最近的男生，因此主动抱她去医务室。她只觉得天旋地转，在斑驳的阳光下，她发现这个男生无比英俊。他生了一张那么好看的脸，是每个女生心中的理想型，可他害羞地不敢看她，还一个劲道歉，怕她误会自己是故意占她便宜。路上，因为军训鞋大了一码，王维夏的一只鞋被颠掉了，朱达把她送去医务室之后，去学校里的便利店给她买了一双拖鞋，粉色的透明拖鞋，上面有蓝色的波点，一只小小的蝴蝶结，这是只为了礼貌不为了取悦的礼物。

朱达一直是很细心的男生，有时候甚至比女生还细心。他会看教学视频，然后给王维夏编一种复杂的辫子，动作又轻又温柔，一点也不会把王维夏的头皮扯痛。他编的辫子很好看，衬得王维夏仙气飘飘，她应该高兴，可是她真的很难对别人炫耀说“这是我男朋友给我编的辫子”。

比起朱达出门时永远会带齐所有的药，蹲在床前一口一口地喂她喝枇杷膏，王维夏更想要那种爱情：朱达冒着大雨在夜里连跑过三条街为她买药，所有的药店都关门了，她高烧不退，而朱达心疼又无助地抱紧她，像要把她揉进身体里，天地间只有他们两个人。

那才是偶像剧女主角应该有的爱情。

为了取悦王维夏，朱达也尝试过改变，他练习投篮，跑去打比赛，结果在球场上受了伤，骨折了。那一次，朱达的妈妈也来了医院，她带来十几枚茶叶蛋和严肃的训诫，因为常年皱眉，即使在表情舒缓的时候，她的眉间也会有一道皱纹，不怒自威。朱达告诉妈妈，他是被车撞了，这是一场意外——这个说法便一直延续至今。王维夏一开始不能理解，后来她意识到，或许是家境贫寒不能担风雨，或许是性情保守不敢冒风险，总之朱达的家庭不允许他失控。和朱达在一起，她永远无法拥有那种轰轰烈烈的爱情。

所以，她才会这么讨厌庄温温。甲之蜜糖，乙之砒霜，在庄温温的笔下，那些王维夏不懂得珍惜的细腻变成了一场漫天的细雨，氤氲荡漾，叫人六神无主。原来他的某个举动是这个意思；原来她只要这么做，他们那天就不会争吵；原来他们对彼此的心意都是这样的热忱。原来如此。

她像是在书里才能找到恋爱的感觉，她为故事里的自己而身心陶醉，可故事外的她只觉得自己无端的贫瘠。

她太生气了，她知道他们是清白的，但她感到他们在隐秘地相爱。因此她要惩罚庄温温，她先是把庄温温关进厕所，后来升级成要她打扫厕所，再后来干脆把庄温温的衣服和书也丢进厕所里。把庄温温关进厕所，是王维夏能想象到的最恶毒的手段了。

有的时候，反抗是一种态度，会让王维夏知道庄温温的极限在哪里，但庄温温总是不说话，总是面无表情，她就像一口永远不知道有多深的水井。王维夏不知道边界，更无所顾忌。一天傍晚，她让庄温温给她擦鞋，自己转身进了卫生间，刚进去，就听到外面一声巨响，等她冲出卫生间的时候，她看到宿舍里的窗户大开，风从外面涌进来，把窗框吹得咣咣作响。

如今，七年过去了，她依然会在梦里见到那扇空荡荡的窗户。

是她逼死了庄温温吗？

王维夏久久地躺在沙发上，这时，她的手机响了，有人给她发来一张照片，拍得很模糊，只能看出照片上有一块铺砖的地面，砖块是红色与黄色交错的，寻常至极。王维夏没看出什么异样，顺手把手机扔在茶几上，手机的外壳在茶几上碰出清脆的声响，啪的一声，仿佛是开启潘多拉盒子的声音。一瞬间，记忆在王维夏的脑海中交错，她仿佛在那些红黄色的砖块缝隙里看到了汩汩流出的鲜血。王维夏像触电一般从沙发上弹起来，夺过手机，点开图片，她认出来了，那分明是庄温温坠楼而亡的地方。

照片是周芹发来的，王维夏立刻发消息问她："你在哪儿？"

对话框的最上方出现了"对方正在输入"的字样，王维夏握着手机的手在颤抖，她屏住呼吸，连眼睛都不敢眨。她眼睁睁地看着周芹的消息发了过来，就像在她的生命里划开了一道裂缝。

周芹说："我找到了庄温温的遗书。"

第四章

葬礼

有时候，我也会幻想我死后的事情。

我会葬在哪里？我的葬礼是什么样的？会有人为我哭泣吗？会有乌鸦盘旋在我的墓碑上空，发出凄厉的哀鸣吗？

没事的时候，我就坐在废弃小游泳馆的天台上等朱达。一般要到晚上，等他把王慧送回宿舍之后，他才会来找我。我们坐在越来越暗的天空下，大多数时候并不说话，就像两株植物。我是一个极其喜欢独处的人，但不知道为什么，和他待在一起，我反而会觉得更自由，好像光是他坐在我身边静静地呼吸，就能抚慰到我。后来我渐渐明白，我之所以一直藏在幻想里，是因为我无法面对这个真实的世界，我不想面对自己，更不想面对牙医诊所和身上有消毒水气味的继父。在真实世界里，只有朱达让我感到轻松，和朱达在一起的自由，是一种不用避世的自由。

朱达也为和我待在一起而感到舒畅，他说他跟王慧谈恋爱很辛苦，王慧总觉得朱达不够浪漫，不够有仪式感，而除此之外他们之间还有更大的、更不可调和的矛盾。总之，朱达说和王慧在一起的感觉就像在上班，他必须全神贯注，等在食堂吃完晚饭把她送回宿舍之后，他才能下班舒舒坦坦地做回自己。我接过朱达的话题，说我每天晚上回到宿舍也有类似的感受。

“你是白班，我是夜班，我们俩就像在轮岗一样。”

我们都大笑起来，虽然我们还是学生，没有上过班，但还有不到半个学期就要毕业了，我们默认毕业之后，每个人都是要上班的。夜晚的凉爽以及可以遮住我脸颊上微微泛起红晕的淡红色晚霞，让我无比快乐。当时大笑着的我们并不知道，朱达以后的工作是成为顾念杉，而我则永远没有了以后。

“你今天在想什么？”

“想我的葬礼。如果我死了，我想把骨灰埋在树下，这样我就能把灵魂长进一棵树里去，开心的时候开出一朵花，悲伤的时候把叶子蜷缩起来。我结出来的果子一定很酸，但还是有一群好奇的小朋友争先恐后地摘了吃，酸得他们把五官都皱在了一起，眼睛不是眼睛，嘴巴不是嘴巴。到了明年，他们还会来摘，一边吃一边嬉闹，年复一年。直到男孩长出腋毛，女孩长出胸部，他们的书包和心事都越来越重，渐渐变成臃肿的大人，眼里再也看不见一棵树。”

“这不是你的葬礼，这是你的重生。”

“要是真的能重生就好了。”

“重生了你想做什么？”

我不假思索地说：“七岁那年，我爸爸离开我的时候，跟我说了一些话。我要是能回到那个时候就好了，我真想听听他说了什么，如果他是想带我走就更好了，我愿意跟着他。”

天台上风很大，把我的头发吹乱了，我的眼睛躲在纷乱的发丝后面，像一只海葵。朱达挪到我身后，轻轻地伸手把我的头发拢齐了，给我扎了一个高马尾。他的动作很温柔，当手指摩挲到我的头皮的时候，我只觉得浑身酥酥麻麻的，像是享受了一场小按摩。

“我给你拍张照吧，”他说，“我带了拍立得。”

“不要，我不好看。”

朱达举起相机，说：“不，你很好看。”

在黄昏的风里，照片一点一点地从相纸上浮现出来，好像一块渐渐透出海面的礁石，照片里的我有一张明媚的笑脸。我有些吃惊，在镜子里我从未见过自己有这样的笑容。我很感激朱达，他是能照出我最美、最轻松模样的镜子。一瞬间，我甚至想把心底最深的秘密告诉他，或许再晚一些我就会告诉他。

“别傻笑了，”朱达将照片从我手里拿走，说，“给我吧，我想存一张你的照片。”

他打开钱包，把照片藏在最里面，郑重其事地说：“我会一直带在身边的。”

在此之前，为了让王慧安心，我在校内网上写下了一篇分手的文章，给这段“妄想”的感情画上一个句号。而背地里，我和朱达则越走越近，我不知道这算不算是在谈恋爱，但我们的关系确实不一样了。

“对不起，我写的故事被王慧删掉了，我本来是想写给你看的。”

“该道歉的人不是你。不过你应该继续写下去的，你那么有才华，应该写出来让大家看到。”

我低下头看着自己的脚尖。我的鞋子很脏，我每天都在认真刷鞋，只不过刷的是王慧的鞋子。我把脚往后藏了藏，想说“我只想让你看到”，但说出口的是“会被王慧发现的。”

“那就藏好一些。”

“就像你藏我的照片一样。”我说。

“就像我们藏着偷偷见面一样。”他说。

我们再度一起笑起来。不知道为什么，我从未真的想让朱达和王慧分手，好像他们俩在一起才是天经地义的。我根本没法想象自己和朱达牵着手出现在大庭广众之下的样子，光是想到这样的画面就已经让我胸腔发闷、浑身不适。那不是爱情的晕眩，而一种压力，一种被人注意、打量、质疑的压力。只要能拥有一小部分的朱达，我就已经很满足了。

几天之后，朱达送了我一本可以上锁的日记本，黑色的硬壳封面，本子的侧面带了一个小小的密码锁。我非常开心，简直爱不释手。朱达笑了，说这不过是中学时期大家都有的东西。但我没有童年，自然也没有过过寻常的学生生活。在认识朱达之前，我是一只躲在幻想里的蝙蝠，孤独地藏身于黑暗的洞穴中，而他带给我勇气，让我在月光中缓缓飞行。

“我会好好写的。”我对他承诺道。

我把在天台等朱达的时间用来写日记，这一次，我没有再写王慧与朱达的爱情，而是写了我自己。我摇身一变，成为幻想中我最想成为的那种人，我不再躲在一个古装故事的背后，不再做铩羽而归的女主角，我变成了一个很有手段的女人，手段之霹雳足够我在现实生活里活下来。故事必须重新来过——

父母离异之后，我被妈妈带进一个新的家庭，那是一个大家庭，有陌生的气味和狗，有继父的大女儿，还有继父与妈妈即将出生的小弟弟。在这个家里，连狗都不愿亲近我，但我知道如何拉拢继父，我知道他隐秘的喜好，也乐于讨他欢心，很快他就成了我在家里的靠山。

如此主动，如此决绝，如此迅疾，没有任何痛苦能追得上我。

我可以入侵一个家庭，也就可以入侵一段感情，何况他们之间本就争吵不断，关系摇摇欲坠。我没有一点点的畏惧和不忍，很坦然地撬开了那条夹缝，游刃有余，行云流水。

我坐在黄昏的天台上，一笔一画、一字一句。双星渡银汉，微月照黄昏。星辰是亲吻，银河是勋章，月光是沐浴的爱，黄昏是永恒的救赎。

就像王慧说的：“你想从我手里把朱达抢走？”在现实世界里，我没有这样的心力，但是在幻想里，我却可以使命必达，手到擒来。

我不敢把本子带回宿舍，生怕再被王慧发现，我不敢想象她看到这样的内容会如何大发雷霆。于是，我在废弃的小游泳馆里找到一个安全的地方，将本子藏在这里。密码套密码，像俄罗斯套娃一样层层叠叠，让我安心。我偶尔也将部分内容读给朱达听，他说我应该出版，让更多人看到这个故事。

“可我害怕被人看到。”

“那就起个笔名吧，躲在这个名字后面，没人会知道是你。”

我喜欢起名字，一个好听的名字会让生活也明亮起来，笔名更好，不会被姓氏拖累，自由自在的，像一只鸟。我挑了很多名字，最后定下来两个字：维夏。四月维夏，六月徂暑。这不仅是阳光明媚了，还有顺着额头留下来的汗水、大口吃下的西瓜、赤忱的爱和灼热的希望。我很喜欢这个名字，慎重地将它写在日记本上。

但生活终要回归现实。国庆节，在一个又一个电话的催促之下，我还是去了继父的牙科诊所。继父总说我爱吃糖，所以牙齿不好，要我经常来做检查，但实际上我根本不吃糖。他把助理从小诊室里请出去，锁上门，要亲自为我检查。我战战兢兢地躺在椅子上，张开嘴，任凭继父粗鲁地把洗牙的工具头塞进我的嘴里。他的动作很快，手法也很生硬，给我洗牙的时候就像在处理一块猪肉，好像洗完了还要烹炒煎炸煮，自有一番享受。

躺在椅子上，我再一次陷入幻想，我把在我嘴巴里进进出出的仪器想象成一种酷刑。仪器被关掉之后，酷刑还没有结束。我不知道接下来的刑具会是什么，是手指还是器官，是辱骂还是呻吟。总之，这是一场漫长而残忍的酷刑，但是没关系，这场酷刑总会结束，等我回到学校，等我找出我上锁的日记本，我又可以变成那个有手段的女人，是我主动选择了让继父与我亲近，而非被迫成为一块被压在洗牙床上动弹不得的猪肉。

而此刻，我想象中的顾念杉一如既往地在场，他抚恤我，怜悯我，不会嫌弃我所遭受的苦难。除了这个好听的名字，我还能看得到他的脸庞。他的眼睛下方有一颗小痣，这让他的目光看起来极其深情，当他望向我，我便知道我被人爱着。

我决定将我的秘密告诉朱达。

后来，在朱达冲我大喊大叫，叫嚣着让我不如去死的那个瞬间，我终于明白，一个不爱自己的人是不会在他人身上收获爱意的，归根结底，爱情从来就不是生活的解药。

最后一次，我翻进小游泳馆，将我的日记本找出来。我在上面写下“爱情不是用来沦陷的，而是值得警觉的危险事物，当我们提到这个词的时候，我们想到的不应该只有甜蜜、浪漫和幸福，它应当是一个中性词，是时时刻刻悬在我们头上的达摩克利斯之剑。唯有如此，我们才能在清醒中沉沦地相爱。”

这本日记再也没有上锁的必要了，就像我的幻想其实百无一用。取而代之的，我将一封遗书藏进了原先藏着日记本的地方，这里面罗列了我生命里最糟糕的事情，光是把这些事情写下来就已经花掉了我全部的力气。我不知道将会有谁来找到、开启这个信封，不知道那个人会怎样看待我的一生。但现在，我要去幻想我的葬礼了。

我仍是那只从未飞出洞穴的蝙蝠，却错认了月光，错把生的希望轻易地寄托在他人身上。

第五章

她和她

/ 1 /

周芹知道，想要撬开朱达和王维夏的关系，必须从他们之间最薄弱、最互不信任的地方入手，而要弄清一桩陈年旧事，最好的办法就是找到一个诚实的当事人。前者的突破口无疑就是庄温温，而后者，她锁定了“朕帅”。“朕帅”一直没有回复她的消息，但周芹揣测他就是在校内网上“@”朱达的“朕很帅的”，是王维夏、朱达和庄温温三人的大学同学。

如何在毫无交集的情况下找到一个藏在屏幕后面的人？在出租屋里，周芹换上白衬衫和黑西装，站在一面白墙前，胳膊交叉，眼神坚定，嘴角没有笑容，周身弥漫着必胜的气息。她设好自拍的倒计时，便轻松拥有了一张正式的律师照。她换了头像，把自己的昵称改成“周律师”，随后给“朕帅”发了一条私信。

她自称是王维夏的律师，因“朕帅”在网络上发布的言论，侵犯了她当事人的名誉权，现已去公证处公证了这些不良言论，她希望对方主动联系自己，对她的当事人予以道歉，否则就要准备起诉。为了表现出自己的专业性，她在私信的最下方贴了部分法律规定摘要，又强调让他不要骚扰当事人，并留下了自己的电话。不出意外，当晚周芹就接到了对方的电话，电话里，“朕帅”的声音听起来一点都不帅，语气硬邦邦的：“王慧还敢起诉我？我说的都是真的，她自己剽窃，怎么有胆量起诉我？”

周芹趁机提出见面。

她加了对方的微信，知道他真名就叫郑帅，毕业后留在S城，现在已经结婚生子了。在赶去见郑帅的路上，周芹在出租车里恶补了几集律政剧，认真地模仿了律师说话的口吻，又查了一些专业术语，决心瞒天过海到底。以往她通过采访真人来写电视剧，现在却反过来模仿电视剧里的人。

按照郑帅发来的地址，周芹走进了一个露天的儿童乐园。儿童乐园的地面五颜六色，到处是气球和玩具。小朋友们兴奋地尖叫着，排着队从大象鼻子造型的滑滑梯里滑出来，像是一群“小鼻涕泡”。周芹穿着一身黑色西装套装，踩着高跟鞋，与周围格格不入。她怀疑郑帅发错了地址，拨通了他的电话，这时，周芹身旁一个正带着儿子排队的男人手机响了。他看到了打电话的周芹，冲她点点头，随即手疾眼快地把儿子抱进了托马斯小火车的火车头，给儿子抢了个好位置。儿子美滋滋地笑着，郑帅也满脸笑容。等小火车慢悠悠地开走了，他才转身朝周芹走来。

周芹疑惑郑帅怎么会带着儿子来见自己，她端出律师范儿，正要装腔作势地开口，郑帅打量了一下她的穿着，说：“没有律师周末出门还穿西装踩高跟鞋的，以后少看点电视剧，那玩意儿太假了。”

周芹一愣，郑帅从钱包里摸出一张名片递了过去，说：“自我介绍一下，我叫郑帅，是一家律师事务所的合伙人，你也可以叫我郑律师。”

郑帅穿着海贼王图案的黄色帽衫和破洞牛仔裤，脚下蹬了一双运动鞋，和律政剧里仪表堂堂的律师截然不同。而站在他对面的周芹，只觉得穿着一身正装的自己愚蠢透顶。她尴尬地笑了笑，把准备好的开场白吞了回去，问：“你知道我是假冒的，为什么还答应跟我见面？”

“谁不想听听老同学的消息呢？尤其是朱达和王慧，他们俩毕业后连同学聚会都不参加，王慧成名以后甚至把所有同学的微信都删了，能听到他们消息的机会可不多。”

周芹没再遮掩，将自己与朱达的关系讲了个大概，郑帅震惊朱达竟然变得这么无耻。他又问了王维夏的现状，周芹描述了王维夏现在的穿着风格、长相，描述了她的别墅和小男朋友，以及在签售会上的那场闹剧，也提到王维夏空降成为大编剧想拿捏自己却被自己敷衍拖稿，这会儿大概正躺在别墅的沙发上抓狂。郑帅的好奇心被一一满足，他很满意，甚至轻轻地打了个饱嗝。他看向周芹，问：“你有什么要问我的？”

“你这么关心王维夏，你以前也喜欢她？”

“年轻的时候哪懂什么喜不喜欢啊？有好看的女生主动跟你说话、对你笑，荷尔蒙一上头，就觉得非她不娶了。”郑帅自嘲道，“其实那会儿我跟朱达的关系挺好的，压根没想过追王慧。有一次她陪其他同学看篮球赛，刚好那一场我在场上，她过来跟我打招呼，还给我买了水，我们这才熟起来。之后她总来跟我吐槽朱达，说他不够浪漫。起初我还劝她好好跟朱达沟通，她却说想和朱达分手，但真的分手又有点舍不得，说是还差一个坚定的理由，然后用那种眼神看我，你懂吧？就是暗示我，她在等我追她，不对，应该是责怪我还没去追她。我就真的做了很多浪漫的事情，在地上摆一个大的那种蜡烛爱心啊，看她在网上点赞了一个什么鞋子就跑去给她买来，反正花了不少钱。现在想想，我是被她耍了。”

托马斯小火车载着一车小朋友朝他们开了回来，郑帅的儿子把头探出车窗，兴奋地冲他们挥手，郑帅也朝儿子挥了挥手。小火车载着欢笑声又开远了。

周芹问：“也是你在校内网上找到那篇《朱先生》的文章，然后‘@’朱达的？”

郑帅惊讶地看了周芹一眼：“这你都知道？那时候是我着急了，眼看着钱和心思都花出去不少，王慧还没跟他提分手，我就想挑挑朱达的毛病。王慧总喜欢把朱达对她的好挂在嘴上，用来激励我，让我对她更好，所以我能看出来那文章里写的是朱达。我知道那肯定不是王慧写的，她不会把朱达写得那么完美。我还以为是朱达跟其他女生好了，没想到后来把庄温温牵扯进来了。”

“朱达没跟庄温温在一起吗？”

“至少一开始没有。听说那篇文章是庄温温暗恋朱达，把自己想象成王慧写出来的。但在知道庄温温喜欢自己之后，朱达就变得有点不一样了。客观地说，庄温温长得也还行。王慧虽然好看，但是需要朱达时时刻刻捧在手心里，而庄温温却是主动送上门的，而且还听话、好拿捏。怎么说呢？这给他一种很大的自信吧。朱达以前是个很自卑的人，但在更自卑、更内向的庄温温面前，他男子气概十足。其实我觉得他们挺般配的。”

“这对你来说是好事吧，”周芹说，“他们的关系近了，不是更方便你追到王慧吗？

“没有，后来我没再追她了，准确地来说，我是被她吓到了。”郑帅叹了口气，说，“庄温温去世之后，王慧的情绪一直很差，严重失眠，吃不下饭，还会忽然就哭起来。起初我以为她是害怕，一直想办法开导她，但她对我敞开心扉之后说她很内疚，说她没想让庄温温死，只是想出一口恶气，但不知道庄温温的心理承受能力这么差。这话吓了我一跳，我本来以为王慧最多就是脾气大、做作了点，但人还是善良的，没想到她竟然会那样对待同学。后来发生了一件让我更惊讶的事情。”郑帅停顿了一下，声音沉了下去，“那时我们学校有个废弃的小游泳馆，大一的新生经常组团去那儿探险。我当时是学生会的，在迎新晚会的时候顺口提了一句，那天晚上大家都喝多了，就说择日不如撞日，让我这个老学长带路去探险。我们一群人刚走到小游泳馆附近，忽然听到里面传出凄厉的哭声，新生们都吓跑了。我也想跑，又觉得那声音有点耳熟，我壮着胆子爬上游泳馆的天台，发现是朱达在上面。”

“朱达在哭？”

“不仅是哭，更像是号叫，或者是剧烈呕吐的时候发出的声音，是一种动物性的声音。他一边歇斯底里地哭号着，一边大喊着庄温温的名字，又说自己对不起她，就像……”

“就像是他害死了庄温温。”周芹接过了郑帅的话。

郑帅点点头，说：“后来我还跟辅导员反映过这件事，但最后警方排除了他杀，我也就没再多问了。”

“那朱达呢？”

“朱达自责了很久，不吃不喝的，也不洗澡，全靠我们几个哥们轮流给他带饭，洗澡就没办法了，只能让他臭着。我甚至担心过他也会想不开，但是过了一阵子，有一天我看见他和王慧在说话。朱达情绪激动，王慧则举着手捂住脸哭，我本来想去英雄救美的，后来想想还是放弃了，我不想再跟她扯上关系了。再过了一天，我在澡堂遇见朱达，他一反常态，一边搓澡一边唱歌，唱的是《一只小小鸟》，唱得超大声，特别兴奋，澡堂里所有的人都朝我们这边看，我浑身裸着，尴尬极了。那之后他就奇迹般地好了。”

周芹皱了皱眉。

郑帅继续说：“那时候我已经保研了，就干脆从宿舍里搬了出去，也就没跟王慧和朱达联系了。”

“那你为什么发帖子说王维夏的小说是庄温温写的？你怎么知道的？”

“我猜的。”郑帅说，“那本小说很火，我也看了，里面有几个情节跟庄温温在校内网上写的文章是一样的，我就猜肯定是她抄袭了庄温温的小说。但是死无对证，小说在王慧手里，写的又确实是她和朱达的事。没有证据，我也拿她没办法。”

周芹心念一动，追问：“那她其他的小说呢？”

“其他的小说写得那么差，一看就是她自己写的。”郑帅嘲讽地笑了，想了想又补充道，“不过她最新出的那本日记体小说有点不太一样……”

“写得太好了，所以不像她写的？”周芹猜到郑帅要说什么。

郑帅点点头，说：“这么多年过去了，我也有点吃不准。但这本小说的风格实在跟她本人相差太多了，而且我记得王慧的父母对她很好，家庭很幸福，这本新小说却有一半的内容在写女主角是如何在一个重组家庭里生存的。就算王慧想转型，她也没道理选这么一个方向吧？”

托马斯小火车在他们之间一圈一圈地打转，简单又机械，小朋友们像是永远都不会腻，一遍一遍地欢呼和尖叫。火车的路线是旧的，但快乐是崭新的。

郑帅转向了周芹，问：“可是问了这么多，你究竟想干吗呢？你想报复朱达和王慧吗？但你也没有感染呀。虽然朱达是无耻，但你犯不着把自己的时间和精力都耗费在这一件事上吧？何况你人微言轻，王慧可不是素人，你怎么斗得过他们两个人呢，你图啥呢？”

周芹沉默了。

周芹决定回一趟老家。她家在南方沿海城市，她大学时来S市读书，毕业后就留在了这个城市，每年回家的时间并不多。她妈周妙之知道她要回来很高兴，问她想吃什么，又说要给她换新的床单，忙碌得像在准备过年。当周芹拖着行李箱回到自己的小房间时，只觉得恍若隔世。屋里的摆设与她大学离家时一模一样，只是桌子上空了，题册和书本被收了起来，桌面光滑滑的，好像还能放得下别的未来。抽屉里最下面藏着周芹上学时候写的日记本，那个时候同学之间都流行一种带锁的日记本，上锁前还要在日记的夹页里藏一根头发，做双重保险，但大部分同学的日记本还是被父母偷偷翻看过，周芹的也不例外。木制的桌角上有一个模糊的名字，是用签字笔写的，周芹仔细辨认，发现那是她大学时暗恋的学长的名字。她回想起某一个大学的暑假，她总用一些蹩脚的理由给学长发消息，然后是漫长的等待。她妈妈跟她说些琐碎的趣事，她漫不经心地听、草草地回，眼睛却一直盯着手机，直到等来了学长的回复，她的兴致也高涨起来，被周妙之并没有那么好笑的趣事逗得前仰后合。她不着急点开学长的消息，她要慢慢享受这个时刻，像是偷吃蜜的小孩，心里甜得要开出花来。那是她第一次品尝到爱情的苦涩和酸甜，她以为爱情就是等一条短信这么简单的事，是隔靴搔痒的、锦上添花的，她从没想过有一天爱情会压得她喘不过气来。

她总是在琢磨庄温温的事。

那日和郑帅聊完之后，她意识到朱达和王维夏的关系之所以如此牢固，除了顾念杉、剽窃的小说和金钱往来，他们之间还有更深的纽带，而那有可能涉及一条人命。她离真相如此之近——有人拼尽全力想遮盖的真相。她离危险如此之近。

周妙之走进周芹的卧室，说要给她换新窗帘。周妙之指挥周芹从客厅搬来一把折叠的多功能五步梯，娴熟地展开梯子，健步如飞地爬上去。周芹扶着五步梯，目光看到周妙之的脚在自己面前挪来挪去。她妈妈的脚很小，个子也矮，小腿肚子鼓鼓的，里面充满着力气。周芹记起小时候，在周妙之提出离婚的那个晚上，外婆连夜赶过来，她们坐在客厅一个忽明忽暗的灯泡下面，来来回回地拉锯。

“芹芹这么小，你一个人怎么把孩子带大啊？芹芹爸不是都认错了吗？只要他跟外面那个女人断掉，肯回心转意，你就再给他一次机会。一辈子那么长，谁不会犯错呢？睁只眼闭只眼得了，谁家的日子不是这么过来的呢？家里总要有个男人的，不然你一个女人怎么生活啊，你又矮又瘦的，你扛得动煤气罐？你够得着灯泡？现在置气，以后你要吃苦头的。”

第二天，小周芹在家里玩文曲星里的小游戏，听到门口有很大的动静，跑过去一看，见周妙之搬了一把折叠的多功能五步梯回来。梯子很沉，周妙之搬上五楼有点吃力，大口喘气，胸脯一起一伏，像海浪。她摸索着展开梯子，仔细地检查是否稳当，然后小心翼翼地爬上去换了灯泡。旧灯泡上的灰落进她的眼睛里，她眼睛红了，眼泪也流出来，比预想的要多。周妙之去洗了脸，换了一条她最喜欢的碎花裙子，牵着小周芹的手出去吃了一顿肯德基。从此，这把五步梯就一直放在客厅最显眼的地方，虽然用到的机会并不多，但这就是周妙之的底气。

晚饭前，有人来敲门。周妙之在厨房里煲汤，是周芹去开的门。门外面站着一个伯伯，他穿了一件干干净净的蓝衬衫，头发看出来被染黑过，梳得一丝不苟，显得很有精神。他看到周芹，笑道：“你是妙之的女儿吧？你回来啦？好好，多陪陪你妈妈，你妈总念叨你呢，说你有出息，是在大城市写电视剧的。”

周芹客气地笑：“您是？”

“我是旁边三单元的，你叫我张伯伯就行。我在小区门口看到有小贩卖酒酿，就给你妈妈带了点，她最喜欢吃这家的酒酿。这个小贩来的次数不多，不好买的。”

周芹连忙道谢，从张伯伯手上接过一个塑料袋。周妙之在厨房里听到声音后拿着汤勺走过来。张伯伯看到她，站得更直，笑眯眯地问：“今晚还去跳广场舞吗？”

“不去了，今天在家陪女儿。”

“好好，那我也不去。你们快吃饭吧，我回去了。”

张伯伯慌慌张张地走了。周妙之回到厨房，看起来很淡定，揭开锅盖，却差点要拿汤勺炒菜，周芹提醒了她，周妙之这才换了过来。

“妈，你不用担心，我又不是小时候了，我不会反对你的。你身边如果能多一个照顾你的人，我在外面也放心。”

周妙之轻轻叹了口气：“当年我差点给你找了一个那么差劲的后爸，想想都后怕，还好你写在日记本里被我看到了。后来这事就变成我心里的一个疙瘩，这些年我都没动过这个心思了。”

周芹轻轻地拍了拍周妙之的背：“可是你把我保护得很好啊。你应该为自己着想了。”

周妙之轻轻笑了，又说：“你张伯伯人品还可以，他以前当兵的，后来老伴得癌症走了，一个人生活很多年了。都是邻里，没事就互相关照关照。”

“你们怎么认识的？跳广场舞吗？他是你的舞伴呀？”周芹追问。

周妙之的脸上露出一点少女般的娇羞，她转过身去拿盘子，避重就轻地道：“赶紧洗手盛饭，你站在这儿碍事。”

晚饭后，周芹提出想去海边散步，周妙之说这个季节不适合去海边，但还是言行不一地出门了。海边的风很大，周妙之嫌头发被嘴唇上的唇膏粘住，摘下布包上的丝巾，把头发绑成一个低低的马尾。周芹帮她拎着包，忍不住笑了：“妈，你怎么这么时尚呢，还知道拿丝巾绑头发？”

“你们那些都是我们当年玩剩下的，”周妙之得意地说，“你妈妈我现在是年纪大了，我年轻的时候可比你好看多了。”

“得了吧，你那么矮，能好看到哪里去？”

“我这叫小鸟依人。”

她们并肩走在海滨道上，木板路上沾了一层沙子，鞋子踩上去沙沙作响。棕榈树树影婆娑，海岸线迤逦蜿蜒，海浪声像是一首听了一遍就会跟唱的民谣。

周芹忽然问道：“那时候你为什么要去爸爸单位闹事啊？明明抚养权你也拿到了，财产也分好了，你图啥呢？”

“他跟他那个女同事好上的时候，两人公然在单位里出双入对，他所有同事都知道他出轨了，包括他同事里有几个跟我关系好的，但没有一个人告诉或者提醒过我。他工作能力一般，大家也都知道他私德有问题，但离婚之后他还升职了，也没有一个人站出来反对。最让我生气的，是有一次我跟他的一个同事在街上遇到了，那人是你爸之前的下属，私下里都叫我师母，他周末经常来我家吃饭，我给你爸做盒饭的时候会给他也带一份，也算担得上他叫我一声师母了。我们站在路边聊天，他提到你爸升职了，其实我已经知道了，但他的语气特别正常、特别理所当然，我从里面听出了一种意思，就是……出轨是没有成本的，就像是一场感冒，像是肚子疼，过去了就过去了。他那么轻易地伤害了我，但是没有人指责他，反倒经常有人来指责我，觉得我太不容人了，竟然没有原谅一个仅仅出轨了一次的男人。你问我图啥，你知道吗？我啥也不图，我就想出口气。”

“你不想多争取一点财产或者赡养费？”

周妙之摇摇头：“如果要钱，那反而不能闹了，把关系闹僵了，男人心里最后一点愧疚感也没了，变成铜铁墙壁，我就一分钱也拿不到了。我不要钱，也不要他的道歉，我才不管他是不是要改过自新，好好做人，那都是他的事。我只关心我自己，我只要自己舒服、畅快、不憋屈。”

“你是畅快了，我可没少受委屈，小时候我同学都说我有个‘母老虎’妈妈，所以我才没有爸爸的。”

“所以我女儿现在才这么坚强啊。”

周芹无奈地摇摇头。

周妙之又说：“你外婆也不让我去他单位闹，她怕丢人，嫌难看，所以我的前半生都是这么过来的，上学被人欺负了就忍一忍，上班被人欺负了就躲开点。可我那个时候觉醒了，什么叫好看？什么叫出丑？出轨的人都不嫌出丑，我为什么不能去出口气？这是我对自己的交代，是我告诉自己我不是个任人欺负的人。”

天黑得很彻底，海浪声远远近近，让人觉得十分舒心。

周芹忽然开口道：“妈，其实我被人骗了，不是骗钱也算不上骗色，但我心里咽不下这口气，也想要个说法。而且被他们骗的人还有很多，事情不止一件，总要有人站出来。但如果我公开把事情说出来，也会有人来攻击我，说我不自爱，或者其他难听的话。我觉得我能扛得住流言蜚语，但我怕你担心，也怕别人戴有色眼镜看你，说你没教好女儿。”

“小时候我给你丢人了，现在你给我丢一次人，我们最多算扯平了，何况做错事情的本来也不是我们。”周妙之挽住周芹的胳膊，说，“但你一定要保护好自己，别犯傻，别冒失。”

周芹无声地笑了笑，她很感激妈妈的宽容，想多说点什么，但最终只说了一句：“妈，我觉得张伯伯是个好男人，你要好好把握。”

周妙之没领情，翻了个白眼：“那还用你说吗？你要是懂男人就不会被骗了。”

晚上，周妙之睡得很早，周芹睡不着，从床上爬起来走到客厅。她没开灯，摸索着碰到了靠在墙上的五步梯，金属摸在手里很凉，质感厚重，像一棵诚实的树。周芹慢慢展开五步梯，将它放稳后，穿着袜子爬了上去。梯子很高，周芹的头碰到了屋顶，手指摸到天花板边缘装饰石膏上的灰尘，她将整个客厅尽收眼底。家具变得小了，变得轻飘飘的，很不起眼。周芹想象着周妙之站在梯子上的样子，自如、优雅，又充满力量，挥斥方遒。她够得着每一个灯泡，决定得了房子里的每一件事物，也能跨过生活中的一切坎坷。指点江山，激扬文字。周芹也应该一样。

是时候做个了断了。她记得她在大学的时候看过一部电影，电影里的哲学教授对学生们说道：“最符合人性的真谛是尽力活在你的想法和理想中，不要依据你达成多少欲望来衡量你的生活，而该以获得多少真诚、怜悯、理性，甚至自我牺牲的时刻来衡量。因为到头来，衡量我们生平轻重的唯一标准，取决于你如何看待他人的生命。”

刚入行的时候，她也想写出这样的作品，也心怀理想，要改变世人，但现实让她滑入平庸的温床。她的笔下全是轻描淡写的情情爱爱，矫揉造作的人物命运；她改编着欺世盗名的网红作家的畅销小说，写一些自己也不相信的桥段和台词，让自己渐渐被虚假吞没。但现在，她还有机会在生活里为自己做真实的抗争，为过去和将来被朱达欺骗的女生，为庄温温。

谈恋爱不能带给她真实，只有她自己才能。

周芹拿出手机，给王维夏发了一张照片，照片是她之前去他们大学时拍的，是一块黄红两色的铺砖地面，正是庄温温落下的地方。王维夏的回复来得很快，她没有问这是什么？她问的是“你在哪儿？”。王维夏反应比周芹想象中还快，或者说她的内疚比周芹知道的更多。

踩在五步梯上，周芹慢条斯理地回复：“我找到了庄温温的遗书。”

但她真正要说的是：我找到了撬开你和朱达关系的入口。

回到S市，周芹没有第一时间去找王维夏。尽管王维夏一直发消息和打电话给她，但她挂断了对方的电话，对发来的消息也置之不理。

郑帅曾告诉周芹，在庄温温死后，朱达和王维夏分别陷入了自责，而朱达很快就奇迹般地自我消化了。周芹揣测出一种答案：朱达是将自己从事件里摘了出去，把痛苦和内疚发泄在了王维夏身上，他放大了王维夏的罪过，以便自己能全身而退。这个做法与他把庄温温对自己的暗恋解释成庄温温暗恋过很多男生是同一个逻辑。这也恰好解答了周芹之前的疑惑：为什么功成名就的王维夏要和朱达绑定一起？反正“顾念杉”从不露脸，她完全可以请个朋友甚至小演员来扮演。除非，是朱达不肯放过王维夏。

这件事的背后一定还有其他的事情。因此，她要争取王维夏的立场，让王维夏彻底站在她这边，用两个人的筹码一同对付朱达。她们俩现在的模型关系就像是暧昧期的情侣，王维夏越是心急、越想确定关系，周芹就越有把握、越不着急给出答案。这是一场欲擒故纵。

周芹去找了另一个人，她的前任——赵哲旭。

在医院三百米距离的商场咖啡馆里，他们见面了。赵哲旭胖了一些，但精神不错，看得出来他最近过得不错。他对周芹约他表示诧异，以为周芹早已有了新的恋情，周芹也懒得解释，她说："我想跟你打听一种药。"

"你生病了？"没等周芹回答，赵哲旭又说，"有病去挂号，我不是免费的医生，而且我跟你也没什么关系。"

赵哲旭的声音很硬，刀枪不入，但周芹也不是空着手来的。她不慌不忙地说道："我看了你女朋友的微博，你求婚了？恭喜啊，你们才在一起多久啊，算闪婚了吧？"

"你想说什么？"赵哲旭警觉起来。

"你女朋友经常在微博上夸你，说你特别好，特别有安全感，要跟你'一生一世一双人'，永远做你的'兔兔女孩'。赵哲旭，她不知道你跟她表白的时候还有女朋友吧？也不知道那个兔子头像背后的故事？如果我当时不提分手，你准备顶着一个情侣头像和两个兔子头像的女生相处多久？"

"就算你跟她说了我们也不会分手的。"赵哲旭的声音依然很生硬。

"但是会多问你要彩礼钱哦。"周芹狡黠地笑起来，变成一只猫，懒洋洋地看着赵哲旭，"你们不是已经为彩礼闹不愉快了吗？前段时间因为你只出得起三成首付，她就多加了三万彩礼钱，上周因为你只买对戒而不买钻戒又加了一万彩礼。你猜猜，出轨这事值几万块钱？"

赵哲旭答不上来了，他有点愤恨地盯着周芹。周芹慢悠悠地说：

"年纪小的女孩就是这点不好，什么事都喜欢在网上发出来。不过男人不总是偏爱年纪小的女孩吗？总归有舍有得吧。"

赵哲旭满脸的怒气渐渐消失了，他喝了一口咖啡，平静地反问道："你当初跟我在一起的时候，也是这么查我的吗？你也查了我的微博吗？"

"什么意思？"

"你忘了吗？我们确定关系的那天，是你搬来的第三天。那天你出门忘带钥匙了，要给房东打电话，但是打成了我的号码，是我赶过来帮你的。"赵哲旭徐徐地说着，回望周芹的目光，"但你是故意的不是吗？你是故意打错了电话，听到我的声音还要假装惊讶，说怎么是我，再解释自己拨错了电话，小心翼翼地问我能不能过来帮忙。这是你剧本里的一个桥段，后来被我看到了，我知道你是把剧本里的东西活学活用套在我身上了。周芹，那天你是真的忘带钥匙了吗？"

周芹平静地望着他，摇了摇头："钥匙就在我包里，如果你拒绝我了，我就自己开门。但第二天我还会想办法来找你，会利用你的愧疚感让你请我吃一顿饭。我好奇你，喜欢你，只是用了一些技巧拉近我们的关系而已。我们依然会恋爱，你依然会出轨，结局不会有什么改变的。"

"可你想过我为什么会出轨吗？"

"因为我变冷淡了，我疏远你了。"

赵哲旭笑了，他有一双像小狗一样湿漉漉的、温顺的眼睛，笑起来的时候眼尾微微下垂，使得那笑容更加真挚："不，是因为谈恋爱对你来说太容易了，不对，应该说，开始一段恋爱对你来说很容易。你有使不完的技巧，用不完的模型关系，你会推拉，会欲擒故纵，知道收到暧昧对象的短信之后要等半个小时再回复，等到对方挠心挠肺，再一口气拿下。你把感情戏里的桥段稍微改一改就能用在现实里。但是周芹，你从来不知道该怎么守住一段关系，你不会在关系里沟通、妥协，你对我不满意，可你从来没说过，哪怕你觉得我改不了，我无药可救，至少你也应该试试看吧？归根结底，因为你觉得开启一段新的关系比磨合更容易，而我，我看不到你的真心。”

说完，赵哲旭拿起桌上的摩卡咖啡一饮而尽，像是在喝酒，动作很豪气，激昂慷慨，但把咖啡杯仔细放回杯垫上的样子有点傻。也许，他本就不是一个骨子里坏透了的人。半晌，周芹举起自己的咖啡杯，靠在赵哲旭的杯子上轻轻碰了一下，那声音像是敲响他们之间无数是是非非关系完结的钟声。

“我们都有需要成长的地方，但至少出轨的人不是我。”

赵哲旭深深地叹了口气，把胳膊倚在桌子上，身体微微前倾，决定妥协：“说吧，你想打听什么药？”

周芹一字一句地说：“抗雄性激素。”

/ 2 /

王维夏终于约到了周芹。她心里惴惴不安，百般焦虑，提前一个小时就抵达了约定的咖啡馆。朱达威胁她的话语犹在耳畔，向她索要的两千万更是像一座大山压在她身上。

大四那年，她为庄温温的死惶惶不可终日，夜不能寐。有一天她去洗衣房里洗衣服，见到一个背影像极了庄温温的女生正在刷鞋，王维夏如白昼见鬼，吓得转身就跑，仓皇地撞进了一个浑身恶臭的人的怀里，定睛一看，是朱达。那是事发后王维夏第一次见到朱达。毕竟他们之间有过三年的陪伴和信任，她顾不上询问朱达为什么不理发、不刮胡子、不洗澡，只顾着跟他哭诉。她没有注意到，在她的眼泪里，朱达的腰杆渐渐挺直了，他加入了王维夏对她自己的声讨中，这声讨从大四延续至今——朱达坚称是她逼死了庄温温。七年了，王维夏还总在梦中见到庄温温的脸，常年需要去医院开安眠药回来吃。她当然恐惧真相，却又存着一份侥幸：如果她不是凶手呢？那样她就能甩掉朱达，清清白白地站在日光里，让自己重获新生。

咖啡馆里，王维夏坐在窗边，看着外面陌生人群沉默地流动，步履匆匆，每个人都知道自己的归宿，而她浑浑噩噩，命运的去留全在周芹的唇齿之间。这感觉就好像她在等一个心爱的情郎，拳拳之心，切切之情，只待他来开启。

在爱情里，王维夏一向手到擒来，从未有过这种体验，以致她在看到周芹出现的时候，忍不住露出了讨好的笑容。

王维夏有太多的问题了，但周芹没有给她先发问的机会，周芹掌握着主动权："你觉得庄温温是什么样的人？"

这是一个棘手的问题，说多说少，说对说错，重峦叠嶂，云雾迷离。

王维夏没回答，反问道："你先告诉我，你从哪儿找到的庄温温的遗书？警察都没找到，怎么可能被你找到了？"

"警察不是没找到，是没找。就像何多华不是找不到他儿子跟你在一起的证据，而是他压根没找。"

王维夏忍着怒火："可是我找了，朱达也找了，我们总比你更了解她吧？何况这么多年过去了，你上哪儿找到的遗书？"

"如果这点时间也算久的话，世上就不会有盗墓小说了。"周芹顿了顿，又说，"你们找遗书是怀着侥幸心理的，生怕她在遗书里写了什么对你们不利的话，找不到最好，万事大吉。但我是怀着一定能找到的心态去找的。要知道，潜意识对人的影响是很大的。"

"遗书里写了什么？"王维夏冷着脸。

周芹却笑了：“这么着急，担心自己是凶手吗？”

场面再度胶着，她们谁也不愿先开口。咖啡馆里，几个女生正在开导一个为情所困的姑娘，白领买好咖啡匆匆赶路，中年男人对着电脑做报表。时间在她们周围快速流淌，分秒必争，而她们静止着，时间也定格了，按兵不动。

王维夏不敢开口，她不知道周芹有多少底牌。她不太信周芹真的能找到遗书，但她见识过周芹搜集信息的能力，也怕遗书上真的有不利于自己的信息，说多错多，她现在的心情就像剧里的那句经典台词：你有权保持沉默，但你所说的每句话都将成为呈堂证供。

但周芹并不着急。如果把她和王维夏代入关系模型，那周芹现在拿到的角色就是“麻烦精”。很多人都有误区，以为在一段关系里最重要的是融洽与和气，夸赞男女朋友的时候会说“我们从不吵架”。但真相恰恰相反，争吵和矛盾才能看到彼此最真实的一面，而两个人在处理问题中的合作和协商会构成他们共同拥有的情感资产。这是周芹在恋爱里加深感情的诀窍——制造问题。她不怕自己跟王维夏有分歧，她就是要让王维夏为难。

“那至少你让我看一眼遗书的样子吧？我可以不看内容，但我要确认你不是在骗我。”王维夏开口了，“你总得拿出点诚意来吧？”

周芹有备而来，她从包里拿出了一个透明的塑料封口袋，里面是一个很旧的信封，颇有厚度，信封上手写了“庄温温”三个字。周芹将封口袋推到了王维夏面前。遗书是周芹伪造的，信封是她去二手市场淘来的，但信封上“庄温温”三个手写的字却是真实的，是她从郑帅那里搞到了庄温温的字迹，一比一临摹下来的。

隔着封口袋，王维夏一眼就认出了“庄温温”三个字，这字迹就像庄温温的面孔一样栩栩如生。那个炎热的夏日，在庄温温消失在窗边之后，王维夏在窗口看到了一本黑色封皮的日记本，侧面有一个密码锁，但并未锁上。她拿起来翻看，发现是一本日记体的小说，作者署名：维夏。王维夏认得那是庄温温的字迹，出于心虚和恐惧，王维夏将那本本子藏了起来。在之后无数个日日夜夜，她躲在床上一遍遍地读着里面的内容，再后来，当她需要一个好听的名字的时候，她第一时间想到了本子扉页上写的那两个字：维夏。总之，对于庄温温的字迹，王维夏再熟悉不过了，以至看到信封上那个熟悉的签名的时候，她不自觉地隐隐想吐。

不等王维夏打开封口袋，周芹已经伸手将袋子拿了回去。

“这下你信了吧？”

王维夏叹了口气，抬起头看向周芹，问：“可是你到底想干什么呢？你甚至都不认识庄温温。朱达是骗了你，但你没有被他感染啊。对了，你还不知道吧？朱达根本就没有病，那只是他用来甩掉女生的借口。你们在一起本来就没多久，也不存在感情特别深、多少年青春喂了狗的情况，你干吗就死抓着不放呢？”

“所以痛苦是可以衡量的，是吗？”周芹沉静地看着她，问，“就像你一样，你被朱达威胁，被他捆绑，你觉得自己也是受害者，所以就可以漠视其他人，甚至助纣为虐。王维夏，难道只有你的痛苦是痛苦吗？”

王维夏答不上来。

周芹靠在椅背上，忽然换了个话题：“你知道在影视剧里什么戏收视率最高吗？”

“什么？”王维夏没反应过来。

“扇耳光的戏。尤其是原配抓第三者、扇第三者耳光的戏。只要电视剧播到那集了，后台数据保准上升。这是为什么？因为大部分人在现实生活里不会干这样的事，他们不会打第三者，只会跟朋友咬牙切齿地吐槽，在家里大哭一顿、醉酒、跑出去散心。他们最多在分割财产的时候强势一点，也不敢太强势，如果把对方最后一点愧疚感耗尽的话，财务分割也不会很顺利。现实里需要平衡的东西太多了，所以电视剧才能带给观众爽感。”周芹的神色渐渐凝重起来，像一盏慢慢熄灭的台灯，她说，“可是，我不要扇朱达耳光，我也不要他的道歉，因为我知道他不会改。人们爱说‘我永远也不会原谅自己’，可是最终他们都会原谅自己，每一次都会。我知道时间会抚平伤痛，我会逐渐忘记这个人，开始新的生活，可我不想靠失忆来完成自洽，我不想在以后的每一段恋情里，我脑海中都要闪过朱达的脸，我都要想到我曾是一个受害者，而他依然在胡作非为。”

“那你想要什么？”

周芹盯着王维夏的眼睛，说：“我要送他去坐牢。”

王维夏望着周芹漆黑的眼睛，像鱼儿游向鱼饵：“你有证据吗？”

“有一部分，”周芹的手指在透明的封口袋上点了一下，像在钢琴上按下一个黑白分明的琴键，她说，“但还不够，我需要你帮我。”

王维夏长长地呼了口气，她的脸上又浮现出那种初恋般的笑容，笑容从鼻梁边小小的褶皱朝着眉梢眼角扩散，像是一朵逐渐绽放的栀子花，花香浓郁，让人一滴一滴地呼吸，一滴一滴地凝视。她轻松地开口道：“我们该怎么做？”

周芹一直想写一个大女主的复仇剧本，不是那种即便奔赴危险之地，也要穿着凸显身材的漂亮衣服、踩着细高跟鞋复仇的剧本。本质上，那还是一种男性凝视之下的性感，而非力量。她想写的复仇剧本里，女主角可能胖、可能矮，她会哭，妆也会花，会变得难看，歇斯底里的时候能看到手上突出的青筋和脸上狰狞的表情。这才是平凡女性的复仇，这才是女性真正的觉醒。

然而王维夏却把她带进了商场里。王维夏一头扎进了一楼的一家快消服装店，畅快地挑挑拣拣，也不试穿，只拿起来比画一下就把衣服扔进周芹拎着的购物篮里。

“你在干什么？”

“买衣服啊，”王维夏说，“你不是说要借尸还魂，让朱达回到他最内疚的时刻，让他说出真相吗？你要我假扮庄温温，我总得准备一下她的衣服吧？她的衣服都很丑，还喜欢穿灰色和蓝色，我家里可没有现成的。这家店好，衣服都很土，是她的风格。”

“之前你连庄温温的名字都不愿说出来，现在竟然还记得她喜欢穿什么颜色的衣服，这么念念不忘？”

“你有完没完？”王维夏把一件灰色的衣服塞到周芹手里，说，“要不你来扮庄温温吧，我还嫌晦气呢。”

她顿了顿，又问：“可是朱达真的会信吗？虽然庄温温的身材跟我相近，但我们的脸长得完全不一样啊，他要多瞎才能认错人？而且他凭什么相信一个死了七年的人会忽然出现在他面前？”

“我认识剧组里化特效妆的老师，能化得很接近。”周芹说，“但是说到底，决定他会不会相信的不是你有多像庄温温，而是他心里本来就有鬼。我以前一直觉得奇怪，他为什么会在家里供佛龛、桃木剑，身上还戴着狗牙，我搜过，这些东西都是用来辟邪的。信则有，不信则无。他需要这么多外在的东西来镇压心里的愧疚，只要我们对症下药，他会中招的。”

“希望吧。”王维夏耸了耸肩。

周芹把手里的灰衣服拿在镜子前比画了一下，说：“不过，这衣服也没那么丑吧，你什么时候说话这么毒舌了？一点都不像以往的‘甜宠天后’王维夏。”

“维持‘人设’很累的，你又不是我的粉丝。”王维夏倒是直言不讳。

挑完衣服，王维夏停在穿衣镜前打量了一下自己，提出要剪头发。庄温温常年留的是齐耳短发，而王维夏是一头又长又直的黑发，做戏得做全套。王维夏有点心疼自己精心护理的长发，深思熟虑之下又说：“不能去理发店，我这么有名，万一被人拍下来发到网上了怎么办？我成名之后就没换过发型，肯定得上热搜，朱达也会看到的。”

“不会的，以你现在的名气，就算被拍了，网友也只会留言问这是谁啊。”

王维夏瞪了她一眼：“我最新的小说很火好吗？都被文学奖提名了。”

“你是说庄温温的第二本小说？”周芹没惯着她。

王维夏气得转身就走。

但后来王维夏还是剪短了头发，不过不是在理发店剪的，而是在自己家里剪的，给她剪发的人是周芹。王维夏将一把椅子搬进三楼的阳台，在地上铺了塑料布，还端了香槟和酒杯过来。

周芹倚着墙，正在手机里看理发的视频教学，王维夏将她的手机夺走，递了杯香槟过去：“别看了，庄温温总在学校里面最便宜的理发店剪头发，根本没什么发型，你就随便剪剪吧，我豁出去了，就当挑战一下我颜值的下限吧。”说完，王维夏坐在了椅子上，举手喝了一口香槟，感慨道，“剪头发还是要配香槟啊。”

周芹看着她的做派直皱眉：“这又是什么道理？”

王维夏转动了一下拿着高脚杯的白皙的手腕，语气矜持：“头发也是生命的一部分，我在为它们的逝去默哀。”

“我还是去买几本你的书吧，求你保持一下‘人设’，我不想跟真实的王慧对话。”周芹也将香槟一饮而尽。

傍晚的风微微吹拂着，天色一点一点地暗下来，静谧又安详。周芹拾起剪刀，银色的金属落在维夏乌黑的发丝上，显得异常耀眼。银色划过，变成一道流星，头发便簌簌地落在地上，仿佛是一场告别，一种无声的凋零、无端的伤春悲秋。周芹一边剪发一边用梳子将头发梳顺，她的指尖穿过王维夏湿漉漉的发梢，像在拨动琴弦，王维夏纤细的背绷直着，像是一把琴弓，泠泠淙淙，如泣如诉。

周芹站在由王维夏的背影虚构起的“大提琴”面前，她们一同变成了那所幻想的，然而又具有生命力的乐章的一部分，那是她们共同构成的世界。

王维夏忽然开口道：“以前朱达也经常给我梳头，他真的是一个很细心的人，其实我们刚在一起的第一年还是很甜蜜的。但是到了第二年，我们就经常吵架，闹得不可开交，我很想分手，但又舍不得。说是占有欲也好，胜负心也罢，一直到现在，我和他都没有正式跟对方说过‘分手’这两个字。”

“你们为什么吵架？”

“朱达的家庭是很传统和保守的，他妈妈管他很严，要他把所有精力都花在学习上，不许他玩游戏，不许他养宠物，甚至不许他参加剧烈运动，包括打篮球。大学的时候，他总是看起来很忧郁、腼腆、内向。他其实不是我喜欢的类型，但是他太帅了，帅到能让人忘掉所有的类型，只想变成他的女朋友。”王维夏说，“我是他的初恋，但他不是我的初恋，我在高中时就谈过恋爱，后来因为考上不同的大学分手了。但朱达真的很保守，他不能接受我的过去，他觉得我没有把完整的自己留给他，你懂我的意思吧？”

周芹看不见王维夏的脸，她低着头，耐心地剪着头发，一丛一丛，一束一束，像在修剪花枝，而她分明觉得她修剪的是王维夏的灵魂。王维夏的外貌越来越接近庄温温，而内心却逐渐变回王慧。

王维夏继续说："也真是可笑，那么保守、内向的人，竟然会变成今天这样。他以前读书的时候特别刻苦，谁都以为他会踏踏实实找一份工作，结婚生子，做一个优秀的普通人，谁知道他现在整天泡妞，也不工作，靠讹钱为生……"

"说话就说话，能不能别摇头。"周芹按住王维夏的头顶，麻利地把一边的头发剪短。她把剪刀放到一旁，活动了下颈椎："你头发也太多了，一看就没熬夜写过东西。"

"那歇一会儿吧，我也挺累的，主要是紧张，怕你剪到我的耳朵。"

她们干脆换到房间里休息，两人并肩坐在榻榻米上，王维夏把香槟也拿进来，给周芹续了一杯。周芹点了支烟，问："那庄温温呢，她以前谈过恋爱吗？"

"没有。"

"那她有什么兴趣爱好吗，或者经常去的地方？"

"兴趣爱好？胡思乱想吧。经常去的地方……"王维夏想了想，说，"她好像牙不太好，常去她后爸的牙科诊所看牙。"

"她跟她后爸关系这么好吗？那很难得啊。"周芹说，"我也是单亲家庭，我小时候就很排斥我妈带回来的陌生叔叔，其中有一个叔叔还故意摸我的腿，把我吓坏了，搞得我妈后来都不敢找男朋友了。"

"庄温温好像也挺害怕她后爸的，每次从诊所回来都拉着个脸。不过她又在小说里把她和后爸的关系写得很好，跟情侣一样，挺奇怪的。"

"是矫枉过正吧？越害怕什么越想假装强大，"周芹想了想，又问，“她不是还写她介入了一对情侣之间吗？是真的吗？她插足了你和朱达的感情？”

“怎么可能？你看看我这张脸，在我和她之间二选一，傻子都知道该怎么选。”王维夏将高脚杯里的酒喝完，微微叹了口气，说，“也许，她才是跟朱达最般配的人。可人有的时候就是很贪心的，大家通常都看不上自己能配得上的人，渴望一些水月镜花的东西，现代通信又太发达了，给人一种假象，好像那些水月镜花也是触手可及的。”

“这可能就是爱情里最大的误区吧。大家都希望爱情能够解决自己人生的问题，有人觉得孤单，觉得焦虑，觉得穷，所以就想找一个能解决自己问题的伴侣。但本质上，人无法从恋爱或婚姻里获得自己本来完全没有的东西，无论是赚钱的能力，还是个人与世界建立联系的能力。恋爱只是一种感情，而不是用来解决问题的方法论，”香烟的火星在周芹的指尖明明暗暗，她自嘲地笑了，“我也一样，我想找有一个有趣的伴侣，想扩大自己的人生体验，我确实是扩大了，但这代价也太惨痛了。”

王维夏喝得有些迷糊，她搂住周芹的肩膀，笑嘻嘻地说：“但是你收获了我呀，我可是人见人爱、花见花开的王维夏呀。”

周芹把王维夏的胳膊扯开，王维夏却又把胳膊架了上来，亲亲热热地搂着她，说：“按照你的模型关系来看，我们现在算是亲密者了吧？那我跟你分享一个秘密。我呀，买书只买二手书，越旧越好，这样搁在书柜里，大家就会以为那些书我都看过。你看到我二楼书房里的书柜了吗？我对那儿特别满意，光是走进去就觉得自己变得博学了，我总在那儿拍小视频，你关注我的微博了吗？”

“做作。”周芹也喝得微醺，说，“你没掌握‘亲密者’模型的精髓，要分享跟自己息息相关的秘密，谁要去看你的书柜啊？”

“那我还有一个，还有一个，”王维夏举起自己的手，把钻戒伸到周芹的面前，说，“你还记得吗？我问过你如果我在酒吧里看中一个男生，该怎么追他，你说先得把我的钻戒摘下来。我告诉你周芹，你错了，你太天真了，戴着钻戒才方便勾搭呢，这是一种信号，告诉男人‘姐姐不用你负责，姐姐只想跟你玩玩’，一拍即合，效率更快。”

周芹不屑一顾：“你劝我要找真爱才好笑呢，你自己沽名钓誉，还好意思劝别人找真爱呢。”

“我怎么不好意思？我太好意思了，”王维夏醉醺醺地说着，摇摇晃晃地站起来，往外走去，“我去洗手间。”

周芹一个人躺在榻榻米上，她看着窗外的天色变得昏黄，仿佛像王维夏茶褐色的瞳孔。她自言自语起来：“王慧，你本人可比王维夏这个空壳有趣多了，还戴着钻戒去酒吧，看来是老手啊，装什么单纯……”周芹优哉游哉地躺着，酒精让她感觉自己的身体变轻了，变成一根羽毛，好像能飘浮起来。她闭上眼，脑海里依然回荡着“单纯”两个字，这两个字也飘荡在空中，一笔一画，一撇一捺，却在空中重新组合起来，变成了一道闪电，猛地击中了周芹。一股凉意从她脚底升起，她猛地睁开眼，爬起来，向楼下跑去。

遗书！她伪造的庄温温的遗书被她放在包的隔层里，正挂在一楼的衣架上，王维夏出去了这么久，很可能是去辨别遗书的真假去了。毕竟，王维夏从来都不单纯，没道理这么轻易地就相信了周芹。

周芹紧张得几乎没法呼吸，她的拖鞋打滑，在白色的楼梯上摔了一跤。她顾不得疼，急忙站起来。这时王维夏已经迎面走了上来，她问：“你怎么啦？”

“你怎么去了这么久？”周芹警觉地看着她。

“我拿冰块去了，”王维夏的笑容脆生生的，她的头发只剪了一半，一边长一边短，衬着她饱满红润的双颊，看上去像个十三四岁的孩子，显出一种青涩和娇憨。她把手里的冰桶举起来，说：“再喝点？”

周芹仔细地盯了王维夏一眼，借口自己也要去厕所。她赶紧跑到一楼，将包拿进厕所，锁上门，检查了遗书还在包里，封口也没有被动过的痕迹，这才长舒了一口气。遗书太大了，她没法塞进口袋，便干脆将包藏在卫生间的一个空抽屉里，准备等离开的时候再带走。周芹收拾好心情，重新走上三楼的房间，沉声道：“我帮你把头发剪完，然后我们该干正事了。”

/ 3 /

作为一个复仇剧本，激励事件必不可少，激励事件的出现会推动朱达走上一条全新的道路，将他生活里的平衡打破，让他的行动发生改变，而周芹已经准备好砝码。

王维夏架着相机，对面，周芹正对着镜头，缓缓开口道：“我叫周芹，是一名编剧，今年六月份，我谈了一场短暂的恋爱，在这段关系里我遭到了巨大的伤害和欺骗。为了不让更多的女生受伤，在深思熟虑之下，我决定站出来曝光这个‘渣男’。”

随即，周芹讲述了与朱达之间发生的种种，她隐去了涉及王维夏的所有信息，只将炮火对准了朱达一个人。在视频的最后，周芹出具了自己的医疗报告，公开了朱达的姓名、长相、手机尾号和部分家庭住址，并承诺将对自己的言行负责。

王维夏建议周芹在视频里加一些煽情的话，最好泣不成声，让眼泪把黑色的眼线冲开，显得触目惊心。但周芹拒绝了，她没化妆，穿了一件白衬衫，显得清白而静默，她的语气始终很平和，只一度眼里泛出泪光，但她依然控制着，没让眼泪流下来。周芹深知越是浮夸的表演，越容易让人质疑真实性，真正的痛苦是不需要被夸大的，相反，只有冷静而具有力量的人，才敢于将真相公之于众。她的用词越是冷峻、直接、不加修饰，说服力就越高，而她的情绪越是克制、轻描淡写，观众们就越是气愤。她的态度就像是电影放映前的那一句字幕：本故事改编自真实事件。观众还没开始观影，内心就已经严肃起来。

“你真的要这么发出来吗？”王维夏问她，“肯定会有很多人说你不自爱，你以前的言论和照片也会被扒出来，但凡有稍微性感一点的照片，都会被网友攻击。更别提你的父母、同事和朋友都会看到，你能想到方洁调侃你的样子吗？我都不敢想。”

周芹淡定地笑了笑：“所以朱达也一定会看到，该害怕的人应该是他。”

计划是这样执行的：周芹将视频发在自己的微博上，她没什么粉丝，点击量很少，这时王维夏就要入场了，王维夏跟朱达牵扯太多，所以她不能介入太深，手滑式的点赞是最合适的，点赞，再取消，留下一点蛛丝马迹足矣。灵敏的网友捕捉到这一点点信号，从而关注和转发周芹的视频。这还不够，她们还准备了一个小号在热门贴吧发帖，发帖的内容要不多不少，就像中餐食谱一样，盐适量，糖适量，配方都给到，但答案留白。吃瓜群众有了探究的快感，顺着编剧给到的线索开始推理，有人猜到了谜底——难道朱达就是王维夏小说里的顾念杉？王维夏的完美丈夫出轨了？这时，恰到好处的，王维夏的同学出现了，这是一位名叫“朕帅”的好心网友，他间接坐实了朱达的身份。终于，周芹等到了第一个微博大V转发了她的视频，事件越演越烈，不负众望地上了热搜。

至此，第一幕戏落下了帷幕，周芹只要在家里屏蔽陌生人和亲朋好友的消息，而王维夏则在她的别墅里戴好黑长直的假发套，等待朱达上门。

朱达果然气极了：“你是不是跟周芹串通好了，联起手来对付我？你就不怕我去曝光你吗？王慧，你要全世界都知道你是个杀人犯吗？”

这个时候，王维夏拿出了她多年的伪装技巧，假装对此事一概不知。她软硬兼施，一面告诉朱达，如果他公开了一切，他自己也构成敲诈罪，不仅所有财产都要被没收，还有可能要坐牢，他妈妈也会知道他儿子究竟是一个什么样的人；另一面，她又吴侬软语，表明自己和周芹毫无关系，周芹让她在签售会上出丑，她怎么可能轻易原谅周芹？她真的只是手滑点赞了周芹的微博，至于网友是如何扒出朱达跟自己的关系的，她也完全不清楚。

“我们才是一根绳上的蚂蚱啊。别的不说，我跟你认识这么多年了，就算要联手，我也应该跟你联手呀，怎么会选周芹呢？我根本不可能信任那个女人的。今天就算你不来找我，我也会主动找你解释清楚的。”

朱达动摇了，王维夏恰到好处地提出：事已至此，她愿意给朱达一笔赔偿，她也可以公开发表声明，说自己和顾念杉是和平分手，没有出轨、传染疾病等隐情，间接澄清顾念杉与朱达的关系。但她确实拿不出两千万，事发突然，房子来不及卖，她最多能给他三百万。朱达不满意，两人讨价还价，最后各退一步，妥协到给他五百万。

虽然王维夏不会真的给他这么多钱，但细节真的会迷惑他的意志。来回砍价是必要的，而价格上的退让会给朱达一种虚妄的胜利感。

“你什么时候把钱给我？”

“后天吧。但是你别来我这儿了，现在在风口浪尖上，我担心有媒体来蹲我，我挑个安全的地方，当面把钱转给你。”

“也行。”

很快，家里的周芹收到了王维夏的消息：朱达同意了，时间和地点我都按照你说的跟他约好了。

这出年度复仇大戏正式进入高潮。

这个世界上有三种恋爱天才，周芹是第一种，她擅长设套，单身不婚，恋爱不断，但哪怕相恋的时间短暂，亦以真心待人。第二种人则拥有着天生的好运，在很年轻的时候就遇到了对的人，从校服到婚纱，一气呵成，是王维夏虚妄的“人设”。

朱达是这世界上的第三种恋爱天才，他把感情当作一场游戏，没有底线，从不交心，及时抽身，自以为这是魅力，并为自己开脱：就算不是他们，社会也会给痴男怨女们上这一课。

对付这样的人，只有以其人之道还治其人之身。

周芹选中的见面的地方是一家偏远的咖啡馆，咖啡馆租在一个三层高的办公楼楼顶，面积很大，主打工业风，墙面是粗犷朴素的裸砖，店内没有多余的装饰，十分空旷。因经营不善加上位置偏僻，咖啡馆的生意一直不好，但店主颇有影视圈的人脉，且咖啡馆地点临近影视基地，店主干脆将店面腾出来租给剧组拍戏，钥匙也交给做影视外联的朋友保管。周芹刚好跟这个外联相熟，便趁着没有剧组拍戏的时候，借来钥匙，暂用一晚。她提前抵达，在里面布置了摄像头。半个小时之后，朱达到了，咖啡馆的玻璃门被推开，周芹正大大方方地坐在最中央的桌子前等他。她手里擒着一支烟，慢条斯理地吸着，整个人与桌椅融为一体，仿佛也是一件没有情绪的家具。

“怎么是你？维夏呢？”朱达沉着脸。咖啡馆里非常空荡，光线昏暗，一面窗帘被风吹得鼓了起来，又飘飘荡荡地扁下去，是屋里唯一的生气。四周没有藏人的地方，朱达知道王维夏没有来，扭头就走。

这时，他的手机忽然响了一声，朱达没在意，就要推门出去，身后传来周芹懒洋洋的声音。

“反正也不赶时间，不看看手机再走吗？”

朱达顿了顿，半信半疑地拿出手机看了一眼，随即惊讶起来，眼睛定定地盯了几秒屏幕——手机上赫然是一条转账信息，就在刚刚，周芹向他的银行卡里转了五十万块钱。

“王维夏要给你的五百万在我这里。”周芹说着，给朱达发了一条彩信，里面附的照片是自己的收款记录，来自不同的银行卡，有几十万一笔的，也有一百万一笔的，转账人都是王维夏。周芹说：“看吧，没骗你。”

朱达给王维夏拨出一个电话，对方挂断了，朱达嘴里骂了一句，放下手机盯着周芹：“剩下的钱呢？”

“手机转账有限额，”周芹俯身从包里掏出一台笔记本电脑和一只 U 盾放在桌上，说，“但电脑和 U 盾我都带了。放心，钱我会如数给你的。我跟王维夏也是这么承诺的，还跟她签了协议，不然她怎么放心把这么大笔钱给我？我只想跟你聊聊，谁让你总躲着我呢？”

周芹抬了抬下巴，示意朱达过来，她周身弥漫着一种平和的气息，显得人畜无害。权衡再三，朱达走过去坐下，他见到桌上放了两个店里的咖啡杯，说：“晚上我不喝咖啡。”

“谁说让你喝咖啡了？”周芹取出一支红酒，打开，将深红色的液体倒进两只杯子里，说，“我们最后一次见面时，你在酒吧里滴酒不沾，这杯酒是你欠我的。”

朱达谨慎地看着酒，周芹知道他在担心什么。她举起杯子，饮了一大口：“毒死人可是要坐牢的，我没这么蠢。”

朱达这才举杯喝了一口，他看向周芹，故作悲情地道：“周芹，你去医院检查过了吧？没问题吧？不然我就太对不起你了……”

“别装了，”周芹淡淡地说，“没事干吗诅咒自己呢？”

朱达愣了一瞬：“你知道了？维夏跟你说的？”

“你到底是怎么想的呢？”周芹抱着胳膊看他，“就算我被你骗了，你也该给我个交代吧？”

朱达瞥了一眼桌上的 U 盾，声音变得愈加温柔体贴：“也好，你是做编剧的，思维本来就活跃，容易胡思乱想，我告诉你可能对你来说是一件好事。”他叹了口气，说，“其实，我妈妈管我管得特别严，她从小就告诉我，读书是唯一的出路，她压制我除学习之外的一切欲望。我家里以前很穷，住的是那种很小的一室户，屋里没法放两张床，小时候我就和父母睡同一张床。后来上中学了，实在没办法了，我妈就让我睡在大衣柜里，在衣柜里铺上垫子，睡觉的时候把柜门关起来，就当是一个独立的空间了。高三那一年，为了让我能休息好，就换我妈去睡衣柜，我和我爸睡床。我以前的日子就是这么过来的。”

朱达低下头，喝了一口酒，他的声音有点哑，像是闷在水里：“住久了倒也习惯了，并不觉得难熬，但是唯一的问题是，衣柜的门不隔音。很多个夜里，我父母都以为我睡着了，所以会发出一些声音，把人变回动物的那种声音。现在我当然明白那是很正常的事，但曾经的我完全无法接受这样的父母。我很困惑，明明白天他们都是很体面的人，可为什么一到了夜里就变成了这样？我觉得耻辱极了。这些事情带给我很大的影响，我没办法摆脱自己的欲望，更没法摆脱因欲望存在而产生的羞耻感。我非常困扰，非常焦灼。那时，我刚好有个认识的学长因为出去乱玩被感染了，大家都知道这件事。后来有一次，我跟当时的女朋友吵了一架，为了恶心她，我随口就说我也得了这种病，让她离我远点，没想到她当真了，看到她痛哭的样子，我忽然觉得浑身轻松，我觉得我被救赎了。”

朱达眼里也泛出泪光，他被自己打动了，说：“如果不是这些女生自己也有欲望，如果不是她们也图我点什么，她们怎么会中招呢？我们每个人都是一样的平庸、愚蠢、无可救药。我用她们的欲望惩罚了她们，同时我也拯救了她们……”

周芹坐在昏暗的灯光下，脸上浮着一层倦怠的神色，如一只栖息的候鸟，不知道什么时候就要飞走。半晌，她的嘴角动了动，渐渐变成微笑。周芹乐不可支地道：“朱达，你可真有意思，你竟然还跟我讲弗洛伊德这一套，你觉得我是犯罪心理学专家吗？愿意分析你的作案动机，给你变态的行为找解释和逻辑？原生家庭不幸福的人多了去了，可是大部分人都遵纪守法地生活，而你呢，你明明就很清楚自己做的是什么孽，犯的是什么错，却还要把罪名归在你妈妈和受害者身上。你又凭什么觉得女性必须在受到男性的伤害之后才会好好生活，才能自我觉醒？谁给你的权力？”

朱达诚恳地摇头：“是，我错了，我也很后悔……”

“你是后悔了，但不是后悔自己做了这些事情，而是后悔不得不面对我。其实你心里得意得恨不得笑出声来。”周芹挑了挑眉，追问，“你刚刚说，你跟当时的女朋友吵了一架，为了恶心她，随口就说你也得了这种病。你当时的女朋友是谁啊？庄温温吗？所以她才走上了绝路？”

朱达的表情冷了下来：“维夏跟你说的？”

“我一直很好奇一件事，你总是把‘王维夏’叫作‘维夏’，”周芹说，“你应该知道维夏其实是庄温温的笔名吧，你每次在叫维夏的时候，到底叫的是王慧还是庄温温呢？”

朱达的脸色彻底黑了，他起身就要走，站起来的瞬间身体却摇晃了一下，紧接着就跌坐在椅子上，两只手捧着头，晕头转向。他反应过来是酒里有问题，双手像两条跳在岸上的鱼一样扑在桌上摸手机，但周芹手疾眼快地拿走了他的手机。朱达还想抠喉，胳膊却已经麻了，根本举不起来。他看向门的方向，头和上半身朝门伸展过去，两条腿却定在原地，猛地从椅子上摔到了地上。这时，周芹拿出一把小刀，不紧不慢地走过去，蹲下身，用刀抵住了朱达的脖颈，锋利的刀尖陷在肉里，压出一个危险的凹陷。朱达想发出声音，但周芹用食指在他的嘴唇上轻轻点了一下，做了个噤声的动作。

小刀顺着朱达的喉咙一路向上，朱达的眼珠来回转动着，嗓子里发出咔咔的声响，就像是脊椎一节一节地被折断的声音。小刀挑到咽喉的位置，周芹没有刺进去，反而将刀刃对准了外侧，她轻轻一用力，刀刃将朱达脖子上的狗牙吊坠的绳子割断了。

周芹站起来，将狗牙捏在手里仔细地瞧着，扑在地上的朱达愈加用力挣扎，竭力地伸出胳膊，想将狗牙重新抢回去。周芹轻巧地笑了，她将狗牙塞进了自己的衣服口袋。

“放心，等一会儿庄温温来过了，我就还给你。”

“什么……什么……”朱达声音沙哑。

周芹没答话，她径直走到一面墙边，唰的一下拉开了一块巨大的窗帘。外面是一个开阔的露天阳台，阳台没有装修和封顶，常年风吹日晒，变得又旧又破，墙上爬着青苔，最外侧是一圈围栏，金属斑驳生锈，结满了蛛网，极其煞风景，因此干脆被人用大窗帘遮住了。

但这正是周芹最满意的地方。她让郑帅描述过那个朱达为庄温温痛哭哀号的天台的样子，她觉得那个天台承载了重要的回忆，而这是她能找到的最接近那个天台的场景。

“你还记得这里吧，你在这儿为庄温温流过眼泪，是你害死了她。

你到底是怎么对她的？你也骗她你得了艾滋病？因为她还是学生，没钱去做检查，又不敢跟家人说，她内心接受不了，所以才想不开的？”

朱达趴在地上，他看着空荡荡的天台，嗓子里发出断断续续的哀号声，眼里也泛起泪光。他使劲想睁开眼，但眼皮越来越重。他的眼睛慢慢闭上，手也不动了，意识越发迷糊。

计划很顺利，但唯一的意外是，王维夏没有出现。周芹看了时间，按照她们的约定，这个点王维夏应该到了，她应该以庄温温的模样出现在天台上，把朱达的内疚和恐惧放到最大，让他吐露实情。而视频会录下这一切，作为证据提交给警察。周芹赶紧打电话过去，没人接通，不祥的预感在周芹心里升起，她又给化妆师打电话，化妆师告诉周芹自己在两个小时之前就给王维夏化好了仿妆，早就离开她家了，并不清楚王维夏的去向。

周芹的心一下子悬到了嗓子眼，她拿不准王维夏是在路上出现了别的状况，还是忽然变卦了。

她提前在朱达杯子里放的是磨成粉的艾司唑仑片，那是王维夏平日去医院开的一种处方类安眠药。如果她们不能在药物失效前套出信息，这一切就都白费了。

周芹的手在颤抖，她心里觉得隐隐不对，好像遗漏了什么很重要的东西。她快步走回座位，翻开自己的包，从里面拿出了装着遗书的透明封口袋，对着光仔细检查。在那一瞬间，她好像被一支巨大的箭矢击中了，她被钉在原地，动弹不得，几乎要大口喘气才能让自己平静下来。

遗书依然被装在透明的封口袋里，但她分明记得，自己之前第一次将遗书放进去的时候，“庄温温”这三个字是正对着封口条的，而现在“庄温温”三个字则朝向下方。之前在别墅里给王维夏剪头发的时候，周芹曾怀疑王维夏翻过遗书，第一时间去检查，但当时她只检查了封口有没有被打开的痕迹，之后就匆匆将遗书藏在卫生间的抽屉里，走的时候装进包里带走，并没有注意到字体的正反。而这一刻，她意识到了事情的全貌。从一开始王维夏就留了心眼，她故意拿来香槟，用自己与生俱来的天真气质制造出轻松的氛围。她趁机看了遗书，知道信封里不过是一沓白纸。她把所有的秘密藏在心里，但仍以一张没有破绽的笑脸待人。她放心地把钱打给周芹，把安眠药给周芹，配合周芹把朱达骗来咖啡馆，反正这一切都在她的控制之中，周芹与朱达两败俱伤，而她将毫发无伤——被剪短的头发还会重新长出来。

周芹知道王维夏不会来了。

朱达倒在地上，仿佛只是睡着了，仿佛这一夜与任何一个夜晚并无不同，任何一个他大哭后入睡的夜晚、骗了女生后准备跑路的夜晚、躲回老家安然熟睡的夜晚。周芹拿出手机，点开了聊天记录。她新加了一些好友，这些人都是她在网上发布视频之后来私信她，声称自己也被朱达欺骗过的受害者，一开始只有一两个，后来慢慢变多，现在她的通讯录里已经有了几十个人。朱达的套路千篇一律，但这些女生的现状各不相同，她们有的得了抑郁症，有的被家人辱骂，被迫从家里搬了出去，有的因为流言蜚语辞掉了工作，最惨的一个女生还在读研，她怀孕了，学业也耽误了，没能拿到毕业证。看着她们的眼泪和咬牙切齿的恨意，周芹在心里下定了决心。

周芹走到墙边，将事先布置好的摄像头全部扯掉，然后，从包里拿出了注射器和一瓶透明的液体，那上面贴着字条，写了五个字：抗雄性激素。

/ 4 /

两个小时前，在别墅里，王维夏很配合地化完了仿妆，将化妆师送出了门。转头，她换了衣服，将车从车库里开了出来。她还没来得及开远，迎面驶来一辆红色的跑车，径直堵在她的车前。王维夏差点撞上去。对面车上下来一个人，他穿运动鞋，戴棒球帽，王维夏定睛一看，竟是许久不见的何夕舟。

何夕舟快步走过来，敲开王维夏的车窗，急切地说："夏夏，我们私奔吧！"

王维夏愣住了："什么？"

"夏夏，这些天我真的很想你，但我实在是没办法来找你，我爸妈每天都去学校接送我，周末就把我关在卧室里，还把送我的车拿回去了，手机也被没收了。这么长时间见不到你，你知道我心里有多难受吗？今天好不容易有机会，我就第一时间跑来找你了。"何夕舟一边说着，一边把手伸进车窗，想去拉王维夏的胳膊。伸手的那一刻，何夕舟忽然看清了王维夏的脸，后者头发剪短了，脸上化着仿妆，原先的双眼皮被贴住了，变成了秀气的内双，肤色也暗了一度，显得灰头土脸的。何夕舟惊讶地道："夏夏，你的脸怎么了？你没化妆吗？"

王维夏哭笑不得，她从车上下来，还没来得及开口，何夕舟再度拉住了她的手。因为激动，何夕舟的胸口起伏着，他的语速变得很快，好像那些句子烫嘴一般，一股脑地往外涌出来："夏夏，你不化妆我也喜欢你，你变丑了我也喜欢你，我对你是认真的。我爸在你签售会上干的事我都知道了，他敢这么对你，我不会原谅他的！这次出来我就没打算再回去了，夏夏，你跟我走吧，我们可以永远地生活在一起，再也没人能拆散我们了。"

"走？去哪儿呢？"王维夏问。

“去哪儿都行，去任何你想去的地方，你不是喜欢西班牙吗？我们就去西班牙的佛罗伦萨！”何夕舟激动地说道：“你不是跟我说你也不喜欢现在的生活吗？你说你被王维夏这个身份绑架了，要吃安眠药才要睡着，你说你恨透了这么多年跟‘顾念杉’绑在一起，只要能让你自由自在地活着，你宁愿不做网红作家，不要这幢别墅。这不是刚刚好吗？你跟我上车吧，从此我们自由自在地生活，再也不回来了。”

在昏暗的路灯下，何夕舟说话的样子非常认真，好像回到他们第一次见面时，他大汗淋漓地站在球场上，专注地解释自己刚刚为什么投出这样一个球一样。在某种程度上，王维夏忽然意识到，这正是她少女时期最向往的爱情的模样——灼热、痴狂、不管不顾，好像天地间只有他们两个人。

王维夏笑了，她走上前，双手环住了何夕舟的腰，将头埋进他的怀里。她听着何夕舟有力的心跳声，隔着衣服，也能感受到他的胸膛很暖，热血沸腾的，那是少年人独有的真诚和莽撞。可唯一的问题是，王维夏不再是少女了，她的血已经凉了。这么多年她其实都在逃，逃到西班牙和逃进别墅里并无不同，无论逃到哪里，她都逃不开自己的内心。这世上根本就没有她的藏身之所。现在她必须要为她少女时期犯下的错买单了，哪怕庄温温真的是因她而死，哪怕她要去坐牢，至少她的心自由了。

王维夏松开了何夕舟。何夕舟的脸上还带着天真的、像小狗一样的笑容，他牵住王维夏的手，要带她上车，王维夏忽然开口道：“何夕舟，你是不是这轮模拟考成绩不好，所以才想跟我私奔的？你以为你逃走了，就不用考试了？”

何夕舟愣住了，他的脸颊红了，故作镇定地道：“也不完全是……”

王维夏伸出双手，捧住何夕舟的脸，踮起脚尖，在他的脸颊上亲了一口，随后甜甜地笑起来，说："好好读书吧，宝贝。佛罗伦萨是意大利的，不是西班牙的，想私奔至少得把地理学学好。"

说完，王维夏没再看他一眼，转身回到车上，何夕舟戳在原地不知如何是好。这时，一声刺耳的喇叭声响起，两道车灯像探照灯一样照在了何夕舟的脸上。透过挡风玻璃，何夕舟仿佛看见了王维夏的某种决心。王维夏又按了喇叭，何夕舟浑身一个激灵，赶紧爬上车，将自己的车挪开了。

"考上大学我就能来找你了吗？"他不死心地将头探出车窗，弱弱地发问。

王维夏没回答，她一踩油门，开车扬长而去。

她还有更重要的事要做。那个黄昏，她假装喝醉，其实偷偷去翻了周芹的包，她知道所谓的遗书是周芹唬她的道具，但她已经不在乎了。周芹不过是在虚张声势，只有她才能变成周芹的底气。

红绿灯闪烁，王维夏把车停在十字路口，她看到手机上有一个周芹的未接来电，回拨回去，却没人接听。王维夏看了一眼表，已经超过两人约定的时间了。她领教过朱达的力气，担心周芹出意外，心里越发着急。红灯一个接着一个，王维夏不得不再度踩下刹车。在后视镜里，她看到了自己的脸。她剪着与庄温温一样的童花头，穿着一件灰色的毛衣，简直就像庄温温的影子，或许她本来就是庄温温的影子——白色连衣裙、栀子花、甜甜的笑容——她把自己活成了庄温温幻想世界里的投影。

她轻轻地笑了起来："我偷了你的名字、你的小说，你的人生，现在我终于要把这一切还给你了。"

王维夏猛地一踩油门，朝着咖啡馆的方向驶去。

咖啡馆里，朱达醒了。他被绳子绑在椅子上，双手背在身后，一条袖子被扯开了，冷飕飕的风灌了进去；他两条腿并在一起，被扎扎实实地捆在椅腿上。周芹坐在他对面，手里正拿着一支注射器，她的脸色跟注射器的针尖一样冰冷。

“听说过阉割手术吗？国外有一个法案，叫作《性暴力罪犯外科治疗相关法案》，法规规定，对于性犯罪惯犯中不可能改过自新、存在再犯危险的人，法院可以根据检方申请下令对其进行物理阉割手术。”周芹一边说着，一边瞥了一眼自己手上的注射器，说，“物理阉割需要动手术，但化学阉割不用去除人体的任何器官，而这两者效果是一样的。”

周芹语气平静，朱达却听得毛骨悚然。他使劲挣扎，将两只肩膀不停地往前耸动。周芹走到他面前，按住了他的肩膀，对他下了最后的通牒：“朱达，既然你管不好自己的欲望，那就让我来帮你吧。”

周芹抬手就打算将注射器扎进去，这时，朱达猛地低下头，一口咬在了周芹的胳膊上。周芹吃痛，注射器被甩在地上，她俯身要去捡，同一时刻，朱达也盯着地上的注射器，朝着那里倒过去。他连人带椅子摔在地上，正砸在周芹的手腕上，周芹疼得叫出声来，而朱达愈加用力地压住她的手腕。椅子咯吱作响，周芹只觉得手腕要断掉，她扭头见到桌上的红酒瓶，伸长了胳膊够在手里，狠狠地朝着朱达的头砸去。酒瓶发出一声脆响，瞬间四分五裂，红酒洒在朱达的脸上，让他看上去更加面目凶残。

周芹趁机抽出手腕，脱了身，但朱达的手里也握住了一片酒瓶的玻璃碎片，刚才的一摔本就使绑住他的绳子松动了，他迅速地拿着碎片割断了手腕上的绳子，跌跌撞撞地从地上爬了起来。

朱达的脚步有些飘忽，他扶着墙勉强站起来，一把走到门口，反身将咖啡馆的铁门咣的一下关上了。

朱达表情凶狠，沉声道：“你想阉了我？”他捡起地上的注射器，慢慢推动芯杆，聚精会神地看着针尖上挂出的一滴透明的液体，反问道，“你怎么不阉了自己呢？那天晚上，明明是你主动的呀。周芹，你太不讲道理了。”

周芹步步后退，她从口袋里掏出小刀，刀子握在手里又小又薄，冷冰冰的，像是一滴能被轻易擦掉的冷汗，显得无足轻重。她已经退到了天台上，但朱达仍在逼近。

周芹无路可退了，她将小刀护在身前，但朱达的动作更快，他一把扭住周芹的手腕，把刀尖对向了她自己。周芹用两只手与他抗衡，但她的一只手腕受伤了，根本使不上劲。小刀掉在地上，她眼睁睁地看着朱达用一只手抓着自己的两只手腕，另一只手粗鲁地将注射器里的液体注射进了她的胳膊里。她知道这些液体其实是生理盐水，化学阉割的说法是她用来恐吓朱达的，但此刻，她已经没有心思庆幸了。她被逼到天台边缘，脊背紧贴着围栏，锈迹斑斑的铁栏杆承受不住她的重量，发出震颤声，她感觉自己随时会掉下去。

“这么想知道庄温温的事，不如你自己去问她吧！”朱达用一只手掐着她的脖子。周芹的上半身已经完全悬空仰在栏杆外，身后是黑漆漆的夜，深不见底，眼看她就要被朱达从楼上推下去，电光石火之间，周芹忽然从口袋掏出狗牙项链，握在手里，作势要扔下阳台。

朱达被她的举动看呆了，他顿了一瞬，随即大笑起来：“你开什么玩笑？你真以为我会在乎这个？”

“失去你的护身符，你就不怕庄温温回来找你索命吗？”

朱达狞笑起来：“有本事你让她现在就出现在我面前！”

话音刚落，下一秒，咖啡馆的铁门被拉开了，金属在地上剐蹭出凄厉的声响，回旋不绝，无比瘆人。“庄温温”赫然站在门口，光线从她的背后照进来，颀长的影子落下来，拉长了，一直投到朱达的脚边。“庄温温”扑过来伸出一双手，像是要带他坠入无尽的深渊。朱达的身子瞬间软了，他一下子瘫倒在地，像是被抽掉了脊椎。

“温温，温温，你回来了？”

咖啡馆里死一般的寂静。

周芹大口喘气。就在刚才，在周芹探头看向楼下的时候，她看到了王维夏的车。而此刻，她们相对而望，把彼此看得透亮——这是一刹那的彻底的谅解。

“这不可能，这不可能，你明明已经死了……”朱达还在喃喃自语，他根本没有去甄别庄温温的真假。他别过头，猛地扑向周芹，要去夺她手里的狗牙项链。周芹的手尚悬在围栏外，朱达扑上前，身子压垮了栏杆，在夺到项链的那一瞬间，他整个人冲出了天台，朝楼下坠去。周芹本能地拉住他的胳膊，一瞬间，周芹被他的重量拖动，也摔倒在地，迅速地向下滑去。她卷起身子，用双脚踩在矮矮的水泥台边缘，用全身的力气拉住朱达，王维夏也奔过来帮忙，却还是晚了一步。周芹根本拉不动朱达，朱达的胳膊快速向下滑动，很快她的手里就什么都没有了。地面上传来一声闷响。

周芹浑身都在颤抖，她抬起头看向王维夏，因为脱力，她整个人看上去像是一只皱巴巴的核桃，声音也结巴起来：“他摔下去了，他……他不会死了吧？”

王维夏也惊愕万分，一时间，她的耳边不断地传出女生的尖叫，有人在喊庄温温的名字，有人张罗着报警，大人们冲进来驱赶学生，警车不断地鸣笛，声音从四面八方涌进她的耳朵里，她恨不得也尖叫起来，但她的嗓子被锁住了，她张口结舌。

她俯下身，抱住了瑟瑟发抖的周芹，用一双因出汗变得湿漉漉的掌心捂住周芹的眼睛，仿佛捂住的是曾经自己，她说："你在这儿待着，我去。"

王维夏往楼下跑去，她在二楼摔了一跤，从楼梯上滚了下去，又爬起来接着跑。她脑子里什么都没有，空得就像一张白纸，而她的鼻腔里满是血腥味，这味道不知是来自此时此刻还是七年前。她跑出办公楼，绕到天台下方，一个黑影躺在草地上，一动不动。王维夏的心悬到了嗓子眼，太黑了，她看不清黑影下方有没有鲜血流出来，也看不清朱达是不是还活着。她一步步往前挪去，还没挪到面前，那黑影动了一下，将胳膊肘举成一个三角形。王维夏看清楚了，是朱达仰面捂着脸在哭。

耳边的声音像退潮般瞬间散去，王维夏蹲在地上大口呼吸，她的两只手撑在泥土上，双膝也跪在地上，内心涌上一股踏实感。她擦掉脸上的汗，这才发现自己流鼻血了，那血腥味是来自她自己。她抬起头，看到面前有一棵大树，树枝折断了，显然是被朱达的身体压断的。树枝缓冲了朱达下落的速度，才让他幸免于难。

朱达不断呜咽着，像是黑夜里的一条小狗，他的声音断断续续地传了过来。

"她说她只有我一个男朋友，但结束了我才发现她不是第一次。我觉得被骗了，我觉得自己好倒霉，女朋友是不完整的，连庄温温也是不完整的。她这么内向和自闭，竟然也骗我，我就一直追问她，一直问她，她不说我就不去见她，或者故意恶心她。她最后妥协了，告诉我她是被她继父性侵了，但我不相信，这种事情都是书里的，怎么可能发生在离我这么近的地方呢？我说这肯定是她幻想出来的，她在书里把她和继父的关系写得那么好，就算真的有这种事，肯定也是她主动的。我骂她，说她是婊子，说她明明那么会谈恋爱，却还要在我面前装第一次谈，我问她怎么不去死，说她不如从这里跳下去得了，结果她就真的……”

朱达失声痛哭起来。

王维夏从地上爬起来，蹲到朱达的身边，用手轻轻地理着他的头发，说：“原来你们真的谈恋爱了，我一直以为那也是庄温温想象出来的故事。朱达，事情不是在你逼她的那一刻错的，而是从一开始就错了。在你把她变成你寻找存在感、宣泄私欲的工具的时候就错了，如果你不能好好爱她，为什么要招惹她呢？你知道这对一个女生来说是多么残忍的事情吗？

“你这样教唆别人、逼人走上绝路也等于犯罪，去自首吧。”

王维夏站了起来，居高临下地看着他，说：“你看到了，跟女人作对没有好下场的。”

第六章

向日葵

一个月后。

在王维夏去参加新书颁奖典礼的当天，周芹第一次走进了学校的小游泳馆。

小游泳馆正在施工，已经被拆掉一半，要彻底改成一个仓库。周芹借来安全帽，趁着工人午休吃饭的时候混了进去。她目不斜视，朝着一个方向大步走去。

周芹不是来闲逛的，而是来找庄温温的遗书的。王维夏曾劝周芹放弃："就算真的存在这么一封遗书，也可能被庄温温随手放在抽屉里，或是埋在某个角落中，这么多年过去了，遗书可能早已腐烂。何况朱达已经自首了，我接受了警方的问话，庄温温的继父也被叫到了警局接受审讯，事情该告一段落了。"但周芹相信庄温温的遗书一定还完好无损地存在于某个角落，她的逻辑很简单：庄温温是一个幻想家，如果她不想被人发现她的遗书，她完全可以在脑海里完成她对死亡所有的幻想。她可以畅想她的葬礼，畅想人们如何哭泣、如何对她评头论足，畅想她的重生，畅想她下辈子该何去何从。她不会被文字、纸张和墨水束缚，所以没道理去写一封不会被人发现的遗书。

庄温温希望她的遗书重见天日，她会精心保存，但只有足够理解她的人才能拿到那把钥匙。

周芹想到自己的过去，在她十三四岁的时候，她妈周妙之带回来一个叔叔，起初那个叔叔温文尔雅的，但后来就趁着辅导周芹功课的机会摸了她的手，隔了一段时间，又摸了她的大腿和背。小周芹心里觉得硌硬，但又不敢跟妈妈和朋友讲，于是她将不敢吐露的心事写进了一本带锁的日记本里。

不谙世事的小孩子最相信锁。后来庄温温的新小说也是写在一本上锁的日记本里的。

庄温温和朱达在小游泳馆里私会，也在这里发生过关系，这是他们的秘密基地，而在游泳馆里，只有一个地方可以是上锁的。

周芹径直走进了游泳馆的女更衣室里。更衣室还没被拆掉，但蓝色的铁皮柜子已经被挪了出来，杂乱无章地堆在走廊上，周芹心里一惊，生怕自己来晚了。她立刻逐一检查，寻找是否有挂着锁的柜子。周芹踩在沾着泥土和沙石的走廊上，周围空落落的，跟她的内心一样。她一排排地搜寻，踮起脚尖或是弯下腰，侧身挤在墙与铁柜之间或是穿梭在两排挨得很近的铁柜的缝隙里。柜子太多了，她找出一身汗，衣服也蹭上了锈迹和油漆皮。不远处传来一阵粗犷的说笑声，是工人们吃完饭回来干活了。周芹怕被赶出去，越发着急，小游泳馆很快就要被拆掉重建了，今天可能是她最后的机会。这时，她忽然注意到每个蓝色的铁皮柜子上都印着一个编号，她意识到当庄温温使用这些更衣柜时，小游泳馆已经废弃了，所有的柜子都是空着的，庄温温有足够的选择权，可以挑选某个特定的编号。周芹的脑海里浮现出庄温温的生日、朱达的生日、两人的纪念日等线索，却又被她一一掐断，这时，周芹猛地想了一个日期：十月二十九日。她顺着编号寻过去，几乎要欢呼出声。果然，在 1029 号柜子上锁着一把密码锁。

十月二十九日，是王维夏和朱达的恋爱纪念日，也是庄温温在校内网上连续三年发表小作文的时间，是一切的开始与终结。

密码锁上有五位数的密码，这回，周芹不假思索，摁了五位数字进去。她屏住呼吸，轻轻地一拉锁扣，密码锁打开了。

这五位数字正是庄温温在校内网上的昵称。初见时，周芹只觉得那是一串毫无意义的数字，但回过神来又觉得有问题。校内网流行实名注册，就算是庄温温不想被人发现，她还可以使用“维夏”这个笔名，她的脑子里有那么多天马行空的幻想，绝不会随手打下一串毫无意义的数字，除非，那一串数字就是她的“实名注册”，指向她最真实的自我。

锈迹斑驳的蓝色铁柜里，一个厚信封静静地躺在里面。

颁奖典礼在一个五星级酒店的大会议室里举行，大屏幕上投影着王维夏新书的封面，旁边配了她的照片，照片上，她的笑容一如既往地甜美，而她本人正坐在第一排的位置上，面无表情，破天荒地穿着一条黑色连衣裙，肃穆得像在参加一场葬礼。

评委老师正在台上宣读颁奖词：“她以丰沛的想象力、鲜活的语言与难得的赤子之心，将作品写得引人入胜，处处绽放着残酷之美。她将生活的痛楚层层叠叠地隐匿在大量的隐喻、变形和似真亦假的幻象中，黑暗如同狂涛奔腾，流进了读者的感官，震撼人心。我们无法想象，是怎样的灵感或是生活的遭遇借给了作者这样一支绝妙的笔，我们只能感谢这本作品的问世。下面，有请小说作者王维夏上台领奖、发言。”

在众人的掌声中，王维夏上台接过了奖杯，她感谢了评委老师，话筒被交到了她的手里。

“大家好，我是王维夏。我的文学启蒙是从地摊文学开始的，因为那时我发现我的长相和学校门口书摊上劣质言情小说封面上的女主角很像，我可以轻而易举地代入自己，为他们哭泣和欢笑，自然我也很喜欢这些小说。”

台下传出善意的笑声。

“大学时期，我谈了一场恋爱，我总爱在宿舍里炫耀我的男朋友，我喜欢告诉大家他对我有多好，没想到，我同寝室的一个女生把这些内容都记录下来了，写成了一本言情小说。主角是我，作者是她，她写得很好，我看到的时候都惊呆了，想不到我的恋情有这么甜、这么美好。但后来这本小说被我发表了，一开始我只是发在自己的空间里，渐渐有了很高的阅读量和点击率，有出版社联系我，小说便顺理成章地出版了，那就是我的第一本书。”

台下的作者、评委老师、媒体人开始面面相觑、交头接耳，有人拿出手机录视频。王维夏并没受到他们的影响，还在继续：“本质上，所有的故事都是一种永恒且普遍的形式，就跟生活一样，是一种具有普遍性的人生体验。大概这就是我写不好小说的原因了。我没有生活，我被一个虚假的身份包裹着，写出来的也是一些虚拟的感情，因此，我其他作品的失败是合情合理的。说到这里，相信大家都已经听出来了，今天获奖的这本优秀的作品也不是我本人写的，它与我的处女作出自同一个女生之手，她的笔名叫维夏，七年前，她去世了。因此可以说，这本书是一个年轻女孩身上最后的生机。”

现场失控了，媒体记者一拥而上，闪光灯不断闪烁着，话筒被递到王维夏嘴边，记者们争先恐后地发问起来。王维夏镇定自若地站着。她看向门外，她知道那里还有她的书迷。他们翘首以盼，在烈日里站上好几个小时，就为了见王维夏本人一眼。她享受追捧太久了，久到她差点忘记是庄温温点亮了这一切。王维夏弯下腰，将奖杯和话筒放在地上。她的胸口有一股热浪在灼烧，烫得就像一支蜡烛，烛芯被慢慢燃尽，她被折断了、掉落了，变成了青烟与灰烬，变得足够轻、足够渺小。她一言不发，朝着台下深深地鞠了一躬。

小游泳馆里，周芹心事重重地往外走去，她迎面遇到一个工人，工人呵斥她怎么能擅自进入工地，并让她从另一边的安全出口赶紧离开。周芹道歉又道谢，换了一个方向，沿着灰白色的走廊匆匆走着。

周芹的手机响了，她接起来，是方洁的声音："周芹，你看新闻了吗？王维夏上热搜了，她说她的小说都是剽窃来的，要向大众道歉，从此不再创作，并将所有稿费用于公益事业……"

"我已经知道了。"周芹说。这是她们事先就已经商量过的事情。

"你知道了就好，还有一件要跟你说啊，现在王维夏出事了，我们改编她的那个《新婚小甜》的项目也是没法继续做了，你的稿费肯定难批下来，但我会尽力帮你争取损稿费的。这段时间我们的合作还是很愉快的，以后有好的项目我再来联系你。"

"好的，谢谢方洁姐。"她心不在焉地挂断了电话。

周芹埋着头，沉默地往前走，她的脚步越来越慢，包里的遗书也变得越来越重，她几乎快拎不动了。

她深深地叹了口气。

在仿造遗书的时候，周芹曾揣度过庄温温会在遗书里写些什么，是斥责朱达和王慧对她的伤害，还是自怨自艾地倾诉她内心的痛苦？

庄温温那么会写作，一定写了许多话，因此周芹才弄出了一个厚厚的信封。但实际上，庄温温的遗书只有薄薄的两页纸。第一页纸上言简意赅地写了她继父性侵她的事件，时间、地点、次数，罗列得非常清晰——第一次是在庄温温生日会之后，而之后出现最多的场地则是牙医诊所。第二页纸上写的是证据清单，证据有病例、视频和纱布三样，病例里出具了庄温温身上的伤痕鉴定，她的伤大多集中在脖子上，有很多被掐脖后留下的淤青，视频存在U盘里，而纱布则被装在一个塑封袋里，旁边注明了“沾有阴道提取物纱布，阴干了的纱布可在十年左右的时间内作为DNA鉴定的检材使用”。

墙边的窗户很高，阳光照不进来，一路都阴沉沉的。忽然之间，周芹隐约瞥见不远处有一片金灿灿的光芒，她抬起头，不禁被眼前的一幕看呆了。她正站在一个废弃的游泳池前，不知是谁往池子里填了土，游泳池里竟长出了一片向日葵。因年久失修，游泳馆的屋顶破了一个窟窿，阳光直挺挺地照下来，将那些向日葵衬得金碧辉煌。它们仿佛是一群阳光下的雄狮，鬃毛飞扬，正朝着那越来越昏暗的天幕嘶吼。

那些向日葵的花瓣上带着一层铁锈色、一种悲剧的氛围，看得久了，周芹竟然产生一种幻觉，她仿佛能看到庄温温正站在这群向日葵之间，轻轻抚摸它们的花瓣与叶子，感受着阳光扑在脸上的直爽和灼热。

她甚至能听得见庄温温的声音。

“我本可以一辈子躲在幻想里，那是我的避难所，我的乌托邦，我曾想过要走出来，想要反抗，想要重生，像一棵树一样重生。我把真相告诉朱达，我以为他会愿意陪我去警局报案，可他用真相惩罚了我。我看见他眼睛里的自己，残缺的、可笑的、肮脏的自己，那才是真正的我，不是幻想里雷厉风行的女杀手，也不是日记里有城府的女人，那只是一个无用的我。我的身体早就死了，而那一刻，我的灵魂也死了。我本来是可以装聋作哑地活下去的，但现在，我没办法再假装视而不见，再继续活在幻想里了。可说到底，我不该把生的希望寄托在另一个人身上，没有人能替我活，没有人能替另一个人做命运的抗争。我输给了我自己。”

在那片闪闪发光的向日葵花海里，周芹能看到庄温温的眼泪，也能看到她的笑容，那笑容就像是树上结出的果子，果子很酸，一口咬下去，五官都会皱在一起，牙齿变得软绵绵的使不上劲，眼泪也流出来——是欣慰的泪水。

“剩下来的事情我会替你去做的。”她说，“庄温温，你辛苦了。”

周芹握紧了庄温温的遗书，转过身，坚定地往警局走去。在她身后，向日葵硕大而热烈，它们自己就是永远不会落山的太阳，是坚定的磐石，是整个雍容闪亮的世界。

【完】